Il primo giorno della mia vita

a mio padre e mia madre

«Quando chiudi gli occhi, tutto il resto non conta», glielo diceva sempre suo nonno, che teneva gli occhi chiusi nel lungo tragitto tra casa e il lavoro.

Jersey-Newark in treno, ogni giorno dell'anno tranne a Natale.

«Tenere gli occhi chiusi ti fa capire che sei ancora vivo».

Napoleon non le ha mai scordate, quelle parole, e nell'ultimo periodo li chiude sempre piú spesso.

Bussano alla porta due, tre volte, colpi veloci, frenetici, che trasmettono ansia.

– Nap... è quasi ora. Sei pronto? – La voce fresca di Tom, vent'anni, studente di Economia e segretario di produzione per pagare l'affitto.

– Nap, ci sei? – insiste il ragazzo.

Nap?, pensa Napoleon. *Perché si ostina a chiamarmi Nap? Napoleon è un nome importante, quando lo pronunci...*

Ancora il rumore di nocche sulla porta.

– Nap? Tutto bene?

Napoleon sospira, tira su lentamente le palpebre: c'è il suo riflesso nello specchio. Ha quarantanove anni, lo sguardo di chi vede oltre le apparenze ma è stanco di indagare; la barba di tre giorni gli fascia il viso, i capelli che non taglia da tempo hanno superato le orecchie. Una sequenza di foto allineate, che lo ritraesse anno dopo anno, mostrerebbe un invecchiamento morbido, graduale, di quelli che non lasciano segni profondi, ma solo una grande, grave perdita: il sorriso. Non ce n'è piú traccia. Il suo riflesso gli restituisce il ritratto malinconico di un uomo rassegnato, in attesa di camuffare quell'assenza di luce con una carica di energia da distribuire quando aprirà la porta.

– Nap, devo preoccuparmi? – la voce di Tom adesso è piú acuta.

– Sono vivo, – risponde Napoleon senza ironia.

– Quando vuoi. Ti aspettano –. Tom si allontana, i suoi passi si mischiano con i rumori del corridoio.

Napoleon si alza, ha indosso un completo grigio sopra una t-shirt con la stampa del fiore della vita. Si aggiusta il colletto della giacca, ravvia un po' titubante i capelli, inforca un paio di occhiali da vista ed esce dal camerino.

Il corridoio è stretto e lungo, sembra non finire mai. I neon tremolano, come le sue gambe, l'ultimo tratto gli fa sempre quell'effetto, ma nessuno se n'è mai accorto. Incrocia una serie di persone, ognuna ha qualcosa da dire, ognuna crede che la sua parola sia indispensabile perché la serata vada come deve andare. Napoleon non annuisce né risponde a nessuno. Il suo unico pensiero è che le ultime tre persone che gli hanno parlato lavorano con lui da diverso tempo eppure non ne ricorda il nome. Si sforza, ma è come se nella sua mente si fosse creata una bolla d'aria.

Gira l'ultimo angolo, quello che lo separa dalle quinte.

Il rumoreggiare della sala prende il sopravvento sui suoi pensieri ovattati.

Una donna gli passa dei fogli e gli dice qualcosa che lui non afferra; una signora di mezza età prende a spazzolargli il vestito, un uomo calvo gli sistema il microfono sulla giacca.

Le parole dei presenti si sovrappongono fino diventare incomprensibili.

Napoleon chiude gli occhi. *Sono vivo.*

D'improvviso una voce da un altoparlante sopravanza il brusio della sala, chiede attenzione, annuncia il motivo per cui quella gente è accorsa lí quella sera.

Applausi.

Sono vivo, pensa di nuovo Napoleon, immobile, gli occhi ancora chiusi.

– Ehi, Nap? – è Tom.

Napoleon lo guarda.

– È ora di andare, – il ragazzo sorride, sincero.

I loro occhi s'incrociano: in quelli di Tom c'è l'attesa di un cenno che gli confermi il «tutto a posto», l'ansia che stia per accadere l'irreparabile. In quelli di Napoleon, il nulla.

Ogni volta, prima di entrare, Napoleon ripensa a *Dead Man Walking*. Non c'entra nulla, non c'è nessuna iniezione letale ad aspettarlo dietro la tenda, solo un pubblico che lo acclama, ma lui comunque richiama alla mente l'immagine di Sean Penn in marcia verso la fine.

Un applauso si riversa come un'onda dalle prime file della sala alle retrovie, e sul viso di Napoleon un lampo ridesta i muscoli, compreso un leggerissimo sorriso che fa appena capolino, ma che basta a tranquillizzare Tom.

– Sono vivo, – risponde Napoleon per la seconda volta, stupito di aver pronunciato quelle parole ad alta voce.

Tom è raggiante: – Sei vivo Nap... noi lo sappiamo, dimostralo anche a loro –. Lo abbraccia, lo stringe a sé come fosse il padre perduto. Napoleon risponde timido, mette le braccia attorno alle spalle di Tom. Lí accanto, la donna con la spazzola, i tre senza nome e altre persone che Napoleon non riesce bene a identificare. In questo momento sono solo facce che lo inducono a entrare in scena.

La prima nota di *We Will Rock You* dei Queen lo risveglia definitivamente dal torpore, come una scarica elettrica nel corpo di Frankenstein. Adesso i sensi sono al culmine come nei giorni migliori della sua lunga carriera, quella di Napoleon McBride, il «motivatore». L'uomo in grado di dare un nuovo corso alla tua vita. Stasera buona parte della Grande Mela che conta è lí per lui. Lo sa, e non può deluderli.

Napoleon osserva uno a uno i suoi collaboratori, tira su un bel sospiro. Entra.

Il palco è suo.

Il Minskoff Theatre è gremito: Napoleon guarda la platea, poi la galleria. Le poltrone del teatro sono di velluto rosso, le ha viste centinaia di volte in questi anni. Eppure stasera non riesce a scorgerne neanche una.

Millecinquecentonovantasette, si ripete.

Tutti i millecinquecentonovantasette posti sono occupati. Non era mai accaduto. È come con i voli in aereo: c'è sempre qualcuno che all'ultimo rinuncia. E quando un aereo cade i passeggeri non sono mai al completo. Chi è rimasto a casa si è salvato. Stasera invece sono quelli che non sono potuti entrare che forse non ce la faranno. Chi è lí vuole essere salvato, e Napoleon è uno dei pochi in grado di dargliela, la salvezza.

Il pubblico è in piedi, balla sul posto a ritmo con Freddie Mercury, batte le mani, accompagna l'ingresso in scena della superstar.

Napoleon cavalca il palco, si sposta da destra a sinistra, batte le mani con energia, guarda la gente dritto negli occhi, incurante delle luci che lo abbagliano. Dietro di lui due enormi poster col suo volto sorridente: cinque per dieci, cinquanta metri quadri. Ciascuno. Sopra, una scritta, il suo motto: «Ride your life», cavalca la tua vita.

Non c'è piú traccia del Napoleon di poco fa, non c'è piú traccia dell'uomo stazzonato che osservava il brutto ritratto di sé stesso allo specchio. Adesso Napoleon sembra il suo omonimo, quello con la *e* finale, un condottiero in grado di guidare un esercito, di salvarlo dalla furia della battaglia in cui si è lanciato. Un esperto stratega della vita, cosí esperto che la gente ha pagato la bellezza di seicento dollari in platea e quattrocentocinquanta in galleria pur di essere presente.

La musica sfuma, è ora di cambiare la vita a quelle persone.

– Siete pronti? – il tono di Napoleon è forte, perentorio.

Il coro di sí della folla è energia allo stato puro.

– Non vi sento!

Il sí scuote le pareti. A Napoleon ricorda il passaggio del treno a casa di suo nonno: abitava vicino alla ferrovia e c'era una vetrinetta che puntualmente tintinnava; sembrava sempre dovesse rompersi, invece resisteva. I suoi nonni non ci sono piú da anni, la vetrinetta ce l'ha lui nel suo appartamento e spesso si ritrova a fissarla con un misto di nostalgia e gratitudine, sperando che il passaggio di qualcosa la faccia vibrare di nuovo. Ma da quanto abita al ventitreesimo piano di un elegante condominio dell'Upper East Side nulla ha piú fatto vibrare la sua vita.

– E allora forza, iniziamo! – grida alla folla in delirio che strepita e continua a battere le mani. Napoleon si muove ancora su e giú per il palco, utilizza tutto lo spazio vitale del suo territorio per studiare il pubblico, millecinquecentonovantasette anime infestate da demoni che cercano una felicità a portare via, convinte che quella sia la loro grande occasione.

E cosí deve essere.

– Benvenuti alla ventunesima edizione di *Ride Your Life*.

La folla esulta. Napoleon fa una pausa scenica, poi pronuncia la sua frase a effetto.

– Stasera io vi prenderò a pugni!

Un'altra pausa, le voci della folla scemano Napoleon sposta lo sguardo su quei visi, uno a uno; vuole farli sentire unici, speciali. Ognuno deve pensare di essere il prescelto, perché ognuno ha bisogno di essere salvato. E Napoleon lo sa.

– Sí, vi prenderò a pugni. Sarò scorretto. Toccherò i vostri punti deboli. Giocherò con le vostre paure. Cercherò di mettervi in difficoltà. E sapete perché?

Ancora una pausa.

La forza delle ultime parole fluttua nella grande sala. Sembrano tutti avere la bocca appesa, attendono la rivelazione. L'irruenta energia di poco fa si è trasformata in una calma ipnotica.

Gli occhi di Napoleon scivolano sul pubblico, lenti; lo scrutano, come se volessero entrare nelle viscere di quelle persone.

Napoleon abbassa la voce, sussurra: – Lo sapete perché?

Una lunga esitazione, infine dichiara: – Perché voi siete forti, perché voi siete piú forti di quanto immaginiate.

Scende le scale al lato del palco, raggiunge la platea e cammina nella corsia centrale del teatro, è in mezzo a loro. Qualcuno allunga la mano per toccarlo, come si fa con le rockstar. Napoleon spesso si domanda: «Perché tutto questo?» La risposta a cui ha finito per credere è: «Perché io sono in grado di salvarli».

E appunto, rincara la dose: – Uscirete da qui pensando: «Io ce la faccio!»

Applauso.

– Non vi dirò che là fuori è tutto okay. Vi dirò che là fuori è uno schifo, che è pieno di problemi, ma che noi li risolveremo. Insieme. Qui. Stasera. Perché la vostra vita vale la pena di essere vissuta.

Si gira verso il fondale: tra i due grandi poster c'è un maxischermo. Si spengono alcune luci e appare il titolo del seminario in animazione: *Ride Your Life*.

Napoleon lo indica, poi allarga le braccia.

– Perché voi dovete: «Condurre-la-vostra-vita!» e scandisce le ultime parole perché rimangano impresse nelle orecchie e nella mente dei suoi ascoltatori.

Torna sul palco di corsa, si gira verso la platea, urla: – Lo volete fare? – Il sí che lo conferma è strabordante, un treno che lo investe.

Lui sorride e ripete: – Lo volete fare? – Il coro, un altro treno, la vetrinetta che tintinna.

– Chi mi vuole dare una possibilità?

La folla ha uno sguardo unico, le reazioni sono le stesse per tutti: i volti trasmettono perplessità.

– Chi si fida di me?

Ecco, è tornato un sentiero da seguire: si distendono i dubbi.

– Forza, su, chi si fida di me?

Una mano si alza titubante, poi un'altra e un'altra ancora. In pochi secondi diventano decine.

Napoleon scende di nuovo dal palco e si ferma accanto a un ragazzo: avrà venticinque anni, l'aria timida di chi non ha mai rivelato i propri segreti a nessuno e la vergogna di trovarsi lí, al centro dell'attenzione. Ma ha bisogno di farlo, per lui è l'ultima spiaggia, come per molti.

Il ragazzo arrossisce, Napoleon gli sorride.

– Come ti chiami?

– Mark, – la voce insicura.

Napoleon gli mette una mano sulla spalla, l'altro per poco non si ritrae.

– Qual è il mio nome? – gli chiede il motivatore.

– Napoleon, – un'esitazione.

Ora il padrone di casa allarga il sorriso e abbassa la voce, rendendola calda e avvolgente.

– Mark io non so cosa cerchi, ma so una cosa: se tu sei qui è perché soffri –. Poi, alla folla: – Ognuno di voi è qui perché soffre!

Cenni d'assenso confermano quella verità.

Napoleon poggia le mani sul viso di Mark con dolcezza e attenzione, come si fa con i bambini appena nati: stavolta il ragazzo non si muove e accoglie il suo salvatore.

– Mark, facciamo un patto... – il tono è suadente, è quello che userebbe un padre modello con il figlio se dovesse spiegargli il senso della vita. Napoleon non ha figli, suo padre non gli si è mai rivolto cosí, ma il contatto con le persone che negli anni hanno cercato conforto in lui l'ha reso abile a parlare a cuore aperto.

– Io questa sera ti aiuterò a cambiare prospettiva. Ciò che ti sembrava una sconfitta diverrà un'opportunità. Ti dirò cosa dovrai fare e a cosa dovrai rinunciare. Non sarà facile per te, ma ci riuscirai –. Si rivolge alla folla: – Perché io non permetterò che nessuno di voi si perda. Nemmeno uno!

Il pubblico applaude, Mark ha gli occhi lucidi, sa che quelle parole sono in primis per lui.

– Allora, Mark, me la dài una possibilità?

In sala scende il silenzio, ogni spettatore vorrebbe essere al posto del ragazzo. Mark si guarda intorno, annuisce.

Ci siamo. Napoleon sa bene che quel passaggio funziona sempre. Incalza. Ha subito pronta la battuta successiva, il tono è un misto di vittoria e gratitudine: – Quest'uomo mi dà una possibilità!

La folla batte le mani, Mark accenna un timido sorriso.

Adesso Napoleon li deve tirare dentro tutti, conquistarli definitivamente, sancire la sua superiorità: – E perché me la dài?

– Perché mi fido di te.

La risposta è immediata, quasi pavloviana: – E io di te.

Senza togliergli le mani dal viso, Napoleon poggia la fronte su quella del ragazzo e chiude con un «grazie» cosí profondo e sofferto che Mark scoppia in un pianto irrefrenabile.

Jennifer, la tecnica del suono, fa partire una musica barocca e struggente, proprio mentre Napoleon stringe Mark in un abbraccio che non lascia spazio a dubbi: siamo una cosa sola, io e te. Passano alcuni secondi cosí, stretti l'uno all'altro, alla fine Napoleon si stacca e si allontana senza voltarsi. Il momento emozionale è terminato, si deve tornare all'energia. Subito. Come le docce delle spa: anche quelle si chiamano emozionali, una calda, una fredda, una calda, una fredda. Alti e bassi, come la vita. Dentro e fuori. Senza lasciare il tempo di riflettere.

Superstition di Stevie Wonder prende il posto di organi e violini e ci dice che, quando crediamo in cose che non comprendiamo e che ci fanno soffrire, la superstizione non è la cosa giusta.

Chissà perché oggi ha scelto questo pezzo. Sembra quasi voler rinnegare sé stesso con quelle parole, Napoleon, che adesso corre veloce sul palco e batte le mani a ritmo di musica. La sua energia pare inesauribile; incita il pubblico ad alzarsi.

Sono tutti in piedi, ballano sulle note della canzone.

Io e voi, pensa Napoleon. *Io e voi.*

Chiude gli occhi. Stavolta la vetrinetta rischia davvero di andare in mille pezzi.

Le sere d'autunno sono le preferite di Napoleon per passeggiare. Non ci sono i meno dieci gradi dell'inverno né l'afa estiva che ristagna tra un grattacielo e l'altro.

Quando è già buio è capace di camminare per ore da un quartiere all'altro. Il bavero del cappotto alzato a coprire il viso, il cappello in testa, l'andatura spedita tipica newyorkese. Sembra sempre in ritardo per un appuntamento, invece il piú delle volte non sta andando da nessuna parte. Si lascia trasportare, e al termine della passeggiata alza una mano, ferma un taxi e si fa riaccompagnare a casa.

Oggi potrebbe essere una di quelle sere, se non fosse che il suo passo è lento e pensieroso, piú ponderato rispetto al solito.

All'uscita del teatro è stato investito dall'onda lunga di Times Square, dai clacson che si fanno largo tra la folla e dall'esercito di turisti alle prese con flash, post e tweet. Napoleon è lontano da quella realtà, lontano dai social, lontano dall'essere al centro del mondo, tranne quando si trova al centro di un palco; ama la solitudine, forse in risposta alle migliaia di persone che durante i suoi show lo fanno sentire unico e indispensabile. Se qualcuno potesse osservarlo attraverso un vetro senza avere la possibilità di parlarci, penserebbe a uno dei tanti ciarlatani che si arricchiscono sulle debolezze e sul dolore del prossimo. Lui, è vero, si è arricchito, ma crede fermamente in ciò che dice, crede sul serio di poter aiutare le persone e, quando accade, mentre le salva, cerca di salvare pure sé stesso. Ha capito che quello sarebbe stato il suo destino durante gli anni dell'università.

Napoleon voleva diventare uno scrittore. Ma, al di là di alcuni racconti brevi su riviste sconosciute e di un paio di libri come ghost-writer per autori caduti nel dimenticatoio della letteratura, non è riuscito a pubblicare nulla. Quando ha capito che la sua vocazione non gli avrebbe permesso di guadagnare abbastanza per vivere, ha deciso di sfruttare la sua dote di ascoltatore. Napoleon è sempre stato un ascoltatore sopraffino: ascoltava, ascoltava e aveva la capacità di dire la frase giusta al momento giusto. O forse di dire la frase che il suo interlocutore voleva sentirsi dire in quel preciso momento. Non l'ha mai fatto con malizia, ma ha sempre pensato che fosse una qualità. Scoprí il suo vero talento nel periodo in cui lavorava come aiuto produzione in un teatro off sulla Madison. Un giorno l'attore che avrebbe dovuto interpretare *Le speranze di Stuart Mill* ebbe un collasso pochi minuti prima di entrare in scena e Napoleon, che fra tutti era il cervello piú sveglio, fu investito dell'onere di salire sul palco e spiegare al pubblico stizzito che nessuno spettacolo sarebbe iniziato. Inoltre l'incasso era già stato requisito dal proprietario del teatro, a cui non importava nulla degli eventuali imprevisti. Quindi: niente incasso disponibile, niente rimborso dei biglietti. Napoleon affrontò le centonove persone, ma ciò che fece non fu spiegare per filo e per segno il binomio collasso-incasso, bensí diede a tutti un'altra opportunità per la serata: parlò per piú di un'ora – invece dei pochi minuti che si era immaginato – e quello che avrebbe dovuto essere un monologo titubante divenne ben presto l'appassionata difesa di una sgangherata compagnia di teatranti.

Un discorso su come l'artista sia necessario per farci continuare a sognare, su quanto sia difficile riuscire a mettere in scena uno straccio di spettacolo e su come le storie che quei ragazzi raccontano – qui indica dietro di sé – siano scritte per voi e solo per voi – qui invece indica la platea – con la speranza che quando vi alzerete dalle vostre poltrone logore porterete con voi un pezzo di noi e delle nostre speranze, anche se oggi purtroppo quelle speranze non abbiamo potuto raccontarvele a causa di un triste incidente, ma grazie, signori, per essere stati comunque qui, e grazie perché ci date sempre la forza di continuare. Alla fine il pubblico se ne andò non solo senza chiedere indietro i venti dollari del biglietto ma entusiasta di aver scoperto quel ragazzo dalle doti affabulatorie tanto spiccate e con una tale, contagiosa passione per l'arte. Il primo a meravigliarsi fu lo stesso Napoleon: sapeva di essere un buon ascoltatore, ma mai si sarebbe aspettato di essere un oratore cosí convincente.

I ricordi di quella serata, che gli pare lontana mille vite, sono sbiaditi, mentre percorre la ventosa Broadway, e la maggior parte dei negozi spegne le luci, abbassa le serrande e un'auto del Nypd gli sfreccia accanto in quel caleidoscopico miscuglio di suoni. Da un po' di tempo ormai sta cercando vecchi ricordi, quasi volesse riempire un album con gli avvenimenti perduti della propria esistenza, come se tra quegli avvenimenti ce ne fosse qualcuno abbastanza importante da cambiare il corso degli eventi. È immerso nei suoi pensieri quando si accorge che non è piú sulla Broadway, ma sulla Bowery. Ha attraversato la Quinta Avenue, si è lasciato alle spalle il Greenwich e l'East Village, ha superato Houston Street e il *Café Habana*, dove spesso si fa servire pannocchie, riso nero, fagioli e un margarita frozen; il suo locale preferito, e non gli è neanche venuto in mente di salutare i ragazzi che lo gestiscono.

Napoleon ha camminato come in trance e non si è accorto di aver cambiato strada all'altezza di Union Square, senza fare caso all'Holiday Market, ai vari Starbucks, ai laboratori di tatuaggi, a Chinatown: aveva un solo obiettivo, raggiungere il Manhattan Bridge, che ora si staglia davanti a lui in tutta la sua maestosità, le luci che ne disegnano il contorno e lo fanno sembrare sospeso nel grande presepe di New York City.

Napoleon considera il Manhattan Bridge come il fratello minore e bistrattato del ponte di Brooklyn. Un po' come ha fatto nella vita con le persone che non sono mai state prime, si è preso a cuore la sorte del Manhattan Bridge e lo ha sempre preferito al fratello dai riflessi di granito che tutti adorano. Nel suo studio, a Park Avenue, appeso alla parete c'è il manifesto di *C'era una volta in America*: molti credono sia il ponte di Brooklyn, quello della foto, in realtà è il Manhattan Bridge. Spesso Napoleon ha attraversato il ponte e si è voltato a osservare da Dumbo i piloni sentendosi un po' il «Noodles» De Niro del film. E adesso è di nuovo lí, sul lato sud del *suo* ponte, da dove si possono vedere la Statua della Libertà e il New York Harbor col suo andirivieni di imbarcazioni.

Napoleon si avvia sulla corsia riservata ai pedoni, un tuono violento lo fa sobbalzare spaventandolo come un bambino. Comincia a piovere. I fari delle auto ogni tanto sfrecciano sulla carreggiata diversi metri sopra la sua testa.

Il ponte è lungo poco piú di due chilometri, Napoleon si ferma esattamente a metà. Appoggia i gomiti sulla balaustra e scruta il fiume.

Respira a fondo.

Non si cura della pioggia.

Sta per suicidarsi.

Scavalcare il Manhattan Bridge non è facile. Ha un doppio ordine di putrelle e per raggiungere quella esterna bisogna oltrepassare la centrale. Napoleon tira appena su i pantaloni di flanella e si mette a cavalcioni della prima balaustra, la supera, supera la seconda e, una volta all'esterno, si siede. I piedi penzolano nel vuoto e lo sguardo è rivolto alla Statua della Libertà. Un fulmine illumina lo skyline disegnando i contorni dei grattacieli. Napoleon sussulta di nuovo e per poco non perde l'equilibrio.

Ha scelto quel ponte perché secondo lui da lí si gode la migliore vista sulla città: abbastanza lontano per vederla nel suo insieme ma non troppo per perderne i particolari. È strano preoccuparsi del panorama l'ultimo giorno della propria vita, ma lui è cosí, non lascia nulla al caso. Ha sempre programmato tutto: ogni cosa deve essere fatta in un modo e non in un altro. Anche buttarsi da un ponte esige una liturgia precisa.

Napoleon chiude gli occhi, prende un respiro, l'aria è salmastra, li riapre e osserva il fiume scorrere sotto di lui. Quel fiume che tra poco lo abbraccerà e non lo lascerà tornare indietro. Cerca di godersi gli ultimi istanti. Ha sempre pensato che chi sceglie di suicidarsi sia piú in pace con sé stesso rispetto a chi sceglie di vivere. Per lavoro ne ha incontrati tanti che sono saltati nel vuoto, non li hai mai giudicati. Li ha compresi; non giustificati, forse, ma compresi.

La pioggia gli sferza il viso nonostante il cappello, la putrella è stretta e bagnata, si sposta leggermente cercando una posizione migliore, la trova. *Ora sí*, pensa, come se stare comodo cambiasse qualcosa nel destino che si è programmato. Non si chiede il perché, non piú ormai.

Con estrema lentezza si sfila gli occhiali chiazzati di pioggia e li deposita accanto a sé, poi, una mano alla volta per non perdere l'equilibrio, svuota le tasche: cellulare spento, chiavi della Mercedes e un portacarte con la sua American Express Black; tutto allineato in modo impeccabile. Il richiamo cupo di un'imbarcazione lo scuote dai suoi gesti. Di sotto sta passando una grande chiatta che trasporta quintali di terra. Napoleon ne osserva la traiettoria finché non sparisce dalla sua vista, lasciando una scia nell'acqua, che subito torna immobile come una lastra di marmo nera.

Chiude di nuovo gli occhi e capisce che è ancora vivo. Pensa alle persone che non vedrà piú, a quelle a cui ha tentato di volere bene, a quelle che grazie a lui hanno trovato una ragione di vita, a tutte quelle che ogni giorno gli ripetono «grazie per avermi salvato». E pensa a chi non è riuscito a salvare. Centinaia di pensieri gli affollano la mente. Riapre gli occhi un attimo prima di pensare all'unica persona che potrebbe cambiare il corso delle cose. Vuole tenere fuori da quel momento la sua vita privata, perché nulla deve fermarlo. Muove piano le gambe, che intanto si sono addormentate; un fulmine, una scarica accecante, gli restituisce la Statua della Libertà per l'ultima volta, lui che la libertà la conquisterà di lí a qualche secondo. Si guarda attorno come per sincerarsi che non ci sia nessuno, ma poco distante scorge una sagoma seduta come lui sulla balaustra, sotto la pioggia, i piedi a penzoloni.

– È alto, eh? – dice l'uomo con voce affabile indicando in basso. Napoleon non fa in tempo a meravigliarsi che quello continua: – Non sempre si muore. Dipende dall'impatto. Se arrivi di taglio rischi di sopravvivere.

Napoleon è come se avesse preso un cazzotto in piena faccia, lui che è abituato a prometterli ai suoi *uditori*. L'uomo si gira verso di lui: se entrambi allungassero un braccio, le loro mani si sfiorerebbero. Il suo sguardo è neutro, come quello di uno sconosciuto su un autobus. Napoleon invece lo osserva come fosse un clown sulla spiaggia.

L'uomo continua a parlare con la calma di un professore di liceo che spieghi ai suoi studenti il principio di Archimede: – Invece se arrivi di piatto sei spacciato.

Napoleon non sa se credere a ciò che vede. D'istinto chiude ancora gli occhi per capire se è vivo, perché per un attimo ha pensato di essere già morto, ha pensato di essere saltato e di trovarsi in una sorta di aldilà.

Li riapre. L'uomo è lí. Indossa giacca e cravatta, ma l'abito è liso; calza dei mocassini marroni parecchio consumati. Ha un'aria gentile e non sembra infastidito dalla pioggia che è cresciuta d'intensità. Continua a parlare.

– Comunque in questo periodo le correnti sono molto forti, ce la dovresti fare.

Napoleon lo fissa confuso, l'uomo ritiene di dover precisare: – A morire, intendo.

Perché cazzo mi stai rovinando il momento piú importante della mia vita? Ci ho pensato per anni, l'ho organizzato con cura e dedizione, pensa Napoleon. *Forse prima di morire la mente crea delle immagini che cercano di salvarti, forse s'innesca una sorta di meccanismo automatico, come nei motori dei frigoriferi che, se si surriscaldano, vanno in protezione.* Cosí prova a ignorarlo. Guarda di nuovo giú; si concentra sul suo destino imminente.

L'uomo è sempre lí, immobile, con un sorriso decisamente poco adatto alla situazione.

– Te ne vuoi andare? – sbotta Napoleon.

L'uomo non sembra dargli ascolto: – Di solito, nei sette secondi successivi al salto, quasi tutti vorrebbero tornare indietro.

– E tu che ne sai? Hai parlato con qualcuno mentre era in volo?

L'uomo ride; chi non apprezzerebbe tanta ironia in un frangente del genere?

– Lasciami stare, hai scelto la persona sbagliata.

– Forse. Ma se anche tu, in quei sette secondi, volessi tornare indietro?

– Lo scoprirò tra poco.

– Dopo non potrò piú aiutarti –. L'uomo è perentorio.

– Me ne farò una ragione –. Nella voce di Napoleon c'è sarcasmo, ma anche una sorta di rassegnazione. Sa che è giunta l'ora, e per un istante un moto di paura lo pervade. Si sporge pericolosamente, spostando il peso del corpo dalla gamba destra alla sinistra.

Il tono dello sconosciuto si fa allarmato: – Aspetta, aspetta… – continua supplichevole. – A cadere nel vuoto non sei piú tu, è una persona diversa, con molte meno certezze, lascia scegliere lei.

– Si può sapere chi sei? – gli grida in faccia Napoleon.

– È davvero importante sapere chi sono?

– Sí.

– Ti chiedo solo di darmi una possibilità.

Napoleon lo fissa, meravigliato dall'uso della «sua» frase. Sta per ribattere, ma lo sconosciuto lo precede: – So che queste parole ti sono familiari.

– Chi sei?

– Uno che può trasformare quei sette secondi in sette giorni e farti vedere come sarà la vita senza di te.

– Senza di me? – Napoleon è incuriosito da quel patto che sa di magia.

L'uomo annuisce e continua: – Cosí potrai riflettere un altro po'. Dopo ti riporterò indietro a questo giorno, e sarai libero di scegliere.

La città ora è tranquilla.

Napoleon guarda in basso, per la prima volta trema; le mani stringono forte la putrella. Si gira verso il suo strano vicino: – Non ti ho visto arrampicarti, e quando io sono sceso tu non c'eri, – dice quasi a sé stesso.

– Sono un tipo silenzioso, – risponde l'altro.

Napoleon non si fida, l'uomo sa di non avere tempo, continua con il suo repertorio.

– Non sei curioso di scoprire come andrà avanti il mondo senza di te? Cosa lasci, cosa ti perdi... E il tuo funerale? Non lo vuoi vedere, il tuo funerale?

Napoleon scuote la testa, incapace di parlare.

– Hai salvato un sacco di persone, adesso prova a stare dall'altra parte. Fatti salvare. Sono bravo, io, – dice l'uomo offrendogli il braccio.

Napoleon si ritrae d'istinto, per poco non perde l'equilibrio sulla stretta balaustra.

L'uomo spalanca una mano, come a dire «calma», si alza in piedi e fa un passo in avanti, nel vuoto.

– No! – grida Napoleon allungandosi, quasi volesse afferrarlo. L'urlo gli muore in gola, perché l'uomo ha fatto sí un passo nel vuoto, ma poi ne ha fatto un secondo, un terzo e un quarto, e non è precipitato: ha camminato, come se sotto di lui ci fosse una piattaforma invisibile. E ora è fermo, sospeso in aria davanti a Napoleon che ha la faccia di chi ha appena visto il diavolo, o Dio, a seconda delle personali priorità.

– Sono bravo quasi quanto te, – continua l'uomo tranquillo, come se essere in piedi nel nulla a quaranta metri d'altezza sull'East River fosse la cosa piú normale al mondo. – Sette giorni, – promette, – non uno di piú. Poi ti riporterò indietro. Stesso giorno, stessa ora.

Napoleon è ormai una sagoma stagliata sulla struttura del ponte.

– Ci stai? – insiste lo sconosciuto.

Napoleon non riesce a spiccicare una parola, ma la sua testa comincia a fare su e giú: è un sí.

L'uomo torna sulla balaustra, spinge la rete metallica di protezione verso l'interno, tenendola alzata per permettere il passaggio: – Dài, che siamo zuppi, non mi va di ammalarmi, – dice prima di rientrare sul ponte.

Napoleon si gira e lo osserva senza capire fino in fondo ciò che è appena accaduto.

– E muoviti, – lo incita l'uomo.

Non è possibile, non è possibile, non è possibile, si ripete Napoleon come un mantra. Guarda per l'ennesima volta in basso, da lontano il fiume sembra chiamarlo; trema. *Fa freddo*, si dice poco convinto, mentre si arrampica veloce e si mette in salvo.

L'uomo si sta dirigendo verso Manhattan; Napoleon indugia qualche secondo, quindi accelera il passo e lo affianca. Alle sue spalle sente un tonfo sordo, come di un grosso sacco precipitato nell'acqua, che si confonde con il suono della sirena di una nave. Si gira, gli sembra di scorgere una sagoma sotto il ponte, nella corrente. *Sarà un tronco*, pensa. E con questa frettolosa convinzione si allontana.

Quando la pioggia picchia su un vetro si comporta sempre allo stesso modo: ci sono gocce fisse sulla superficie e rivoli che le catturano e corrono verso il basso, e ci sono zone che sembrano immuni dal bagnarsi. Emily ha trascorso giornate intere affacciata alla finestra della sua casa di Brooklyn a spiare e invidiare donne in cappotto lungo e senza ombrello che acceleravano il passo, ragazzi dai jeans calati che si riparavano sotto le tende delle *grocery*, uomini in soprabito e ventiquattrore in cerca di un taxi e con un occhio alle auto che schizzavano sulle pozzanghere. Adesso osserva la pioggia e pensa che la sua esistenza sia stata l'eterna attesa di un qualcosa che non accadrà mai.

Emily è bella, una cascata di capelli biondi, occhi grandi e fragili di chi è ormai rassegnato a fare lo spettatore, di un colore chiaro e liquido che si confonde con i riflessi dell'acqua, e la malinconia di chi ne ha vista passare troppa senza avere mai avuto la possibilità di bagnarsi.

È seduta in auto da circa sessanta minuti e pensa che non sia cambiato nulla nella sua vita nell'ultima ora; o forse è cambiato tutto, ma lei ancora non può saperlo. Eppure aveva avuto il coraggio di dare una scossa. Dopo tanto tempo aveva finalmente agito. Spesso si era chiesta cosa ci fosse di tanto interessante nell'osservare il mondo che si affrettava ad andare avanti senza di lei. Niente, infatti. Lei rinchiusa nella stanza con i suoi libri. Nessun contatto umano, se non con gli eroi, o piú spesso con i disgraziati, delle pagine che divorava compulsivamente.

Trame lette, viste e sentite che sovente nascondono un lieto fine. O una rinascita. Ma come si fa a rinascere quando l'esistenza ti ha azzannata e lasciata sanguinante in un angolo? Emily se l'era chiesto fin dal primo momento in cui aveva capito che la sua vita sarebbe cambiata. In peggio, senza sconti né possibilità di rimborso. È stato il destino a scegliere per lei. Non è sempre cosí, in fondo? Non vale pure se ti capita qualcosa di bello? La pioggia sa esattamente dove deve andare a cadere o la maggior parte degli avvenimenti è casuale?

Emily se l'è chiesto con molta insistenza negli ultimi tempi e, quando pioveva, dalla parte asciutta del vetro della sua stanza, provava a unire in una linea immaginaria le gocce: spesso accadeva che un rivolo d'acqua collegasse davvero, quasi in simultanea, le gocce che lei toccava. Come se il destino venisse incontro ai suoi voleri. Questo le ha riacceso una speranza, e le ha fatto desiderare che accadessero cose specifiche. Ma la disillusione è cresciuta di pari passo con lo sconforto. Finché ha capito. È stato un momento, neanche tanto ponderato: ha aperto la porta di casa ed è uscita, senza neppure preoccuparsi di richiuderla.

E adesso eccola lí, di nuovo a fissare un vetro, in quella vecchia station-wagon marrone con i fascioni di legno sotto gli sportelli, dannatamente vintage e dannatamente americana, due aggettivi che non ha mai sopportato. Il primo, perché ama la modernità, il secondo, perché non ha mai dimenticato le proprie origini russe, nonostante abbia sempre sostenuto i colori della bandiera a stelle e strisce. Negli ultimi anni ha ripensato spesso alla sua infanzia a Springfield, nel Tennessee, la città che i suoi bisnonni raggiunsero con fatica partendo dalla fredda

Dudinka. Immigrati come tanti, la trafila antipidocchi a Ellis Island, un nome e un cognome da scandire senza sapere una parola d'inglese e quell'origine russa da far scomparire prima possibile, su consiglio del vicino ungherese in attesa del proprio turno. Fu cosí che Wasylyshin si tramutò in Walsh. Il sogno americano si realizzò una generazione dopo, quando i nonni di Emily divennero i proprietari della fattoria e dei terreni che coltivavano, togliendosi dalla condizione di fittavoli. Emily nacque e crebbe lí. Conduceva la normalissima vita di una ragazzina di campagna, con giochi semplici e amicizie sane. Trascorse gli anni ad arrampicarsi sui covoni e a nascondersi nei campi di girasole con i compagni di classe. C'era una cosa che amava fare, di nascosto da tutti: quando il sole scendeva e colorava la fattoria, lei sgattaiolava nel fienile e passeggiava sulla trave di colmo a cinque metri d'altezza. Non lo raccontava a nessuno, era il suo segreto, la sua dose di adrenalina quotidiana, che le permetteva di smuovere la monotonia di quel posto. Piú lo faceva, piú le veniva voglia di rischiare e di giocare con quella trave, senza pensare a cosa sarebbe successo se avesse perso l'equilibrio.

Ma Emily non perse mai l'equilibrio, perse invece la fiducia dei suoi genitori la sera in cui il padre, a causa di un temporale annunciato, decise di andare a chiudere i finestroni del fienile prima che arrivasse la notte. La faccia che fece quando sentí scricchiolare il legno sopra di lui e alzò lo sguardo al soffitto del fienile, Emily non la dimenticherà mai. Ma quella scoperta fu anche la sua fortuna, i genitori decisero di iscriverla a un corso di ginnastica: «Se proprio devi passeggiare su una trave, è meglio che tu lo faccia a dieci centimetri dal suolo, piuttosto che a cinque metri», urlò il padre cercando di riprendere un po' di autorità mentre, di fatto, invece che punirla la stava premiando.

La ginnastica per Emily significò la fuga da quella realtà bella e da cartolina rinchiusa in una sfera di vetro da agitare: si muove la neve, si imbianca la fattoria ma non c'è via d'uscita. Bruciò le tappe: passò dalla squadra regionale alla statale; a quattordici anni approdò alla nazionale. Volteggiava sulla trave come nessuna, lasciando a bocca aperta i suoi istruttori. I primi premi, gli sponsor, i soldi. La soddisfazione dei genitori mischiata al rammarico per quell'unica figlia che presto avrebbe lasciato il paese. Poi arrivarono le competizioni che contano, i campionati nazionali, i mondiali, le olimpiadi.

Quello, però, è il passato, non ha piú importanza. Cosí come da un po' non ha piú importanza neanche il futuro. Nessuna certezza, ormai, tranne quella che il suo arrivederci al Tennessee può considerarsi un addio. E che la vita, a un certo punto, cede il posto alla morte. Se gli esseri umani fossero una confezione di würstel, «da consumarsi entro», forse si comporterebbero in modo diverso. Migliore o peggiore, Emily non riesce a immaginarlo; sa solo che vivere senza sapere *quando* è una condizione che accettiamo alla nascita. Sappiamo che moriremo, ma ignoriamo il momento. Questo ci dà l'illusione di essere immortali. Diverso è il discorso della scadenza precisa: sette giorni e polvere alla polvere. Emily ci riflette su, non sa decidere se è piú comico o drammatico. Quello strano tipo l'ha incasinata di brutto. Ce l'aveva fatta, aveva ripreso in mano la propria esistenza per farne ciò che voleva… e invece.

Il vetro dell'auto si è appannato, la pioggia continua a cadere, l'impatto delle gocce produce un ticchettio metallico che da un certo punto di vista conforta e rende meno soli.

Emily passa il pugno sul finestrino, disegna un oblò di freschezza e, attraverso le gocce sferzanti, vede tornare l'uomo. Accanto a lui cammina un altro tizio, zuppo dalla testa ai piedi.

Napoleon apre la portiera posteriore destra, dopo essersi accorto con stupore che il posto davanti è occupato da una donna, da Emily.

Nello stesso istante l'uomo entra dal lato del guidatore. – Accidenti, – si lamenta; ha infilato un piede in una pozza d'acqua tra il marciapiede e l'auto. Poi si rivolge alla ragazza: – Scusa se ci ho messo tanto. Lui è Napoleon... Napoleon, lei è Emily –. Le presentazioni sono fugaci come quelle di un inserzionista di Bla Bla Car un attimo prima di iniziare il viaggio.

– Non mi hai detto che avremmo avuto compagnia, – ribatte brusca la ragazza. Abbassa lo specchietto frontale del passeggero e, senza voltarsi, cerca di scrutare Napoleon.

Napoleon non si sottrae allo sguardo indagatore e anche lui cerca di studiare la sua compagna di viaggio: il risultato è che i loro occhi s'incrociano ed entrambi li sviano per non creare imbarazzo.

L'uomo alla guida mette in moto, parte. Si accorge delle occhiate tra i due e sorride.

– Volete un po' di musica? – chiede, ma nessuno risponde.

Napoleon, quasi si rendesse conto all'improvviso di essere fradicio, si toglie il soprabito e si asciuga la faccia con la manica della giacca.

– Dovrebbe esserci una felpa lí, usala, – dice l'uomo, ma Napoleon non lo ascolta; allora il salvatore allunga un braccio dietro, a tastoni prende la felpa e gliela porge.

Emily li osserva in silenzio.

L'uomo alla guida si sporge verso la ragazza, con una mano apre il cassetto nel cruscotto ed estrae dei cd. Ne sceglie uno di Ella Fitzgerald.

– Con la pioggia va bene il jazz, – dice. – Vi piace il jazz?

Nessuna risposta.

– Io lo adoro, – conclude. Poi comincia a cantare in falsetto seguendo la canzone, mentre tamburella con le dita sul volante.

Emily e Napoleon si cercano con lo sguardo nello specchietto: non si accorgono che l'uomo li osserva.

– È solo una luna di carta su un mare di cartone ma, se credi in me, la rendi vera… grande Ella… vi ricordate dove eravate quando avete visto la luna piú bella della vostra vita? – domanda il vecchio, affabile.

I due ospiti restano in silenzio, si limitano a fissare la strada che si snoda davanti a loro, piena di luci di auto dirette chissà dove.

Emily passa un dito sul finestrino appannato: unisce simbolicamente due gocce d'acqua parecchio distanti; Napoleon trae un lungo sospiro, chiude le palpebre e rimane cosí; l'uomo alla guida continua a canticchiare la canzone, che poco dopo cambia e lascia il posto a una struggente versione di *Fly Me to the Moon*.

New York è la cornice perfetta per quel viaggio silenzioso in cui i pensieri tornano a galla e l'avvenire è solo un punto interrogativo molto, molto vicino.

Sono i ricordi a determinare chi siamo. Aretha ne è convinta. Se si è felici è perché gli eventi appena accaduti ci sono stati favorevoli. Qualcosa che s'incastra alla perfezione con qualcos'altro: questa, spesso, è la felicità. Ma, nell'istante in cui si è felici, quella sensazione è già passata. Ricordandola si può continuare a viverla, cosí come rievocando brutte sensazioni o avvenimenti si viene pervasi dalla tristezza. E quando i fatti capitati sono gravi, allora si è in preda alla disperazione. E la disperazione porta a finali inaspettati.

Aretha si è alzata alle sette dopo aver fatto compagnia alla notte con gli occhi sbarrati, il temporale furioso a tenerla vigile e quell'immagine onnipresente, il campo da basket in Varick Street, sotto il Village, a due passi dall'Hudson River, il fiume che osservava scorrere assieme alla sua Olivia. Si è tirata su dal letto con una tremenda sensazione di pesantezza: la testa, le braccia, le gambe, ogni parte le sembrava superflua. La doccia calda non l'ha rimessa al mondo, e neanche la colazione. Neppure indossare la divisa. Quando è entrata nel corpo di polizia, dopo l'accademia, l'uniforme era il suo modo per dire al mondo: «Ci sono anch'io, posso fare la mia parte». Da quando è in servizio, l'ha pensato ogni volta che è salita su una volante e ha percorso le strade intestinali di New York. L'ha pensato ogni volta che le è capitato di sfoderare la pistola e di puntarla contro qualcuno. E ogni volta che se l'è tolta, la divisa, ha ringraziato la vita per averla protetta, cosí come lei aveva protetto la sua città, i suoi abitanti, la sua famiglia.

E Olivia.

Per Olivia avrebbe sparato, senza esitare.

Ma non le è mai stato chiesto.

Magari fosse capitato, almeno la notte sarebbe rimasta sveglia per altri motivi rispetto a quelli che da due anni le torturano l'anima.

Per Olivia sarebbe morta, senza ripensamenti.

Quanti ricordi belli può contenere la mente di una persona? Milioni, o forse piú. Ma allora perché ne basta uno solo, tremendo, per annientare gli altri?

È un po' come un paradigma del suo mestiere: può una sola anima malvagia rompere gli equilibri di una comunità votata alla pace e alla tolleranza? Aretha pensa da troppe notti a quanto il male si annidi nelle esistenze degli esseri umani e a quanto sia impossibile estirparlo per far prevalere il bene. La realtà è questa: il pazzo che spara al centro commerciale o il folle che sfreccia tra i passanti impietriti dalla paura. Neanche la sua dodici colpi sempre carica può porvi rimedio. O magari sí.

Quella mattina era di pattuglia con Mason, giravano per Alphabet City quando è arrivata una segnalazione via radio: «Codice 10-16», lite familiare. Mason è il suo partner da quattro anni e ha vissuto con lei il *prima* e il *dopo*. Il prima erano lunghe chiacchierate in auto tra un intervento e un altro, grasse risate sulle barzellette che ogni giorno lui raccontava, e la reciproca fiducia durante le operazioni piú delicate: «Dalla tua attenzione dipendono almeno due vite» è l'insegnamento che Aretha ha appreso fin dal primo giorno di lavoro. Tieniti stretta la tua vita, ma alla stessa maniera tieniti stretta quella del tuo compagno. Quando è subentrato il dopo, i dialoghi si sono ridotti (ed era sempre Mason a tentare), sono scomparse le storielle divertenti, solo la fiducia è rimasta intatta. Aretha però è cambiata, ha sviluppato una sorta di *cattiveria* che prima non possedeva; la professionalità era la stessa, ma i suoi modi di fare erano diventati piú bruschi. Se *prima* parlare con un sospettato prevedeva un lungo e delicato approccio psicologico, *dopo* si andava direttamente al punto, prendendo anche delle scorciatoie: meno chiacchiere e piú fatti. Prima la poliziotta buona era lei e Mason il cattivo, dopo i ruoli si erano invertiti.

Arrivati alla casa segnalata, si udivano le urla dalla strada. Mason ha bussato e annunciato la loro presenza, Aretha aveva già impugnato la pistola d'ordinanza. Ha aperto loro un uomo segaligno, a petto nudo nonostante la bassa temperatura, completamente tatuato, una mano sporca di sangue. Non ha fatto in tempo a parlare che Aretha gli ha puntato la pistola alla testa. L'uomo ha spalancato gli occhi. Dietro di lui è comparsa una donna nera, la *sua* donna, il viso tumefatto. Ha iniziato a inveire contro i poliziotti mentre Aretha gridava all'uomo di mettersi in ginocchio e Mason estraeva la pistola puntandola verso la donna e intimandole di non avvicinarsi. L'uomo a petto nudo ha obbedito alla poliziotta, si è inginocchiato, ha messo le mani dietro la testa; Aretha lo teneva sotto tiro quando, alle spalle della coppia, è comparsa una ragazzina di dieci anni che piangeva e si disperava. A quel punto Aretha non ha badato piú all'uomo, aveva occhi solo per la bambina, le sembrava uguale alla sua, di bambina, e non si è accorta che l'uomo in ginocchio ha tolto le mani da dietro la testa e ha tentato di afferrarle la pistola.

Anche Mason conosce la lezione sul tenersi stretta la vita, e ha colpito l'uomo sul volto. Aretha è tornata in sé, come se avesse ricevuto una secchiata di acqua gelida in faccia.

«Aretha, Aretha! Cazzo, Aretha, dove sei?»

Aretha, ha sentito finalmente la voce di Mason, nonostante la bimba continuasse a disperarsi.

I due adulti sono stati arrestati, i servizi sociali hanno preso in custodia la piccola. Aretha e il collega hanno compilato le solite scartoffie sull'accaduto. Prima di andarsene, Aretha si è avvicinata alla bambina, avvolta in una coperta; aveva una PlayStation portatile, stava giocando, come è giusto che fosse. Ha alzato lo sguardo dallo schermo e ha incontrato quello della poliziotta, che avrebbe voluto farle una domanda, una sola: «Come ti chiami?» Ma ha avuto paura della risposta, e si è limitata ad accarezzarle i capelli.

Il viaggio di ritorno è carico di silenzi, rotti solo da una frase di Aretha: «Parliamone domani, okay?», e dalla risposta di Mason: «Ti offro un bel caffè e magari domani diventa oggi». Aretha tace, annuisce fissando la strada, poi il primo tuono, le prime gocce sul vetro, e in pochi secondi New York City si bagna: alcuni passanti, presi alla sprovvista, cercano ripari improvvisati, altri, piú temerari, continuano a camminare, il cellulare ben stretto all'orecchio; i piú previdenti hanno un impermeabile in tasca pronto da indossare; qualche ombrello comincia ad aprirsi, e le mille luci della città filtrano attraverso i vetri bagnati dell'auto.

La pioggia aumenta, diminuisce, aumenta di nuovo: un'onda imprevedibile che lava le strade e acuisce i pensieri, quelli che non se ne vanno mai e che bussano quando meno te l'aspetti.

Pioveva anche quel giorno, pensa Aretha. O forse no. Possibile che la sua mente stia modificando il passato? È un meccanismo di protezione?

Quella bambina non era Olivia, non era lei, ma la ricordava.

Aretha chiude gli occhi, Mason è concentrato sulla strada trafficata e non si accorge delle lacrime della sua partner. Arrivano alla stazione di polizia: è tra la Centoduesima e la Terza Avenue, a due passi da East Harlem. Mason scende, entra in centrale per prendere i due caffè: di solito tocca a Aretha ma oggi lo fa lui.

Dall'altro lato della strada, parcheggiata vicino a un negozio di fiori, c'è una station-wagon marrone. Dentro, Napoleon, Emily e il vecchio uomo alla guida, che sta sorseggiando un milkshake: lo ha preso a un McDrive e ha insistito perché anche i suoi ospiti ne avessero uno. Al silenzio seguito alla richiesta dei gusti ha deciso lui per tutti: fragola, il suo preferito. I tre hanno un bicchiere in mano, ma solo l'uomo beve compiaciuto. Osserva l'orologio al polso e torna a fissare dritto davanti a sé: tre macchine della polizia, con i lampeggianti accesi, accostate di fronte alla centrale. Un paio di agenti chiacchierano appoggiati alle volanti. Fa freddo, ma almeno ha smesso di piovere.

L'uomo finisce il milkshake col classico rumore insopportabile di quando la cannuccia aspira piú aria che liquido. Non sembra curarsene. Fa addirittura un verso di soddisfazione, poi esce dall'auto. Butta il contenitore di plastica in un cestino dell'immondizia e attraversa la strada deserta: sembra diretto all'entrata della stazione di polizia. Emily prende il suo primo sorso di milkshake. Lei e Napoleon osservano quel personaggio strambo dirigersi verso l'ultima volante arrivata. L'uomo apre la portiera, entra al posto di guida, richiude.

Emily e Napoleon, oltre a essere dubbiosi e curiosi, sono un po' preoccupati. Un'ambulanza squarcia l'immobilità della notte con la sua sirena fracassona.

Quindi è un poliziotto?, si dice Napoleon. *Perché non mi ha arrestato, allora?* E il pensiero che suicidarsi sia illegale come rubare in un discount, gli strappa un sorriso. Emily lo nota, *Che cazzo avrà da ridere questo*, pensa, e riprende a sorseggiare il frappè. Napoleon assaggia il suo; vorrebbe iniziare una conversazione, sapere qualcosa sulla ragazza, ma decide di lasciar perdere, preoccupato che la sua mente possa confondersi ancor piú. Ripensa a poco prima, a quanto è andato vicino a saltare dal ponte. Ma perché? *Perché sono arrivato a questo?*

L'uomo è ancora nell'auto, i poliziotti che occupano lo spiazzo antistante l'entrata della stazione parlano, ridono, discutono dandosi pacche sulle spalle.

Napoleon si tocca la testa. *Il mio cappello?*, pensa. *Forse è volato giú*. Chiude gli occhi e risente il vento sulla faccia, la pioggia che impregna i vestiti, e vede il nero del fiume pronto a inghiottirlo. Li riapre.

Emily aspira svogliatamente dalla cannuccia, sembra aver dimenticato di trovarsi con un'altra persona. La volante nella quale è entrato l'uomo è sempre lí, con gli sportelli chiusi. *Cosa starà facendo?*, si chiede. Poi l'aria si tinge di blu: un'auto della polizia arriva alla stazione a velocità sostenuta. Scendono due poliziotti; uno di loro apre lo sportello posteriore e prende in consegna un ragazzo basso e di taglia extralarge. Indossa un berretto di lana, anche da lontano Emily e Napoleon possono vedere i tatuaggi che ha sul viso, illuminati dai lampioni della strada. Il ragazzo ha le manette e cammina davanti a uno degli agenti, che lo guida con una mano sulla spalla fino all'entrata della centrale. Alcuni colleghi fanno delle battute che dall'interno dell'auto non sono udibili.

Chissà cosa ha fatto, pensa Napoleon, tanto per ingannare il tempo. Ma la mente torna di continuo al ponte, ripercorre gli ultimi attimi sopra il Manhattan Bridge, l'uomo che lo convince a risalire e che apre la rete come fosse un passaggio segreto. *Ma quando l'ha tagliata?* Poi il tonfo, subito inghiottito dalla sirena di una nave. Si era anche voltato per capire cosa fosse stato. Adesso ha paura che possa essere il rumore che sentirà tra una settimana, se deciderà di saltare giú.

I minuti passano e sembrano immobili.

L'agente massiccio che era entrato nella stazione di polizia esce in strada reggendo due *coffee cup* fumanti: è Mason.

Ogni cosa torna silenziosa, i movimenti degli agenti in strada rilassati.

Napoleon sta per prendere finalmente un sorso di milkshake quando uno sparo scuote l'aria, improvviso, secco, una detonazione che fa sobbalzare tutti.

Emily urla, Napoleon per poco non si strozza, Mason allunga il passo e corre verso la sua macchina, in direzione dello sparo, cosí come gli altri agenti in strada. Qualcuno fa capolino dalla porta della stazione con la pistola in mano. Mason raggiunge la portiera, si blocca e fa cadere a terra il caffè bollente.

Negli occhi di Emily c'è il terrore, vede i due bicchieri cadere e pensa che ci hanno messo un'eternità a toccare il suolo, poi cerca lo sguardo atterrito di Napoleon.

Mason apre lo sportello del passeggero e si china all'interno, due colleghi lo tirano fuori con la forza.

Il suo viso è una maschera, sembra la statua di sé stesso, come se il demonio gli si fosse appena presentato.

Arrivano altri poliziotti e formano un cordone. Mason è in stato di shock, viene sorretto e fatto appoggiare addosso a una macchina di servizio.

Napoleon ed Emily non capiscono cosa stia accadendo e, come se le loro menti fossero sincronizzate, afferrano la maniglia della portiera per aprirla, quando dall'auto della polizia da cui è partito lo sparo scende il loro accompagnatore. Passa in mezzo a una decina di poliziotti ma nessuno si accorge di lui. E la cosa incredibile è che nessuno si accorge neppure della donna nera, in divisa, che è con lui. Attraversano la strada per mano, come amanti consumati: un'afroamericana e un signore di almeno quindici anni piú vecchio e che non sembra passarsela tanto bene, indifferenti a ciò che sta accadendo attorno a loro.

Raggiungono la station-wagon, l'uomo sale al posto di guida, la donna si siede dietro, accanto a Napoleon che la scruta quasi fosse un unicorno.

Emily ha la bocca aperta, ma non sa cosa dire.

L'uomo mette in moto.

– Lei è Aretha, – dice, allontanandosi dal parcheggio improvvisato.

Nessuno si presenta.

Napoleon ed Emily si scambiano un'occhiata finalmente complice.

Mentre si allontanano Aretha continua a fissare la centrale, il viavai di agenti, la confusione. Di nuovo un'ambulanza: stavolta è per lei.

E sa già che l'immagine dei colleghi attorno al suo corpo non la abbandonerà piú.

La station-wagon si ferma davanti a un alberghetto dell'East Village, quattro piani in stile vittoriano. Tra il portone d'ingresso e la prima fila di finestre, un'insegna al neon con alcune lampadine fulminate indica il *Blue Moon Hotel*; sotto la scritta c'è l'unica stella che quel posto è riuscito a meritarsi. A destra dell'entrata una rete metallica delimita un campetto da pallacanestro; a sinistra, un drugstore chiuso con il cartello: «Atm inside».

L'uomo alla guida spegne il motore, si slaccia la cintura ed esce in strada rimirando l'edificio con le mani sui fianchi, neanche fosse appena arrivato al *Ritz*.

Aretha e Napoleon, senza farsi attendere, scendono dall'auto; Emily invece rimane dentro. Napoleon si guarda attorno: la città è silenziosa, una barbona malconcia passa intonando con voce sorprendentemente limpida una strofa di *I Say a Little Prayer*.

Il misterioso capo della strampalata comitiva apre il portellone e con qualche difficoltà estrae una sedia a rotelle: ha il telaio in acciaio rosso e le ruote nere.

– Mi aiuti? – domanda l'uomo a Napoleon, che reagisce con prontezza come se avesse ricevuto un ordine.

L'uomo apre la portiera, mette una mano sotto le ginocchia di Emily e si gira verso Napoleon; lui capisce che deve intervenire. Si avvicina e, impacciato, cerca di essere d'aiuto. Emily non fa una piega quando viene tirata su di peso dalle quattro mani e adagiata sulla sedia a rotelle. Nessuno parla, l'uomo spinge la carrozzina verso l'entrata del piccolo albergo. Aretha e Napoleon incrociano lo sguardo: non si aspettavano una situazione del genere. Anche se il messaggio nascosto in quella rapida occhiata è che ciò che è accaduto nelle ultime ore sfugge al loro controllo, sfugge a ogni logica, a qualunque aspettativa. È oltre la razionalità, lo sanno entrambi, ma invece di dirselo, invece di urlarlo al cielo – che per il momento non sembra piú voler versare lacrime sulla città –, seguono l'uomo, che sta entrando nel montacarichi accanto alla scala d'ingresso. Lo spazio è angusto e la salita breve; la porta a soffietto, una grata metallica a maglie strette, si apre al terzo piano, rivelando la hall del *Blue Moon*: uno stanzone vecchio stile, con le pareti verde marcio, gli stucchi al soffitto e un paio di poltrone in pelle, lise al punto da aver perso il colore. Per terra una moquette emaciata, ma pulita. Alcune applique poste lungo le pareti creano un'illuminazione fioca e allo stesso tempo calda, accogliente. C'è una scrivania ad angolo che ricorda una reception: sopra, alcune riviste, un fax, un portapenne con due matite e una riproduzione della Statua della Libertà, a cui però manca la mano che regge la fiaccola. I tre ospiti si guardano attorno, nessuno osa chiedersi che posto sia quello, nessuno fa domande. L'unica domanda che di lí a breve si porranno è dove sarebbero in quel preciso istante se quell'uomo non fosse comparso nelle loro vite. Magari si troverebbero in una situazione analoga, ma dall'altra parte; magari *quella* è la situazione analoga, e non se ne rendono conto, in fondo nessuno di loro ha dimestichezza con l'aldilà.

La sensazione di essere fuori posto aumenta. L'uomo si avvicina a una vecchia cornice di legno con cinque gancetti d'ottone cui sono attaccate quattro chiavi: ne prende tre e le distribuisce ai presenti.

– Le camere sono lungo il corridoio, dentro troverete ciò che vi serve. Domande? – Ha il tono di un portiere di motel annoiato.

I tre restano in silenzio, storditi dalla situazione.

– Bene. Ci vediamo domani mattina, alle nove, puntuali. Buonanotte, – conclude, e rientra nel montacarichi, lasciando Napoleon, Emily e Aretha come tre inquilini del *Grande Fratello* appena entrati nella casa. L'interrogativo che accomuna i pensieri dei presenti è: «Chi è quest'uomo che ci ha portati qui?» Ma nessuno ha il coraggio di porlo e le tre solitudini si rinchiudono ognuna nel proprio guscio.

La prima ad allontanarsi è Emily, che si sforza di far scivolare le ruote sulla moquette del corridoio fino alla porta della stanza: entra, lasciando fuori il resto del mondo.

Napoleon guarda Aretha, lui forse sarebbe il piú propenso a parlare, ma la poliziotta, dopo aver studiato per un attimo la chiave, raggiunge la propria camera.

Napoleon chiude gli occhi, li riapre: è ancora lí. Solo. *Sette giorni, ha detto*, pensa. Poi sparisce dietro la porta numero due.

Emily è sdraiata sul letto, fissa una macchia d'umido sul soffitto leggermente scrostato, prova a riconoscerci una figura, come fanno i bambini con le nuvole. Le sembra una mano, una farfalla, infine decide per un cuore e con quell'immagine si forza di dormire, credendo cosí di abbreviare al massimo il tempo residuo che la separa dal giorno successivo, quando forse capirà qualcosa di tutta quella strana storia.

Aretha si sta togliendo finalmente la divisa da poliziotta: in vita ha ancora la fondina, la pistola invece non c'è, è rimasta nell'auto di servizio... *Assieme al mio corpo*, pensa, e scoppia a piangere. È un pianto lento, disperato e continuo, ma non fa nulla per fermarlo.

Napoleon esamina la camera spoglia: carta da parati, una lampada sulla scrivania, tende alle finestre ombrate da anni di pochi lavaggi. Sembra una delle tante stanze di hotel di bassa categoria in cui dormiva all'inizio della sua carriera, durante i primi comizi itineranti, quelli in cui dieci paganti erano un successo.

Si sfila le scarpe e i calzini, come fosse una sera qualunque in un albergo qualunque. Scosta la tenda e guarda dalla finestra. Da questo lato l'edificio è stretto, lungo e affaccia sul campo da basket, ogni piano ha tre portefinestre che dànno su una scala antincendio. Al secondo c'è la luce della camera di Napoleon. Pochi istanti e si accende anche quella nella stanza adiacente: Aretha, in mutande e reggiseno, gli occhi ancora umidi, guarda fuori. La finestra alla sua destra è buia, poi s'illumina: Emily ora è sulla sedia a rotelle avvolta in una coperta, scruta la strada, il corpo pervaso da brividi di freddo.

Le tre finestre rischiarano appena il campo da basket.

Si sente un cigolio nel silenzio notturno. Da un cancelletto che dà sul rettangolo di gioco entra l'uomo che li ha accompagnati in hotel. Attraversa il campo, trova un pallone abbandonato vicino alla rete, si sfila la giacca, si posiziona sulla lunetta e inizia a mirare a canestro.

Uno, due, tre, quattro tiri: rimbalzano tutti sul tabellone o sul ferro.

L'uomo sa che lo stanno osservando e, dopo un altro paio di tentativi, aumenta l'intensità, non torna sulla lunetta, lancia da dove recupera il pallone, con foga, con rabbia, da sotto il canestro, dai tre punti.

Il suono dei palleggi rimbomba nel cortile e finalmente, gli occhi offuscati dal sudore, con un tiro, forse il trentesimo, va a segno: canestro.

La palla rimbalza solitaria verso il fondo del campo: l'uomo è piegato sulle ginocchia, riprende fiato, poi raccoglie la giacca e se ne va.

Nel giro di un minuto le tre le finestre piombano nel buio.

Il campetto, con la sua rete arrugginita, è un'oasi silenziosa nella notte newyorkese.

Giorno uno

C'è un momento, nel sonno, in cui il pensiero acquisisce il controllo degli eventi, un momento in cui i sogni diventano *indirizzabili*. È la fase che precede il risveglio, è come la luce che indica la fine del tunnel in autostrada, un puntino lontano che poco a poco si avvicina e ci fa uscire dall'oscurità.

Napoleon ha sempre amato quel momento, la possibilità di scegliere un finale da applicare alle immagini che lo hanno accompagnato durante la notte.

Spesso, in quelle occasioni, ripeteva i suoi discorsi da motivatore; non era importante l'aver sognato di essere su una nave con una donna sconosciuta – ma che aveva la sensazione di conoscere da tutta la vita – e che con un bacio lei si fosse trasformata in sua madre. Quando prendeva il controllo, studiava i suoi sermoni: come fare a renderli piú efficaci, come poter salvare il capitano di quella nave che sembrava puntare la tempesta al largo invece che la calma del porto.

In genere questo spazio mentale precedeva il suono della sveglia, in quei minuti lui non aveva coscienza di che ora fosse, né di quanto mancasse al suo appuntamento con la nuova giornata.

Adesso ha gli occhi chiusi, ed è consapevole di essere nel letto, ma non sa dire con certezza se quanto è accaduto la sera prima sia la realtà o piuttosto il frutto della sua immaginazione.

Ricorda la performance al Minskoff Theatre, la passeggiata verso il Manhattan Bridge e quel desiderio pressante di farla finita.

Aveva scelto la soluzione piú egoista per lasciare la Terra, ed era convinto che quella soluzione fosse sempre stata dentro di lui. Era giunto alla conclusione – per comodità o per necessità, non se lo chiedeva – che chi sceglie di suicidarsi nasca già con questa decisione in testa; all'inizio è inconscia, galleggia nella mente assieme alle paperelle di gomma dei primi bagnetti, poi diventa il giocattolo che credi di aver perso ma che in realtà hai soltanto nascosto cosí bene da dimenticare dove lo hai messo, e anni dopo tua madre lo butta via ripulendo la soffitta. Ma neppure allora è perso davvero. Ha solo cambiato forma, e alla fine ti aggredisce come una cisti sottopelle che hai ignorato e che durante un controllo approfondito imposto dal medico viene classificata come «tumore maligno».

Non sarebbe servito combattere: Napoleon aveva preso coscienza che farla finita era la sua deriva.

Il coraggio non conta, il coraggio arriva nel momento stesso in cui tutto accade.

E ora?, si chiede. *Sono morto e sono già nell'aldilà?*

Non vuole aprirli, gli occhi, vuole godersi gli ultimi istanti prima del suono della sveglia sul cellulare, una canzone dei Creedence Clearwater Revival, *Have You Ever Seen the Rain*. Lui l'aveva vista, la pioggia sferzante del giorno prima, quel concerto d'acqua che sembrava una marcia funebre suonata apposta per lui.

Finché era arrivato quello strano tipo che somiglia a Jeff Bridges del *Grande Lebowski*, ma con venti anni in piú. Come si chiamava? Aveva detto il suo nome? Qualcuno glielo aveva chiesto?

Lui no. Forse la poliziotta, o la ragazza paralitica. Non lo sa.

Napoleon aspetta le note di John Fogerty. Comincia a contare. Dopo trecento secondi intuisce che la sveglia non suonerà. D'un tratto si ricorda: ha lasciato il telefono sul Manhattan Bridge!

Apre gli occhi, lentamente.

Non è il suo letto, ne prende coscienza. È la camera di quella bettola di hotel.

È ancora vivo.

Cos'è che ha detto quel tizio che camminava sospeso in aria?

«Una settimana. Dopo ti riporterò indietro a questo giorno, e sarai libero di scegliere».

Che significa? Ieri il suo cervello era come in pausa. Napoleon non è riuscito a fare altro che seguire quell'uomo, senza chiedergli niente, non ha messo ordine negli eventi, non ha portato razionalità nel susseguirsi di situazioni prive di logica.

La poliziotta che si è sparata... ma è stata proprio lei a farlo? Lui l'ha vista uscire dall'auto assieme al loro reclutatore, autista, guida.

Ed Emily? Chi è? Per quanto ne sa potrebbe anche essere la donna di quel tipo.

Che strana giornata è stata.

Sarò mica morto?

«I morti non hanno fame», gli risponde lo stomaco.

Napoleon si tira su a sedere, è ancora vestito.

I ricordi della sera precedente sembrano vecchi di anni; si massaggia la tempia, una delle sue solite emicranie.

Mette a fuoco la stanza, il letto a una piazza, un armadio, una scrivania vicino alla finestra. Si alza, scosta le tende, sbircia fuori: il campo da basket è lí, freddo e deserto in quelle prime ore del mattino in cui il sole fatica a farsi strada. C'è un pallone a spicchi arancioni abbandonato accanto alla rete perimetrale. Un paio di persone transitano sul marciapiede: sono ben coperte, si vede il fiato dettato dal gelo uscire dalla loro bocca.

I suoni li riconosce, sono quelli della sua città.

Guarda il letto, è sgualcito ma intatto: ha dormito sopra le coperte. Ha i piedi freddi, recupera i calzini e se li mette, poi si avvicina all'armadio e lo apre: ci sono sette vestiti da uomo identici al suo, con altrettante magliette blu appese e stirate. Ne prende una, controlla la taglia: è la sua; accarezza il tessuto. Fa lo stesso con un paio di pantaloni. In un minuto indossa panni puliti e profumati. La sua vecchia giacca è sulla sedia: dal taschino interno tira fuori una confezione di Advil, ma c'è rimasto solo il blister, le pasticche sono finite. Le tempie continuano a pulsargli.

E adesso che succede?

Infila la giacca ed esce dalla stanza.

La sala colazioni è piena di luce, piccoli tavoli rotondi sparsi qua e là e uno grande, al centro, al quale sono sedute Aretha ed Emily. Aretha non indossa piú la divisa d'ordinanza, ma un paio di pantaloni grigi, morbidi, sotto una maglia nera a maniche lunghe, e delle scarpe senza tacco. Anche Emily ha dei vestiti nuovi, un paio di jeans e una camicia a fiorellini.

– Buongiorno, – dice Napoleon con la voce un po' stropicciata.

– Ciao, – risponde Emily, la faccia stanca di chi non ha dormito e gli occhi gonfi di chi ha sofferto. Aretha borbotta un buongiorno. Sembra la piú riposata, una notte in bianco non ti scalfisce se sei abituata a passarne tante a pattugliare la città. Napoleon si siede. L'imbarazzo è quello di tre persone sconosciute che salgono insieme in ascensore fino all'ultimo piano del Chrysler Building.

Una voce squillante arriva dalla cucina.

– Yogurt con macedonia per Emily, uova strapazzate ben cotte e senza sale per Aretha.

A parlare è l'uomo che li ha condotti lí. Descrive i piatti e a mano a mano glieli dispone davanti.

– ... e per te, Napoleon, caffè nero bollente con due bustine di zucchero, – aggiunge piazzandogli la tazza sotto il naso.

A ciascuno di loro è stata servita la colazione preferita.

Lo strano individuo estrae dalla tasca un blister di Advil. Si versa un bicchiere d'acqua, ingoia due pasticche e lascia le rimanenti accanto al caffè di Napoleon.

– Prendile a stomaco pieno, – si raccomanda. – C'è anche un ciambellone niente male lí. Ai frutti di bosco.

Napoleon è piú stordito di quando si è svegliato: quella pantomima di tranquillità sta diventando insopportabile. Si alza. – Senti, mi spieghi che diavolo sta succedendo?

L'uomo controlla l'orologio, ignorandolo.

– Daniel! Ti sbrighi? È tardi! – grida in direzione delle camere, quindi mette una mano sulla spalla di Emily. – Mangia. Anzi, mangiate tutti, ci aspetta una giornata faticosa –. Urla di nuovo: – Daniel!

Aretha ed Emily sono dubbiose, l'espressione perplessa di Napoleon si unisce alle loro. Aretha inizia a mangiare, in silenzio; Emily, dopo un attimo d'esitazione, fa lo stesso.

Napoleon e l'uomo senza nome sono in piedi l'uno di fronte all'altro. L'uomo, con un gesto del mento, indica il caffè.

– Dài, che si fredda.

Napoleon sospira, abbassa le difese. Si siede, inizia a sorseggiare dalla tazza; dopo pochi secondi prende anche una fetta di ciambellone.

– Daniel! Finalmente! – L'uomo si apre in un sorriso in direzione del corridoio. Davanti a loro c'è un bambino di undici, dodici anni con indosso un pigiama di flanella azzurro e negli occhi la nostalgia del sonno appena perduto. Sbadiglia e si va a sedere accanto a Emily. La ragazza è sbalordita, ancor di piú lo sono Napoleon e Aretha. Cosa c'entra un bambino con noi?

La voce dell'uomo interrompe i loro pensieri.

– Be'? Non si saluta?

Daniel accenna un timido gesto con la mano, l'uomo gli versa del cioccolato caldo in una grande tazza che gli avvicina assieme a una fetta di ciambellone, poi sparisce dalla sala.

– Ciao, – dice il bambino, titubante.

I tre sono pietrificati. Daniel li osserva come se avesse davanti i re magi. Estrae dalla tasca una scatoletta di plastica beige, la apre e tira fuori una piccola siringa e una fiala.

Senza dargli troppo peso, Daniel aspira il liquido con gesti sicuri e si fa un'iniezione sulla pancia. Ripone il tutto dentro un fazzoletto e poi, felice, addenta il dolce.

I re magi guardano il bambino come se fosse appena atterrato da Marte. Napoleon butta giú due pasticche di Advil.

Intanto l'uomo torna nella sala: in mano ha una tazza di caffè; ne sorseggia un po', poi lo abbandona sul tavolo.

– Vado a prendere la macchina. Vi aspetto giú tra dieci minuti, – dice, e se ne va.

Il bambino continua a mangiare, gli altri invece sembrano aver dimenticato la colazione e lo fissano inebetiti.

– Ohi, la smettete? – sbotta Daniel, sparando sul tavolo briciole di ciambellone.

La station-wagon è piena. Daniel si è seduto dietro, tra Napoleon e Aretha.

Il posto davanti è di Emily, che ha subito in silenzio il travaso dalla sedia a rotelle all'auto.

Dopo che aveva perso l'uso delle gambe, i suoi genitori l'avevano riportata nel Tennessee; mancava da due anni e le prime sensazioni erano state positive. La vicinanza della famiglia la aiutava a non pensare all'accaduto. Nel giro di una settimana, però, la vecchia cittadina di provincia le era diventata stretta, come il fondo di una tazzina da caffè, e di notte non faceva che sognare il traffico di New York. Lei una casa ce l'aveva. Lo sport l'aveva resa indipendente, tanto da potersi permettere un bilocale a Brooklyn. Tutti i sacrifici che aveva fatto per andar via da dov'era nata, e adesso si ritrovava esattamente al punto di partenza. Una notte, mentre i suoi dormivano, si era trascinata per le scale ed era scesa al pianterreno; si era arrampicata sulla sua sedia ed era andata al vecchio fienile. Una volta lí aveva acceso le lampade al neon, e da sotto aveva osservato la trave di legno sulla quale aveva trascorso la giovinezza: quei cinque, pericolosissimi metri le avevano permesso di non avere paura di nulla ed erano stati il trampolino della sua carriera.

Il giorno seguente aveva comunicato ai suoi che sarebbe tornata a New York; loro avevano cercato in ogni modo di dissuaderla, ma lei era stata irremovibile. Se aveva una possibilità, una sola, di ricominciare, era lontano da lí.

Il ritrovato entusiasmo era durato all'incirca due mesi, poi Emily era piombata in una depressione che non l'aveva piú lasciata. Aveva trovato una sorta di rifugio nei libri, ma ogni volta, letta l'ultima pagina, Emily tornava a essere un'ex campionessa di ginnastica paralitica.

La vita aveva provato a schiacciarla e ci era riuscita.

E adesso questa nuova fase che non comprende: non capisce cosa ci faccia su una vecchia Ford station-wagon con degli sconosciuti e con quello strano uomo del quale sanno solo che ha una passione per il jazz. Non capisce, e dalle facce perplesse dei suoi compagni è sicura che non capiscano nemmeno loro.

L'auto costeggia Central Park, l'uomo alla guida cerca qualcosa di decente alla radio. Trova una versione bossa di *Girl from Ipanema*. Sembra soddisfatto.

– Vi piace la bossa? Io la amo, – dice, ma nessuno dà peso alle sue parole. Comincia a battere il tempo della canzone sul volante; ha un'aria allegra.

– Un penny per i vostri pensieri.

C'è uno scambio di sguardi tra il suo equipaggio.

– Dove andiamo? – gli chiede Napoleon.

– A lavare la macchina. Fa proprio schifo, – risponde l'uomo con una naturalezza disarmante.

Ed eccoli lí, pochi minuti piú tardi, tra i rulli di un autolavaggio sulla Seconda Avenue: quattro anime prigioniere delle proprie paure, l'acqua che pare inondarli.

L'uomo li osserva da fuori e si lascia scappare un tenue sorriso: l'autolavaggio funziona sempre, scioglie lo sporco, le ritrosie, l'imbarazzo. Non li vede, ma sa che stanno finalmente parlando.

È Aretha la prima a fare domande: – Tu che ci fai qui? –

chiede a Daniel, la voce morbida, l'istinto materno che vince ogni impaccio.

– Voi? – ribatte il bambino.

Aretha guarda Napoleon ed Emily, infine risponde cauta: – Noi ci siamo conosciuti ieri sera, – omettendo il filo rosso che li unisce.

Ognuno in cuor suo sa il motivo per cui è lí, e pensare al piccolo Daniel li fa sentire ancora piú a disagio.

– Anche a voi ha chiesto una settimana? – domanda il bambino.

A Napoleon sale un groppo in gola.

– Sí, – risponde Aretha, cercando di mascherare lo sconcerto.

– Ha detto che poi ci avrebbe riportato indietro, – aggiunge Emily.

Aretha annuisce.

La schiuma copre i vetri dell'auto.

– Con voi ha fatto cose strane? – chiede Napoleon; nella sua mente c'è l'immagine di quell'uomo sospeso sul fiume, qualcosa che prima di allora aveva visto solo nei film dei supereroi.

– Non direi, – risponde Emily.

– Perché, con te? – s'incuriosisce Aretha.

– No, nulla, – taglia corto Napoleon. Se raccontasse ciò che è convinto di aver visto la sera prima lo prenderebbero, come minimo, per un credulone. Quindi tace, e ripensa alle volte in cui le sue parole sono state di conforto per qualcuno. Da quando è salito su quel ponte, è come se avesse smarrito l'arte del parlare, le sue risposte sono laconiche, cupe, non riesce a intavolare una conversazione. Eppure lo sapeva fare, e bene. Perché non riesce a comunicare con quelle due donne? O con il bambino?

Forse perché sono uguali a me... è come se dovessi parlare a me stesso, pensa.

– Io davvero non so perché ho accettato, – sbotta Emily.

L'acqua schizza sui vetri dell'auto, mentre i rulli le massaggiano i fianchi, e Napoleon rimbecca la ragazza: – Ti sei fidata di lui.

– Pure tu ti stai fidando, – puntualizza Aretha.

– No, io non mi fido.

– Però sei qui.

– Sí, però mi sembra di essere l'unico che si chiede chi cazzo sia questo tizio! – è polemico, Napoleon, ma in un attimo riprende il controllo. – Magari voi lo sapete.

– Io no, – si affretta a dire Emily.

– Io neanche, però mi fa simpatia, – sentenzia Daniel con la sua ingenuità di bambino.

I rulli dell'autolavaggio si aprono, i bocchettoni dell'aria calda si attivano.

L'uomo che ha fatto di loro un gruppo li osserva appoggiato a un muretto mentre, sornione, si gode una sigaretta.

Inspira lunghi sorsi d'aria ed emette dalla bocca dei cerchi di fumo, grandi, perfetti, che salgono verso l'alto e sembrano non dissolversi mai.

Daniel lo indica dal vetro dell'auto; l'uomo continua a fumare e non può sentire che quel bambino paffutello lo sta chiamando «Brucaliffo», riuscendo a strappare alla compagnia il primo sorriso della giornata.

Adesso che l'auto è pulita, il Brucaliffo è ancor piú di buonumore.

Durante il lavaggio i ragazzi si sono lasciati andare, ora però nessuno parla. Osservano New York con attenzione, come fossero turisti arrivati per la prima volta in quella città che invece conoscono bene.

Aretha fissa i poliziotti che sostano agli angoli delle strade, quasi cercasse di riconoscerne qualcuno per dire «quello è mio amico», quasi volesse recuperare un legame con la vita a cui ha messo fine con un colpo di pistola.

Forse è andato a vuoto, per questo sono ancora viva, pensa con insistenza.

L'auto si ferma a bordo strada; l'uomo alla guida scende, entra in una gelateria. I quattro passeggeri restano in attesa incuriositi.

L'uomo ritorna, apre la portiera con difficoltà e rientra in macchina. Ha in mano cinque coni gelato uguali: fragola e cioccolato. Ne distribuisce uno ciascuno.

– Devo mangiarlo? – chiede Daniel contemplando il cono come fosse il Sacro Graal.

– Se non ti va, no, – risponde placido l'uomo.

– Allora lo butto.

– Non ti piace? – s'informa Aretha premurosa.

– Ho il diabete.

– Questa settimana non hai il diabete. Ma fa niente,

lo mangio io –. L'uomo riprende con delicatezza il gelato dalla mano del bambino: si sta già squagliando e lo lecca per dargli una forma piú stabile.

– Che vuol dire che questa settimana non ha il diabete? – chiede Napoleon, piú adirato che curioso.

– Che può mangiare ciò che vuole, – risponde l'uomo, continuando a leccare.

– Basta, non puoi fare cosí. Abbiamo il diritto di sapere, – insiste Napoleon.

– Che cosa volete sapere? Che faremo in questi giorni? – L'uomo sembra disponibile a parlare.

– Non solo, – risponde di getto Napoleon.

– Di solito non faccio tanti programmi…

– Dimmi chi sei. Io non mi fido, – Napoleon è deciso a non mollare.

– Ieri sera non mi sembravi cosí scettico quando mi hai seguito. Cos'è che ti ha convinto? – Il tono è provocatorio.

– Ieri sera ero sconvolto, va bene? Oggi voglio delle risposte. Mi hai fatto delle promesse precise, come a loro, immagino. O sbaglio?

Napoleon guarda Daniel, poi Aretha, che ha già addentato il cono.

Emily mangia lentamente, come un uccellino ferito, e il suo moto di stizza arriva del tutto inaspettato.

– Sí, ci hai fatto delle promesse! E invece ci hai portati a lavare la macchina e a prendere un gelato! E ora che facciamo? Una passeggiata lungo l'East River?

L'uomo sorride.

Cinque minuti dopo sono nel Brooklyn Bridge Park, Napoleon tiene il passo dell'uomo in testa al corteo, dietro di loro Aretha spinge Emily sulla sedia a rotelle; accanto a lei, Daniel.

– Insomma, dove ci stai portando? – chiede Napoleon all'uomo afferrandolo per un braccio.

– Risparmia il fiato e cammina –. La risposta è sporcata dal fiatone.

Napoleon ha un gesto di stizza e allunga la falcata come per andarsene, puntando una collinetta che dovrebbe portarlo alla via che costeggia il fiume, per poi imboccare il sentiero di ritorno. Arrivato in cima, però, si blocca: sembra paralizzato, incapace di fare anche un solo passo.

I compagni lo raggiungono; pochi metri dietro di loro si ferma l'uomo, riprende fiato, e a piccoli passi si unisce al gruppo. Vicino al fiume ci sono due macchine della polizia, un'ambulanza e un gommone dei sommozzatori. Qualche curioso fa capannello sull'argine: le forze dell'ordine stanno recuperando un corpo.

I quattro, uno accanto all'altro in una fila attonita e silenziosa, sono a un centinaio di metri e faticano a distinguere la sagoma di quello che sembra un uomo di mezza età.

Aretha, protettiva, mette un braccio sulle spalle di Daniel e cerca di portarlo via, ma il ragazzino oppone resistenza e le fa capire che vuole restare a vedere.

Napoleon continua a osservare la scena rigido come una statua: il corpo viene portato a riva, indossa un cappotto di un colore indefinito sopra un vestito, un vestito molto simile…

Al mio, pensa Napoleon. Come simile è il fiore della vita stampato sulla maglietta fradicia di acqua nera e senza speranza.

Napoleon è rapito dall'immagine di quell'uomo adagiato sui ciottoli, quell'uomo che alla fine ha deciso di saltare. *Ma se mi sono buttato, allora…*

– Puoi avvicinarti, se vuoi, – il pensiero è interrotto dalle parole dell'uomo che diceva di poterlo salvare.

– S-sicuro? – Napoleon è esitante.

– Non possono vederti.

Il motivatore è combattuto, continua a scrutare la scena da lontano. Emily è immobile; Aretha sfiora Napoleon sulla schiena come per dargli conforto, o forse per sincerarsi che sia davvero lí, ma lui nemmeno se ne accorge.

– Vai, – lo sprona l'uomo.

Come se stesse rispondendo a un comando, Napoleon s'incammina verso l'East River e si ferma a qualche metro dagli agenti che stanno perquisendo il cadavere. *Chissà dov'è finito il mio cappello*, è l'unica cosa che gli viene in mente.

Aretha, Emily e Daniel sono in religioso silenzio.

– Il primo giorno è il piú duro. Poi andrà meglio, – dice l'uomo.

La station-wagon corre silenziosa lungo la Fdr Drive.

Ognuno riflette su dove potrebbe essere il proprio corpo in quel preciso istante: un turbinio di pensieri che non permette loro di apprezzare quella bella mattina a Brooklyn, insolitamente mite per la stagione, che in un altro momento della vita avrebbero concluso sdraiati su un prato lungo la riva del fiume, magari con una birra.

Ma la vita, ormai, non esiste piú.

Lo sanno Aretha ed Emily, e lo sa Daniel. Soprattutto lo sa Napoleon, mentre segue con gli occhi il profilo sinuoso del fiume che ha accolto il suo corpo. Guarda fisso fuori dal finestrino, una mano a reggere il mento. Neanche si accorge che l'uomo ha acceso la radio. James Arthur, con la sua struggente *Say You Won't Let Go*, riempie l'abitacolo, dichiarando alla sua donna che vorrà stare con lei anche quando saranno solo due fantasmi.

Napoleon è seduto davanti, un tacito accordo con Emily che, affabile, si è accomodata dietro; lí, da solo, può evitare ogni sguardo, non deve subire nessun gesto di compassione né rispondere con un sorriso a espressioni consolatorie. L'atmosfera è stanca, sospesa. Emily appoggia la testa sulla spalla sinistra di Aretha, che le sfiora una mano; pochi secondi e Daniel posa la sua su quella destra. Un po' di fiducia in questa nuova vita lunga una settimana.

I colori di Times Square contrastano con il grigio del fiume che tutti hanno ancora negli occhi.

Io non sono mai riuscito a parcheggiare sulla Quarantanovesima, riflette Napoleon, come se fosse una normale giornata di shopping. La quantità di persone che gli passano accanto rende meno evidente la differenza tra l'essere vivo e il non esserlo, o meglio, il fatto di non capire che cosa effettivamente si è. L'uomo, che cammina qualche passo avanti, si ferma di fronte alla vetrina degli studi della Abc. Il gruppo lo raggiunge. C'è il notiziario in diretta. Daniel appiccica il naso al vetro; anche Emily e Aretha si avvicinano.

Napoleon rimane leggermente discosto, ma anche lui è interessato a quanto sta passando sul *videowall* dentro il locale. La voce di una giornalista commenta il servizio del telegiornale, il sottopancia scorre sulle immagini di New York, la polizia, la pioggia, i curiosi attorno a un luogo recintato dal nastro giallo con la scritta «Crime Scene - Do Not Cross».

«È di Emily Walsh il corpo trovato ieri mattina tra l'Undicesima Avenue e la Quarantottesima Strada. L'ex campionessa olimpica di ginnastica artistica si è gettata nel vuoto dal tetto del *Kimpton Ink48 Hotel* di Hell's Kitchen».

Aretha, dietro la carrozzina, d'istinto stringe piú forte i manici. Daniel è pietrificato. Napoleon sospira, attento a non fare rumore. Pensava di aver finito col dolore degli altri, invece no.

«Medaglia d'argento ai mondiali 2015, medaglia d'argento alle olimpiadi di Rio 2016, e ancora sul podio agli ultimi campionati nazionali...» continua la voce, mentre sullo schermo compare un montato delle imprese sportive di Emily. «Solo per ricordare alcuni dei tanti trofei vinti: la Walsh, originaria del Tennessee, è stata una delle piú giovani atlete statunitensi a partecipare a una olimpiade. Durante le qualificazioni per Tōkyō 2020, a causa di una brutta caduta dalla trave, era rimasta paralizzata». La giornalista fa una breve pausa.

«Vediamo ora il meteo...» e sul *videowall* appare la cartina degli Stati Uniti: il sole oggi splende un po' ovunque.

Si salta da una morte alle previsioni del tempo. Cosí..., pensa Napoleon, che non si è mai abituato all'èra dell'informazione veloce. Odia i contenuti ai quali le persone sono sottoposte; basta avere un profilo Facebook per passare da un video di guerra in cui vengono inquadrati i cadaveri ritrovati in una fossa comune al video del gattino che accarezza un pappagallo. Niente ci impressiona piú: una ragazza si è lanciata da un grattacielo, un'atleta olimpionica e, mentre scorrono le immagini del servizio, qualcuno si fa un selfie proprio davanti alla vetrina dell'Abc.

Emily indietreggia con la sedia a rotelle e si avvia lungo la Settima, il resto del gruppo la segue.

Semaforo rosso, i cinque si fermano. Da quando l'hanno resa in parte pedonale, Times Square è diventata un inferno: frotte di turisti e curiosi l'affollano a qualunque ora del giorno; Daniel li osserva. Poi alza lo sguardo sopra le vetrine di Sephora, sopra l'indice Nasdaq, su fino ai cartelloni pubblicitari, quelli che ogni trenta secondi si dànno il cambio. Adesso è il turno dell'immancabile Budweiser.

– Mi piace Times Square. E mi piaceva venirci. Mi confondevo tra la gente, – dice Daniel un po' a sorpresa. – Nel mucchio nessuno si accorgeva di me. Non mi va di parlare del passato, però. Noi siamo nel futuro, no? – chiede all'uomo, nella speranza di spronarlo a rispondere. – Possiamo vederlo, tipo Donnie Darko?

– Piú o meno, – risponde l'uomo.

– Però senza di noi, – insiste Daniel cercando di capire. – Cioè, come se noi fossimo... – esita. – Morti?

L'uomo si limita ad annuire.

– Ma noi ci siamo, siamo qui, – e nel dirlo il bambino fa un gesto plateale a indicare i suoi nuovi amici. Emily, Napoleon e Aretha guardano il loro eroe, finalmente uno che riesce a ottenere qualche risposta.

– Come spettatori, – risponde l'uomo.

– Ed è tipo *Ritorno al futuro*? Possiamo cambiare il destino delle persone... – interviene Aretha provando a usare il linguaggio del ragazzino, che sembra essere l'unico a funzionare.

– Potete condizionare solo il vostro.

Semaforo verde, appare la scritta «Walk».

– Andiamo, – dice allungando il passo. I quattro lo seguono in silenzio, Daniel arranca, poi lo raggiunge in testa al drappello e gli domanda a bruciapelo: – Tu puoi volare?

Napoleon ascolta con attenzione: lui crede di averlo visto volare, o meglio, galleggiare nell'aria. Forse volare è un'altra cosa, riflette. Comunque è curioso di sentire la risposta.

– Basta domande, Daniel, – replica l'uomo.

Il bambino sbuffa. Mentre gli altri continuano a camminare, Napoleon rallenta, si ferma. Ha notato qualcosa su un cartellone pubblicitario. I compagni tornano qualche passo indietro, non capiscono il motivo di tanto interesse. L'immagine raffigura una banalissima comitiva di ragazzi che mangia un gelato in riva al mare. Napoleon fa cenno di attendere. Il cartellone è uno di quelli che girano ogni tot secondi. Adesso sono tutti col naso all'insú, aspettano che cambi la foto. Nell'istante in cui le lamelle ruotano, rimangono a bocca aperta: la pubblicità che appare mostra un bambino sorridente che beve un'aranciata. La scritta sopra di lui recita: «*Everyone can be cool. Drink Goody Orange*». Ha qualche chilo in piú ma è Daniel, non ci sono dubbi.

Emily fa per dire qualcosa, le parole però le muoiono in gola: l'espressione di Daniel non è quella di chi, fiero, si riconosce in una pubblicità nel centro della piazza piú importante del mondo. Il bambino riprende a camminare, da solo, lungo la strada. L'aranciata cede il posto al nuovo Galaxy S9 della Samsung.

Il gruppetto si riunisce nella station-wagon, che si lascia alle spalle Times Square.

Napoleon lancia un'occhiata ad Aretha, poi torna a fissare la strada davanti a sé. Sa con certezza che presto verrà rivelato qualcosa anche della poliziotta. E sa bene che, com'è stato per gli altri, ogni ricordo o scoperta provocherà un dolore. Un dolore probabilmente necessario. È sicuro che l'uomo alla guida, se parlasse ora, direbbe proprio cosí: «Un dolore *necessario*». Una delle locuzioni preferite di Napoleon durante i suoi convegni.

L'auto percorre diversi isolati, stretta tra i grattacieli di ferro e cemento; sembra una sorta di scialuppa dantesca e, quel viaggio, una *Divina Commedia* al contrario, in cui le anime dannate non stanno sulle sponde, ma pigiate dentro una vecchia station-wagon, i vivi affollano i marciapiedi e il traghettatore ha l'aria scanzonata di un tassista senza nome.

– Come ti chiami? – chiede Emily all'improvviso. La ciurma drizza le orecchie, come se quella domanda finora taciuta fosse sulla punta delle loro lingue da troppo tempo.

– Vi va una birra? – risponde l'uomo svoltando a destra. È bravo a svicolare.

– La prima buona idea da stamattina, – dice Napoleon.

È l'inizio del tramonto e l'uomo ferma l'auto davanti a *Mr Dennehy's*, un Irish pub nel Greenwich Village.

– Io non vengo, – dice Aretha scrollando la testa.

– Una birretta al volo, – cerca di convincerla Napoleon.

– Non ho voglia.

– Loro non ti vedranno, – replica l'uomo, con l'aria di chi la sa lunga.

Gli occhi di Aretha cominciano a tremolare e la donna si gira a fissare la strada.

– Sono io che non voglio vedere loro.

L'uomo sorride. – Vieni, fidati –. E le porge la mano, come un cavaliere impegnato a far uscire una dama dalla carrozza.

Aretha cerca conforto nei compagni, ma loro sono troppo spaesati per essere partecipi. Ognuno è ancorato ai propri ricordi, incapace di comportarsi in un mondo dove è solo spettatore.

Alla fine emette un lungo sospiro: è il suo modo di dire sí.

Sull'uscio, un attimo prima di entrare, Daniel tira una manica all'uomo. – Allora, ci vedono o no?

– Dipende.

– Da cosa? – lo incalza Napoleon, spingendo la carrozzina di Emily.

– Da quello che decido io.

– E come decidi? – insiste Daniel

– Smettila di fare domande, – conclude l'uomo avviandosi all'interno del pub. Gli altri lo seguono.

Il locale è grande e accogliente: le pareti di legno scaldano l'ambiente, un lungo bancone sulla sinistra per la mescita delle birre, una ventina di tavoli sulla destra e, in fondo, un piccolo palco sul quale tre ragazzi stanno suonando musica irlandese. Quasi tutte le sedie sono occupate da poliziotti in divisa.

Nessuno dei presenti sembra accorgersi di loro. I cinque si accomodano all'unico tavolo libero.

Napoleon toglie una sedia per far posto alla carrozzina poi, in tono amichevole, si rivolge all'uomo: – Una curiosità ancora... – L'uomo ha l'aria scocciata di chi si aspetti l'ennesimo quesito che non potrà soddisfare. Ma Napoleon ha solo un problema di natura pratica: – Se non ci vedono, come facciamo a ordinare?

Quel paradosso strappa un sorriso alla comitiva.

– Ci penso io, – risponde l'uomo dirigendosi al bancone.

I quattro rimangono soli, un po' smarriti in quel contesto che fino a poche ore prima avrebbero considerato ordinario. La vita gli scorre davanti aprendo piccole falle nelle loro corazze. Anche un semplice brindisi con un amico è un gesto che non ha piú significato.

Aretha è silenziosa e attenta, come se volesse assaporare ogni movimento, ogni parola dei colleghi poliziotti, ed essere ancora parte di quel mondo.

Napoleon se ne accorge e le chiede se si sente bene.

– Li conosco tutti, – dice lei con un tono nostalgico, e passa in rassegna i presenti. – Lui è Willy, è di Pasadena, lí c'è Annette... quella alta è Grace... Jeremy, Peyton, Dylan... Quello grosso è Mason... con Mason facevamo coppia fissa. Ero con lui ieri sera... – Vorrebbe aggiungere «quando mi sono sparata», ma non ci riesce. – Questo è il nostro posto, ci veniamo spesso –. La voce rotta dalla commozione.

Mason è al tavolo con tre uomini, davanti a sé ha un boccale pieno fino all'orlo, lo fissa come fosse in attesa di chissà quale rivelazione.

– Quanto vorrei abbracciarlo, – dice Aretha. Sembra in uno stato d'ipnosi, a ridestarla è il tintinnare di una forchetta su un bicchiere di birra scura.

È Mason, in piedi, a richiamare l'attenzione dei presenti.

– Ascoltatemi un minuto, – dice, beve la Guinness d'un fiato, soffoca un piccolo rutto, appoggia il bicchiere sul tavolo e si avvia verso il palco.

Prende un microfono e rivolge un gesto al frontman del gruppo; la musica tace.

Mason è alticcio, ma non manca di sorridere. Appena inizia a parlare, il microfono emette un fischio stridulo.

– Aretha era la persona piú bella che abbia mai conosciuto, oltre a essere forse l'unica donna con cui non ci abbia provato, – ridacchia, la voce è impastata, eppure cerca di mantenere una certa dignità. – Mi chiamava «Braveheart», ma il mio non era coraggio, era incoscienza… la coraggiosa era lei.

Aretha fissa il palco imbarazzata e turbata al tempo stesso.

– Non era una che si tirava indietro, – continua Mason. – Però non rischiava mai inutilmente. Mi rimproverava spesso, diceva: «Mason, ci pagano anche per perdere la vita, ma non per buttarla via».

Aretha ripete tra sé quella frase, muove solo le labbra, quasi stesse pregando in intimità.

– «Tieniti stretta la tua vita, ma alla stessa maniera tieniti stretta quella del tuo compagno». Te lo insegnano quando diventi poliziotto. E se io sono ancora qui, oggi, è anche grazie a lei. Aretha continuerà a starmi accanto, e a proteggermi dalla mia incoscienza.

Nel frattempo Caronte torna, sorregge un vassoio con quattro birre e un succo di frutta, ma nessuno sembra avere voglia di bere.

Mason si rivolge alla platea, ha uno sguardo che Napoleon conosce bene. *Sarebbe un ottimo motivatore,* pensa; una considerazione un po' fuori luogo, che per un attimo lo fa preoccupare. *Perché non mi commuovo? Forse stiamo perdendo anche le emozioni? È come la foto di «Ritorno al futuro», allora... piano piano scompariremo tutti, un pezzo alla volta...*

Napoleon viaggia con la mente e quando torna alla realtà si ritrova gli occhi di Mason puntati addosso.

– Sta guardando noi? – domanda Napoleon, piú a sé stesso che ai compagni.

– Non può, – dice l'uomo tracannando la sua pinta.

– Sí, Aretha, sarai ancora tu ad accendere la sirena, a portarmi il caffè amaro con doppia cannella e a parlare con la centrale con il tuo maledetto accento del Michigan, – conclude Mason, gli occhi lucidi e la fronte imperlata di sudore: un duro dal cuore d'oro.

Tutto intorno, uomini e donne in divisa cominciano a piangere.

Piange anche Aretha, in modo sommesso, quasi volesse mimetizzarsi tra la folla. – Grazie, – sussurra.

Parte un lungo applauso. Mason scende dal palco, passa davanti al bancone del bar, fa un cenno al barista che gli serve in pochi secondi un'altra pinta. Lui se ne scola la metà, si avvicina a un collega e gli mette una mano sulla spalla. – Da domani sarai di pattuglia con me, ma ti toccherà stare seduto dietro, caro Johnny, lo sai, vero? – Johnny sorride, imbarazzato per quella improvvisa ribalta. – Lí davanti per un po' non ci sarà posto per nessuno.

I poliziotti vicini si lasciano andare a una risata liberatoria.

– E adesso cantiamo! – urla Mason alla band. Un urlo che è quasi un ordine, e che i ragazzi accolgono con piacere.

The minstrel boy to the war is gone, | In the ranks of death you'll find him | His father's sword he hath girded on, | And his wild harp slung behind him.

È la canzone funebre dei poliziotti. *Minstrel Boy*, un pezzo malinconico ed emozionante. Mason è il primo tra il pubblico a seguire i musicisti, poi via via tutti si uniscono al coro: chi intona una strofa, chi si abbraccia in una scena degna di un dramma teatrale, chi riesce solo a piangere. Aretha finalmente fa scorrere le lacrime senza piú trattenerle; a lei si unisce Emily. Daniel resiste a fatica. Napoleon pensa al vuoto che ha dentro.

L'uomo che li ha portati ad assistere allo spettacolo, invece, sgranocchia noccioline e sorseggia birra, l'espressione seria ma rilassata di chi stia facendo ciò che è necessario ed è consapevole che ogni cosa sta andando per il meglio. Si gusta l'ultimo sorso, si asciuga la bocca dalla schiuma con un tovagliolo, infine fa un cenno ai suoi amici: è ora di andare. E mentre il resto degli avventori si perde sulle note della struggente canzone in memoria di Aretha, il gruppetto lascia libero un tavolo che, agli occhi dei presenti, libero lo è sempre stato.

Ormai i quattro cominciano a conoscerlo, lo strano signore che li accompagna in giro: la prima cosa che fa dopo aver acceso la macchina è scegliere la musica, come se in ogni situazione ci fosse bisogno della giusta colonna sonora, come se quelle note selezionate con cura ci raccontassero il loro legame con la realtà.

Quella sera comincia con Bruce Springsteen che snocciola la sua *I'm on Fire*, dopodiché c'è tempo solo per la prima metà di *Iris* dei Goo Goo Dolls, una canzone che a Napoleon evoca un vecchio film in cui un angelo aveva una storia d'amore con una donna che voleva suicidarsi, o una storia simile; non ricorda con esattezza.

L'idea che il vecchio uomo alla guida della station-wagon sia davvero un angelo si sta affacciando nella sua mente. È certo che ci abbiano pensato anche gli altri, ma nessuno ha avuto il coraggio di dirlo. La parola «angelo» spaventa piú della parola «diavolo», perché al diavolo non vuoi crederci, agli angeli sí. La sola ipotesi ti porta in un territorio sovrannaturale che fa tremare le gambe. Prima che Napoleon riesca a dare una forma coerente alle proprie riflessioni, l'auto si ferma, la radio si spegne e la magia emotiva che la musica crea svanisce.

La scritta *Blue Moon Hotel* cerca di darsi un tono davanti agli avventori, ma le poche lampadine non fulminate, con il loro debole bagliore bluastro, non riescono a illuminare quella notte senza stelle.

Il gruppo scende dall'auto con gesti consolidati: l'uomo apre la sedia a rotelle, Napoleon aiuta Emily a salirci, Aretha la spinge, Daniel chiude le portiere.

Nessun commento su quanto hanno appena vissuto. Ognuno di loro è rinchiuso nei propri pensieri contorti, intestinali, mutevoli.

Il montacarichi sale; il suono metallico degli ingranaggi che scorrono è diventato quasi familiare. La hall come al solito è deserta, spoglia e consumata, ma non piú avvolta nel silenzio: c'è una vecchia radio anni Sessanta in un angolo. Il suono è gracchiante, ha il sapore antico delle case dei nonni, un suono di transistor affaticati che viene da lontano. Le note di *Beyond the Sea* impregnano l'aria, la voce di George Benson è calda, rassicurante; ricorda a chi l'ascolta che da qualche parte, al di là del mare, c'è qualcuno che ci aspetta.

È una notte difficile per dormire. Napoleon è sulla scala antincendio davanti alla camera, una sigaretta appena accesa in bocca.

Decine di interrogativi affollano la sua mente. Si sente un esiliato dalla vita, percepisce il tempo scorrere come prima, ma non ne capisce piú il senso. Vorrebbe indirizzare i propri pensieri da qualche parte, ma non sa dove; strano, per lui, abituato ad avere tutto sotto controllo. Fa un tiro ed espirando cerca di comporre dei cerchi di fumo perfetti, come quelli dell'uomo all'autolavaggio, ma i suoi sono sghembi, e i pochi che hanno una parvenza geometrica si sfaldano in un attimo.

Ecco chi è. Un illusionista. Qualcuno in grado di manipolare la realtà e farcela percepire diversa. Non è difficile, in fondo Copperfield ha fatto cose ben piú incredibili che galleggiare per qualche secondo in aria. D'un tratto sente un rumore dietro di sé, si spaventa, si gira di scatto, come se temesse che qualcuno possa fargli del male. Trova Emily, piú innocua che mai. La ragazza spinge la carrozzella fuori dalla portafinestra, si ferma accanto a lui.

– Me ne offri una? – chiede.

Per la prima volta Napoleon la guarda con attenzione e gli sembra bellissima.

– Una sportiva che fuma?

La ragazza ha gli occhi stanchi; li allarga, accompagna quello strano scrutare a un'espressione frustrata.

– Ti ricordo che sono morta e paralitica. O paralitica e morta, scegli tu l'ordine.

Napoleon sorride, le porge una sigaretta. Sorride anche Emily.

– In realtà continuo a sentirmi in colpa anche ora, come quando gareggiavo, – confessa.

– Fumavi anche prima? – il tono di Napoleon è paterno.

– Ogni tanto, due o tre alla settimana, era un piccolo capriccio. Adesso è l'unica evasione che mi è rimasta.

– Immagino ti manchi, la tua vita, – dice Napoleon.

– Mi manca tutto, – risponde Emily.

E a me?, si chiede Napoleon, ma non sa rispondersi con la stessa prontezza della ragazza. Fa un lungo tiro e assume una delle sue pose da «ora ti spiego come va la vita».

– Prova a vederla come un'opportunità. A volte bisogna cambiare prospettiva in modo radicale –. Le si rivolge come avrebbe fatto con uno dei suoi seguaci seduti in platea, ma sente una stonatura, in quelle parole.

– Io l'avevo cambiata, la prospettiva, – dice Emily. – Era di cinquanta centimetri piú bassa, e mi faceva schifo –. Incolla lo sguardo alla sedia a rotelle. – Di notte sogno ancora la vecchia me, e mi piace, sto bene. Mi sveglio felice, fino a che non mi tocco le gambe –. Batte con rabbia una mano sulla coscia. – E mi ricordo cosa sono diventata. Che opportunità sarebbe, questa?

Napoleon soppesa le parole della ragazza, poi osserva il cielo: quasi non ci sono nuvole, rispetto alla sera precedente. Emily lo fissa, sembra chiedergli sincerità.

– Hai ragione, fa schifo, ma è l'unica possibilità che hai, – ammette lui.

Emily si avvicina al bordo della scala. – Non è l'unica, ne ho anche un'altra... – dice issandosi sulle braccia e sporgendosi dal parapetto. Napoleon d'istinto fa per afferrarla, ma la ragazza è piú svelta, si rimette a sedere e scoppia a ridere.

– Credi che possiamo morire due volte?

È ancora piú bella quando ride, pensa Napoleon, *le vengono le fossette e le si illumina il viso.*

– Credo che in vita si possa morire due volte e anche di piú.

– Non so quale sia il tuo problema, – prosegue la ragazza, – ma ho l'impressione che il cambio di prospettiva non sia servito molto neanche a te.

Napoleon stavolta non risponde, dà un ultimo tiro e fa volare il mozzicone oltre la balaustra. Entrambi osservano la traiettoria della brace, che cade a terra senza produrre alcun rumore.

Io sono caduto in acqua. Ma lei dove sarà caduta? Avrà fatto rumore? Napoleon avverte una morsa allo stomaco.

– Che ne pensi di lui? – le chiede.

– Mi sembra un tizio che vuole darci una mano, – risponde Emily, come se ci avesse riflettuto a lungo. – Non ho il coraggio ipotizzare cos'altro possa essere, rischierei di impazzire. Prendo ciò che arriva, è di certo meglio di ciò che avevo, – e guarda di nuovo giú nel vuoto. Poi gira la sedia e rientra nella stanza.

Napoleon rimane un po' a fissare il cielo. Se dovesse raccontare quella storia a qualcuno, quali parole userebbe per renderla credibile? Non lo sa. Eppure lui era bravo in certe cose.

Il vecchio uomo che sta provando a far ricredere le quattro anime è chiuso nella sua stanza: una grande vetrata rettangolare con la cornice in ferro, un letto disfatto, un divano di velluto bordeaux mezzo spelacchiato, una poltrona bergère con un plaid sopra. Vicino alla finestra c'è un tavolo rotondo di legno chiaro con quattro sedie in stile norvegese. Accanto alla porta un frigorifero rosso e sulla parete di fondo una grande libreria di metallo; sotto la libreria uno stereo con il giradischi e due casse vintage. Sparse qua e là pile di libri, un mappamondo, scarpe all'apparenza spaiate, una bicicletta da passeggio da donna.

È seduto al tavolo e sta scrivendo su un'agenda.

Ha il viso stanco e gli occhi pigri, porta una tuta grigia di cotone, in testa ha uno zuccotto dal quale spuntano capelli troppo lunghi.

È concentrato. Bussano alla porta; si alza e apre senza chiedere chi è.

Davanti a lui c'è una donna sui trentacinque anni, i capelli rossi, ricci, i tratti delicati di chi non ha bisogno di truccarsi. Indossa una maglia a maniche lunghe con la stampa di Braccio di Ferro che bacia Olivia – nella stessa posa della famosa foto col marinaio e l'infermiera che festeggiano la fine della guerra –, una gonna da gitana e degli scarponcini neri; sembra un po' Winona Ryder un po' Helena Bonham Carter, un incrocio pericoloso, una donna sopra le righe capace di far perdere la testa a qualunque uomo. Ha l'espressione di chi ha sempre vissuto al limite e di chi, allo stesso tempo, è riuscito a prendersi quel che riteneva gli spettasse. Basta un'occhiata per capire il dolore che porta dentro.

– Ciao, – dice l'uomo sbadigliando.

– Dormono? – chiede lei entrando e richiudendo la porta.

Lui annuisce e si siede di nuovo a scrivere.

La donna apre il frigo, prende una lattina di birra, si stravacca sulla poltrona: visti da fuori sembrerebbero marito e moglie dopo un'estenuante giornata di lavoro.

– Com'è andata ieri? – domanda la donna.

– Ne ho quattro.

– Quattro? Cavolo. Non me ne capitano quattro insieme da un'eternità, – esclama con meraviglia e tira giú un lungo sorso.

– Tre adulti e un bambino, – dice l'uomo appoggiando la penna sul tavolo e chiudendo l'agenda.

– Pure un bambino? – Ha il tono triste di chi vorrebbe i bambini fuori da quel tipo di battaglia, ma anche rassegnato di chi è consapevole che in quel lavoro non esiste un cartello «Vietato ai minori».

E che hai fatto nella giornata di apertura? – lo incalza.

– Per cominciare siamo andati lungo il fiume, e gli ho fatto vedere mentre ripescavano il corpo di uno di loro –. L'uomo parla come se stesse raccontando di un gruppo di turisti che ha accompagnato in cima all'Empire State Building.

La donna sta per bere di nuovo, ma stacca di colpo la lattina dalla bocca. – Con un bambino? – Pare davvero stupita.

– Ho dovuto, – risponde lui iniziando a camminare avanti indietro nella stanza come Paperone nei fumetti. – Ce n'è uno tosto, scettico, dovevo dare subito una scossa.

– Forse era meglio il funerale di uno di loro, – ribatte lei, poi dà un ultimo sorso e appoggia la lattina vuota a terra.

– Magari piú avanti, – dice l'uomo rimettendosi a sedere. – A te come va?

– Ne ho tre, domani è l'ultimo giorno. Sono molto stanca. Oggi ho provato a scavare nei loro desideri... ma credo gli abbia fatto piú male che bene...

– Con le persone troppo fragili è pericoloso, soprattutto a un giorno dalla fine.

– Comunque hanno legato molto, penso che ce la faranno tutti e tre.

– Bene, – sorride lui, in fondo il finale è l'unica cosa che conta.

L'uomo si guarda intorno come se si fosse appena ricordato di una scadenza imminente. Vede la giacca abbandonata su una sedia, fruga nelle tasche, afferra le chiavi dell'auto e le dà alla donna.

– Domani mattina mi serve, mi raccomando.

Apre il frigo e prende anche lui una lattina di birra.

– Te la lascio qui sotto, – lo rassicura lei. – Le chiavi alla reception.

– Paga il parcheggio, – replica l'uomo, e le regala un occhiolino complice.

Poi si accascia sulla poltrona come uno che ha tante cose da fare ma gli mancano forza e stimoli per farle.

Giorno due

C'è una piccola stazione ferroviaria deserta, i binari abbandonati sono macchiati dal sole, una leggera brezza scuote due querce solitarie. Uno stormo di uccelli sorvola la zona in formazione migratoria. Sembra un mattino d'autunno.

Nella sala d'attesa ci sono cinque sedie, una sola è occupata. Un uomo con la schiena china si regge il viso tra le mani.

«Nap?» una voce si diffonde nella stanza, l'uomo alza il viso di scatto. Si guarda attorno, è sorpreso di sentirsi chiamare lí, ma riconosce quella voce.

«Tom? – chiede Napoleon alla stanza vuota. – Sei tu, Tom?»

Si alza, si muove cauto, quasi temesse che una belva feroce possa spuntar fuori all'improvviso.

«To-om? Dove sono gli altri? Dov'è il mio microfono?»

Si aggira nella sala, tocca le sedie a una a una.

«Nap», ancora quella voce, ma adesso arriva dalle sue spalle. Napoleon si gira di scatto, vede una donna, bionda, vestita con un tailleur bianco, che lo fissa negli occhi e mormora: «Nap». Ha la voce di Tom.

«Io ti conosco... eppure non so chi sei», dice Napoleon, ma si rende conto che non voleva pronunciare quelle parole.

La donna sorride, poi cambia espressione e inizia a piangere.

In un attimo il sole scompare, si alza il vento, nella stanza cala il buio. «Nap», ripete la donna. Stavolta la voce è femminile, ed è come se provenisse da un'altra dimensione.

Napoleon urla scalciando le lenzuola. Si mette a sedere sul letto; fatica a rendersi conto di dove si trovi.

Ha il respiro corto ed è sudato, sembra abbia appena fatto jogging. Capisce che era solo un brutto sogno.

Chiude gli occhi, il gesto rassicurante che gli permette di comprendere se è ancora vivo.

Li riapre e un moto di ansia gli sale dalla bocca dello stomaco. Il giochetto non funziona.

Sono davvero ancora vivo?, si chiede. Ha sognato Tom e quell'orribile nomignolo con cui era solito chiamarlo. *Chissà come avrà preso la notizia... era cosí sensibile*. Riflette che Tom «è».

«Era» si adatta di piú a lui.

Che strana sensazione non avere la certezza di essere vivi.

Poi c'era la donna vestita di bianco. Il suo ricordo lo spinge a cominciare la giornata. *Lei amava il bianco*. È il suo ultimo pensiero prima di dirottare la mente altrove.

Fa una rapida doccia, indossa una delle magliette blu, un paio di pantaloni. Le stampelle vuote scandiscono i giorni che passano. Esce dalla stanza e segue i rumori di tazze e piattini che sanno di colazione.

Daniel ed Emily sono già a tavola, alzano lo sguardo su di lui; Napoleon rivolge loro un buongiorno con gli occhi, senza spreco di parole. Aretha è accanto alla macchina del caffè, in silenzio osserva i suoi compagni e soprattutto quell'uomo senza nome, che li ha condotti a «vivere la loro morte». È seduto da solo, scrive assorto su una vecchia agenda di cuoio. Alterna momenti che potrebbero essere scambiati per foga creativa ad altri in cui fissa il vuoto come se fosse in cerca d'ispirazione.

– Buongiorno, – sussurra Napoleon avvicinandosi ad Aretha per prepararsi un caffè. La donna sorseggia dalla tazza e non stacca gli occhi dall'uomo che scrive.

Emily sta mangiando un pezzo di crostata e, sperando di passare inosservata, spinge piano la carrozzina indietro. Cerca di sbirciare sull'agenda.

L'uomo non dice nulla, tira su la copertina, nasconde le pagine del quadernetto. La ragazza sorride e torna al proprio posto.

È Daniel, all'improvviso, a sorprendere tutti.

– Senti, ma si può diventare come te?

L'uomo smette di scrivere, lo guarda, cambia discorso: – Finisci la colazione, tra poco dobbiamo andare.

Il bambino insiste: – Cioè: sei nato cosí come sei o ci sei diventato?

– Daniel! – sospira l'uomo.

Gli altri restano in silenzio, ma tifano per il giovane compagno, sembrano dirgli: «Dài, avanti, chiedi».

Lui prosegue.

– Scusa, tu ci fai sempre domande, perciò le faccio anche io.

– No, Daniel, non funziona cosí, – dice l'uomo chiudendo l'agenda.

– E come funziona, allora?

– Eh, diccelo un po': come funziona? – sbotta Napoleon con aria di sfida; sembra la caricatura di un duro.

– Napoleon, ti ci metti pure tu?

Aretha va alla finestra, osserva qualcosa fuori. La tazza bollente le scalda le mani.

– A cosa pensi? – le chiede l'uomo.

– Che programmi abbiamo per oggi? – lo interrompe Emily.

L'uomo la fissa. Sposta lo sguardo su Napoleon, Daniel, di nuovo Emily.

– Adesso vediamo, ve l'ho detto: non mi piace fare programmi –. Il tono è gentile ma risoluto. La compagnia sembra rassegnarsi a fare colazione.

– Va bene, comincio io. Credo che a questo punto sia necessario...

È Aretha a parlare.

In quello strano gioco di sguardi e sentimenti, tutti la scrutano curiosi, ma anche con un pizzico di timore, perché la sua voce è ferma: è quella di una poliziotta che deve imporre la propria autorità.

– ... conoscerci meglio, – conclude.

– Solo se ne hai voglia, – ribatte subito l'uomo che detta le regole.

Aretha beve un sorso di caffè e annuisce.

Non può essere piú difficile che puntare la pistola contro una persona e mantenere il dito sul grilletto senza sparare, pensa. In un lampo le tornano in mente episodi in cui ha avvertito forte sulla pelle il rischio della morte.

– Ho perso mia figlia, – dice, e fa una pausa. Ha bisogno di un attimo prima di riprendere.

– È successo in un campetto da pallacanestro come questo qui sotto. Un po' piú grande, forse, con le gradinate di legno. Io andavo spesso a vederla giocare, facevo il tifo, mi ero appassionata.

Daniel cerca la mano di Emily, un gesto quasi istintivo. La poliziotta continua. – Olivia era la playmaker della squadra, organizzava il gioco. Anche nella vita era un punto di riferimento per le sue amiche.

Torna a guardare dalla finestra: il campetto è vuoto, immerso nella quiete mattutina. Vicino alla rete di protezione passa un ragazzo vestito da rapper, con un berretto dalla visiera squadrata ricoperto di simboli del dollaro. Tira dritto, non fa neanche caso al pallone abbandonato in un angolo. Aretha invece lo mette a fuoco e nella sua mente comincia a percepire il rumore della palla che rimbalza, lo sdrucciolio delle scarpe da ginnastica sul cemento: ora la vede, Olivia è lí, sta giocando con la sua squadra.

– Erano in vantaggio, – prosegue. – Lei era al centro del rettangolo, palleggiava; ha passato la palla e le compagne sono avanzate verso il canestro.

È totalmente proiettata nel passato: avverte perfino i cori dei tifosi. Decine di voci che rimbombano.

– Olivia no. Olivia è rimasta ferma. Isolata nella sua metà campo. Sembrava incredula, aveva come uno stupore negli occhi, non saprei spiegarvelo, ma quell'espressione non la dimenticherò mai –. Aretha fa un'altra piccola pausa. Breve, stavolta. – La sua squadra andava a punti e lei… lei si è accasciata a terra.

Un osservatore attento potrebbe rivedere l'intera scena al replay nelle pupille di Aretha.

– Sindrome di Brugada, – sentenzia.

– Che vuol dire? – domanda Emily, stringendo la mano di Daniel nella sua.

– Che il cuore di mia figlia aveva una scadenza, come il latte. Si chiamano malattie asintomatiche, non ti avvertono e fanno un po' come cazzo gli pare –. Beve un sorso di caffè e d'istinto si gira verso Daniel: il bambino ha gli occhi umidi.

– Quel giorno io sono morta con lei. Non sono una che si piange addosso, anzi, ho sempre visto il bicchiere mezzo pieno, fino a quando Dio non ha deciso di pisciarci dentro.

Aretha guarda l'uomo e capisce che *lui*, come per magia, conosceva già la sua la storia.

– Quanti anni aveva Olivia? – chiede Daniel.

Una lacrima solca la guancia di Aretha, che si lascia sfuggire un piccolo singhiozzo.

– Diciassette.

– Non è giusto, – commenta lui.

– È vero, non è giusto –. È la voce dell'uomo.

Napoleon è sorpreso dall'ammissione.

– A cosa stai pensando, Daniel? – continua l'uomo.

– Alla mia mamma, – dice lui tra i singhiozzi.

Aretha è commossa e accoglie dentro di sé tutta quella disperazione, come un catalizzatore. Attraversa la stanza, raggiunge il bambino e lo abbraccia.

–Vuoi andare da lei, Daniel? Puoi rispondermi sí o no, – propone l'uomo.

La foga con la quale Daniel annuisce fa riverberare i suoi lamenti come un canto di liberazione che non osava intonare.

Napoleon ricorda quando a nove anni andò a Columbus Circle col nonno. C'era una festa, una parata, e la piazza era disseminata di carretti colmi di golosità: *marshmallows*, zucchero filato, noccioline, caramelle. E lupini. Il nonno gliene comprò una grossa busta, che l'uomo del banchetto ricoprí di sale. Napoleon era ghiotto di lupini. Il nonno vide come li stava mangiando e lo ammoní: «Lo sai che le bucce dei lupini fanno venire l'appendicite?» Napoleon non diede peso all'avvertimento. Perché mettere il sale se poi devi togliere la buccia?

La sera dopo fu operato d'urgenza: appendicite in peritonite.

L'operazione, che in genere si risolve in mezz'ora, durò oltre due ore.

Napoleon non ha mai dimenticato l'ingresso in ospedale in braccio al nonno, dopo aver vomitato per tutto il pomeriggio, non ha mai dimenticato quando dalla bocca gli usciva solo un liquido verde; «Sarà stata la bile», avrebbe ipotizzato il medico piú tardi. Una voce nel cervello gli ripeteva che stava per morire, un'altra gli comunicava una sensazione di benessere. Ricorda i camici bianchi delle infermiere che si prendevano cura di lui come fosse un pacco bomba da disinnescare, e quello verde del medico a cui era bastato tastargli il ventre per emettere la diagnosi; l'odore del disinfettante e le parole rassicuranti del nonno: «Starai bene, vedrai». Si sentiva speciale, ma soprattutto fortunato. Pian piano nella sua mente di bambino l'idea della morte era scomparsa, nonostante i dolori e la febbre alta. Essere in ospedale lo faceva sentire al sicuro, sapeva che quelle persone si sarebbero prese cura di lui. E sapeva che di lí a poco sarebbe stato meglio. Glielo aveva detto il nonno. Anche la sensazione dell'anestesia totale gli era piaciuta, «È come se ti aprissero un rubinetto direttamente nel cervello e l'acqua calda dalla testa si propagasse in tutto il corpo»; gli avevano detto di contare fino a dieci, e lui non era arrivato neanche a tre. Infine il risveglio nel letto, in una stanza con persone fortunate quanto lui, finite pure loro nelle mani giuste.

Dopo quell'esperienza Napoleon non mangiò mai piú lupini, né con la buccia né senza. Probabilmente l'appendicite era stata casuale, ma li evitò lo stesso.

Non era neanche piú stato in un ospedale.

Forse è per questo che, da quando ha varcato le porte automatiche del Lenox Hill Hospital insieme ai compagni, si è chiuso in uno strano mutismo. In Daniel rivede sé stesso bambino ricoverato d'urgenza: nei suoi occhi c'è smarrimento, ma anche sollievo per il fatto di trovarsi lí.

Sono nel reparto di terapia intensiva, avanzano lungo il corridoio, l'uomo fa strada.

Raggiungono un vetro attraverso cui vedono un letto occupato da una persona in coma: dal corpo partono tubi e fili che terminano in complessi macchinari; su un monitor scorrono grafici e numeri colorati, come l'indice Nasdaq di Times Square.

Il gruppo è sconcertato: nel letto non c'è la madre di Daniel, come si aspettavano da quando lui aveva detto che desiderava rivederla, ma Daniel stesso. Un lenzuolo lo copre fino al mento, gli occhi chiusi, le guance paffute, neanche dentro ci avesse nascosto due enormi *marshmallows*.

Napoleon, Aretha ed Emily non capiscono. Tacciono.

Daniel si guarda e ripete, quasi fosse un pensiero indotto, due parole che non credeva di conoscere: «Ventilazione meccanica». *Forse le ho sentite qui in ospedale, forse le ha sentite quello steso sul letto e riesco a ricordarle anche io. Ma se io sono lí, allora...*

Accanto al suo corpo in coma c'è il padre, un uomo sui quaranta che ha perso la maggior parte dei capelli quando di anni ne aveva appena venti.

È seduto in poltrona, in mano ha un cellulare e fissa il display.

– Non sono morto... – dice Daniel all'uomo senza nome.

– Per ora no.

– Sono l'unico che non è riuscito a morire. Sfigato fino alla fine.

Aretha ed Emily si sorridono.

Napoleon invece è sorpreso, non capisce, la sua mente analitica si inceppa.

– Venti ciambelle, – precisa il bambino. – E non sono bastate.

Daniel contempla i compagni in cerca di un lampo di comprensione, ma non lo trova.

– Le Donuts, le ciambelle di Homer Simpson. Avete presente quelle con la glassa rosa e la granella di zucchero sopra?

– Cioè volevi ammazzarti con venti ciambelle? – domanda Emily.

Daniel alza le spalle. – Credevo bastassero.

All'interno della stanza, la madre di Daniel spunta dalla porta del bagno, ha in mano un nécessaire con la scritta «Macy's» e una camicia da notte ripiegata con cura.

Indossa un pantalone scuro da impiegata e una maglietta bianca con le maniche a pipistrello.

– Mamma! – sussurra Daniel appoggiando le mani sul vetro; la voce è rotta per la commozione.

La donna si avvicina al letto del figlio, si siede accanto a lui, gli stringe una mano tra le sue. Poi si gira verso il vetro: i suoi occhi, provati e stanchi, incontrano quelli di Daniel vivo. Le lacrime irrompono sul viso del bambino. Sembra che l'incrocio di sguardi stia accadendo sul serio, ma la donna torna a fissare il corpo sotto il lenzuolo.

Daniel è figlio unico e per quanto le finanze fossero modeste, i genitori hanno cercato di non fargli mancare nulla. A sei anni cominciò a svegliarsi nel cuore della notte zuppo di sudore. La sentenza della malattia, diabete, arrivò poche settimane dopo. Da allora le cose sono andate sempre peggio.

«Non è grave, Daniel, puoi fare qualunque cosa. Basta seguire poche, semplici regole», gli dissero.

Niente dolci, okay, regolazione della glicemia, va bene, ma lui, un po' come risposta allo stress, un po' come sfogo, prese a mangiare tutto ciò che non gli era vietato. Senza freni. E piú cercavano di controllarlo, piú mangiava.

Poi la scritta in sovraimpressione durante un quiz preserale in tv: «Se hai qualche chilo di troppo, stiamo cercando te. Diventa una star della pubblicità!»

Fu il padre a mandare via e-mail le foto e le generalità di Daniel. Sei mesi piú tardi, il ragazzino era in onda sui televisori dell'intera nazione. Era diventato il nuovo volto della Goody Orange: nello spot camminava al rallentatore lungo il corridoio della scuola con i compagni che gli battevano il cinque e le ragazze che quasi svenivano vedendolo passare. Il messaggio era semplice: con Goody Orange chiunque può essere un super fico.

Lui però non lo era, un super fico, a scuola lo chiamavano «il ciccione di merda che si affoga di aranciata».

Daniel ripensa a quei giorni con sentimenti contrastanti; da tempo avrebbe voluto parlare coi genitori, ma l'unico argomento di conversazione con loro erano i provini per altre pubblicità o per piccole parti in sit-com e serie tv. Era diventato una gallina dalle uova d'oro, e quel benessere inaspettato aveva stravolto la vita di tutta famiglia. Daniel sopportava il viavai continuo tra uno studio televisivo e l'altro in silenzio, ma mentre i suoi genitori pontificavano entusiasti sul suo futuro, lui sognava solo una via di fuga. Semplice, indolore. Che fosse anche piacevole. Ciambelle, appunto.

Un rumore di passi distoglie il ragazzino dai ricordi. Un medico pare dirigersi verso di loro.

– Ci vede? – chiede il bambino sottovoce.

– No, – risponde l'uomo.

Il medico bussa piano sul vetro.

I genitori di Daniel si alzano entrambi ed escono dalla stanza.

Sono tutti in corridoio adesso; il bambino è tra la madre e il dottore.

Il padre ha il viso spossato.

– Buongiorno, dottore, – dice.

– Ci sono novità? – chiede la moglie, fingendo un'energia che non ha.

Aretha guarda il loro accompagnatore: il sottotesto palese è se conviene che Daniel senta o no quanto verrà detto.

L'uomo intuisce e fa un cenno di assenso col capo, poi si gira verso il bambino: ha la bocca aperta come se avesse davanti il genio della lampada e stesse per esprimere uno dei tre desideri.

Il medico si sfila gli occhiali e si massaggia la radice del naso con il pollice e l'indice, un gesto che indica il bisogno di relax prima di snocciolare l'ennesima relazione clinica.

– Non ci sono novità rilevanti. La situazione è critica ma stabile, – dice inforcando di nuovo gli occhiali dalla montatura gialla. In mano ha una cartellina medica: Daniel cerca di sbirciare, ma non riesce a leggere nulla.

– C'è una cosa che non capisco… perché ha mangiato tutti quei dolci?

– Era molto goloso, – risponde la donna, e reprime un singhiozzo.

– Ma aveva il diabete, lo sapeva, – ribatte il medico.

– Faceva l'insulina, – specifica il padre.

– Non questa volta, – sentenzia il medico.

– Era, aveva, faceva… ma come parlano? È ancora vivo, – sussurra Aretha, mentre Daniel segue la conversazione sulle proprie condizioni con un interesse che non si sarebbe mai aspettato.

– Ne è sicuro? – domanda la madre agitata.

Il medico conferma.

– È strano, Daniel era cosí preciso, non saltava un'iniezione, – commenta con decisione il padre, cercando allo stesso tempo di non indispettire il dottore.

Daniel guarda i suoi amici. – Non l'hanno capito, – dice.

Il medico sospira, prosegue: – Scusate, so che è un argomento delicato, però… – e lascia morire la frase di proposito.

– Però? – dice il padre.

– Non avete pensato che potesse esserci intenzionalità? – chiede il medico con un atteggiamento quasi distaccato.

– Si spieghi meglio, per favore, – replica il padre, cercando sostegno nella moglie che sembra appena caduta dalle nuvole.

– Mi chiedo se Daniel possa aver provocato di proposito la crisi glicemica, – dice il dottore.

– Ma scherza! – ribatte aggressivo.

– È un bambino, si sarà scordato, – si affretta ad aggiungere la madre.

– Daniel era un bambino felice. È chiaro? – grida il padre, e si avvicina al medico costringendolo a indietreggiare di un passo.

– Stava anche diventando popolare, lo sa? – rincara la madre cercando di riportare la calma. – Ha fatto uno spot di successo. Mostraglielo... – dice al marito e gli fruga nelle tasche in modo disordinato. – Dove hai messo il cellulare?

Daniel osserva la madre in difficoltà: i suoi gesti appaiono ridicoli e fuori luogo.

– No, non lo so, – conclude il medico in modo sbrigativo. – Comunque, va bene, grazie delle informazioni –. Quindi si congeda e si riavvia lungo il corridoio scuotendo la testa.

Il padre di Daniel fa un gesto come per mandarlo a quel paese e rientra nella stanza seguito dalla moglie.

– Daniel, vuoi restare ancora? – domanda l'uomo che ha portato lí il gruppo.

Il bambino fa di no con la testa, gli occhi ancora lucidi.

Emily gli si avvicina e gli mette un braccio attorno al collo: Daniel si lascia coccolare, ma tenta in ogni modo di trattenere le lacrime.

– Andiamo, – ordina l'uomo, e s'incammina verso l'uscita.

– Vuoi salire? – domanda Aretha al bambino, indicando il retro della carrozzina.

Lui annuisce e si fa scappare un mezzo sorriso. Sale sul predellino e si ritrova cosí tra Emily e Aretha che la spinge. Napoleon è dietro di loro.

– Perché i miei non si sono accorti di nulla? – chiede Daniel davanti all'ascensore.

– Non potevano pensare che... – dice Aretha, e le porte si aprono.

L'uomo fa cenno ai quattro di entrare, spinge il pulsante «Floor» e fissa le porte che si richiudono dando le spalle al gruppo.

L'ascensore scende e Daniel rompe il silenzio.

– Quel dottore, però, ci ha pensato.

La colonna sonora di quel giorno, orchestrata dall'uomo senza nome, si arricchisce di un pezzo che parla d'amore e amicizia, di un bambino circondato da adulti: *I'll Be There* dei Jackson 5.

Ormai è chiaro a tutto il gruppo: ogni giorno dovranno superare una specie di prova. E se il piccolo Daniel ha appena incontrato i suoi genitori, chi sarà il prossimo a fare i conti col proprio passato in questo futuro che li vede assenti?

La station-wagon sta rallentando, ha puntato un posto vuoto sulla Quarantacinquesima. Napoleon intuisce che questa tappa è per lui e chiude gli occhi. Come in un flash gli torna in mente il sogno di quella mattina: la voce di Tom che esce dalla bocca della donna vestita di bianco.

«Napoleon», sente, anche se nel sogno era solo «Nap».

– Napoleon, – qualcuno gli tocca il braccio, lui spalanca le palpebre e sobbalza: è l'uomo.

Napoleon si guarda intorno e mette a fuoco: sono ancora tutti nell'auto, spenta e parcheggiata, e lo fissano.

– Andiamo! – esclama perentorio. Scende, prende la carrozzina dal bagagliaio, aiuta Emily a sedersi e s'incammina deciso come se conoscesse già la meta.

– Ma dove vai? – gli chiede Aretha.

– Ho capito come funziona, – risponde lui con una punta di soddisfazione.

Pochi minuti e sono nel foyer del Minskoff Theatre, dove un addetto alla sicurezza seduto dietro il bancone legge dallo smartphone. Napoleon si volta verso l'uomo e chiede, quasi certo della risposta: – Non ci vedono, giusto?

– Giusto, – replica quello con un pizzico di soddisfazione.

Napoleon allunga il passo e guida la carovana all'interno, scosta la grande tenda rossa, entra in platea. Si ferma al centro, dirimpetto al palco, e scruta la folla accorsa per l'evento. Pare voler registrare i visi nella memoria a uno a uno.

– Millecinquecentonovantasette, – dice a voce bassa.

– Cosa? – domanda Emily, che sembra l'unica ad averlo udito.

– Le persone qui dentro.

Emily non capisce, ma non chiede altro.

Tutti i posti sono occupati, un assembramento pari a quello di due giorni fa. Solo che oggi al centro della scena non c'è Napoleon. Napoleon è sui due grandi monitor alle spalle del personaggio che sta intrattenendo i presenti; gli schermi trasmettono immagini senza audio di una vecchia esibizione.

– Quello sui monitor sei tu, – indica Daniel.

– Era un anno fa, – risponde Napoleon, e con la memoria ripercorre le serate di successo in quel teatro, l'ultima proprio il giorno del suo suicidio. Per quanto si sforzi, non riesce a ricordare il nome del ragazzo che aveva scelto tra il pubblico, il ragazzo da salvare, quello che era scoppiato in un pianto dirotto e tra un singulto e l'altro, abbracciandolo, gli aveva biascicato piú di un grazie all'orecchio.

– Una tragica fatalità ce l'ha portato via, – dice l'uomo sul palco, diffondendo la voce attraverso l'impianto di amplificazione, – ma le sue idee, le sue parole, la sua energia sono ancora qui tra noi. A me il difficile compito di continuare la sua opera…

– Ma cos'eri? Il pastore di una congregazione? – chiede Aretha con una punta di ironia.

– Diciamo che credevo piú nella vita che nell'aldilà, – risponde Napoleon.

Intanto il motivatore che ha preso il suo posto alza il tono della voce.

– Voglio iniziare il nostro incontro proprio nel modo in cui Napoleon finiva i suoi. Vi prego quindi di abbracciarvi. Adesso. Forte. Piú forte che potete. Liberatevi, passate a chi vi sta accanto la vostra energia. Facciamo sentire a Napoleon che noi siamo qui e crediamo in lui… Diciamoglielo insieme: grazie Napoleon!

C'è un'atmosfera emotiva contagiosa, tra il pubblico. Le prime note di *Hallelujah* di Jeff Buckley sciolgono anche gli animi piú duri.

– Grazie Napoleon! – è il coro che unisce platea e balconata.

Emily è incredula: i discorsi della notte precedente ora hanno un senso.

La musica sfuma fino a scomparire e dal palco il motivatore invita il pubblico a sedersi.

– Adesso andiamo dritti al punto, perché lui è questo che voleva: aiutare chi è in difficoltà, nient'altro. Allora, chi è che ha davvero voglia di cambiare la propria vita? – fa una piccola pausa, il suo sguardo pare voler intercettare gli occhi di tutti i presenti. – Chi vuole darmi una possibilità?

In platea diverse persone alzano la mano, e alcune hostess girano tra le file portando i microfoni. Molti cominciano a sbracciarsi: vogliono essere i prescelti.

Napoleon prova a individuare tra il pubblico la persona che lui avrebbe selezionato, la sua *possibilità* per quella sera.

– Tu chi avresti scelto? – gli chiede Aretha. Lui si volta di scatto verso di lei: è sempre una sensazione spiazzante quando qualcuno sembra leggere i tuoi pensieri. Gli viene voglia di parlare, di raccontarsi, di ridiventare, per un attimo, ciò che è stato per una vita intera. Sarà l'atmosfera del teatro, saranno le persone che sono lí per lui, sarà che il rapporto con i suoi nuovi amici sta diventando qualcosa di piú che un incontro tra anime suicide, ma Napoleon *sente* di volersi aprire: ha nuovamente un pubblico a cui parlare. Seppur ridotto.

– È difficile scegliere, quando sei consapevole che la tua decisione cambierà l'esistenza di una persona.

Oltre all'attenzione di Aretha, Napoleon ha già catalizzato anche quella degli altri. All'improvviso, però, una donna dalla platea strappa il microfono a una hostess che le passa accanto e urla: – Cazzate!

I rumori in sala si affievoliscono, le teste si girano tutte in direzione della voce, anche quelle di Daniel, Aretha, Emily e dell'uomo che li ha condotti lí. Pure quella di Napoleon.

È una donna sui trentacinque anni, con i capelli biondi, ad aver parlato; indossa un tailleur bianco. È bella ma non appariscente. Napoleon la vede, chiude gli occhi e respira a fondo.

– Cazzate! – ripete la donna, e attacca l'uomo sul palco: – Perché non dici a questa gente come sono andate davvero le cose? Perché non ammetti che non è stata una tragica fatalità, ma che Napoleon si è suicidato?

Il silenzio che si era generato nel pubblico si trasforma in un brusio sommesso.

– Io capisco che tu sia sconvolta, lo siamo tutti... – risponde il motivatore sul palco mettendo in luce una certa confidenza con la donna.

– Napoleon ha sempre raccontato bugie, e io sono stata cosí ingenua da credergli. Come ingenua è stata questa gente.

Il pubblico, compreso il piccolo gruppo d'intrusi, sposta l'attenzione al palco: sembra il momento clou di una soap opera.

Napoleon, invece, non smette di fissare la donna in bianco, che prosegue: – Quanto avete pagato per essere qua? Cinquecento, mille dollari? In fondo non è tanto per una felicità a portar via, ma di sicuro è troppo per essere presi per il culo, – sull'ultima parola il tono di voce è imponente. Il tipo sul palco non sa che fare, si gira verso il backstage, cerca un aiuto che non arriva.

La donna incalza, ha preso confidenza col suo nuovo ruolo: ora è lei la persona che i millecinquecentonovantasette presenti – piú cinque – stanno ascoltando.

– Volete la felicità? – continua. – Alzatevi e uscite, magari fuori la troverete sul serio. Forza, uscite! – La donna è infuriata.

Il pubblico non si muove, quasi nella sala ci fosse un terrorista armato di M16 che minaccia una strage: nessuno osa parlare, nessuno azzarda un gesto.

– Non potete continuare a credergli, – urla la donna. – Si è buttato da un ponte, cazzo –. L'ultima frase la pronuncia a bassa voce, pare la supplica di qualcuno che non abbia piú nulla da perdere ma conservi pietà verso chi ancora può salvarsi. Poi, senza chiedere permesso, sfila davanti ai vicini di posto, che si ritraggono per farla passare come se fosse un'appestata. L'unico a seguirla è l'uomo che le sedeva accanto; anche lui sotto lo sguardo incredulo dei presenti.

– Questa scenata è preparata? – chiede Emily.

– No, – risponde Napoleon con un filo di voce.

L'uomo sul palco è al limitare delle quinte, parla con alcuni collaboratori; i *videowalls* si oscurano e la sala si risveglia lentamente. Ricominciano i brusii.

– Dài, è preparata! – insiste Emily, come se avesse appena assistito a uno show dentro Disneyland.

– No –. Il tono di Napoleon è lo stesso di prima.

– Che ne sai?

– Quella è mia moglie, – dice Napoleon, e lascia la platea.

Tra il pubblico cresce il nervosismo, i brusii sono ormai chiacchiere ad alta voce che, sommate, diventano insopportabili.

Sul palco il motivatore vicario tenta di riprendere il controllo della situazione.

– Signore, signori: vi prego di...

Basta uno scambio di sguardi e Aretha, Daniel ed Emily si avviano dietro Napoleon, seguiti a ruota dall'uomo.

Fuori c'è un sole che acceca, un sole senza nubi che quasi annebbia la vista. Un tipo prende un quotidiano da uno dei distributori a bordo strada, un altro sbraita al cellulare parlando di colpe e responsabilità, un ragazzo nero, alto, con in testa un berretto dei Red Sox, ferma i passanti e gli mette un paio di cuffie alle orecchie per pubblicizzare la propria musica. Due adolescenti si baciano in attesa che il semaforo diventi verde, una donna vestita di bianco e visibilmente arrabbiata cammina con passo deciso lungo la Quarantacinquesima e, all'altezza del *Marriott Marquis*, alza il braccio per richiamare l'attenzione di uno dei taxi fermi sul marciapiede opposto; sta per attraversare quando una mano l'afferra trattenendola con forza.

– Greta, Greta, fermati! Vieni qui... – è l'amico che è uscito con lei dal teatro. Lei si blocca, lui l'avvolge in un abbraccio soffocante per calmarla.

Napoleon vede sua moglie stretta a quell'uomo, vede le lacrime di lei, lo sconforto, la disperazione. Si avvicina, consapevole che non possono vederlo.

– Che cosa faccio adesso? – singhiozza la donna sulla spalla dell'amico.

– Vieni, ti accompagno a casa, – dice lui.

Napoleon è a pochi centimetri, allunga una mano, prova a toccare la moglie. Ma non lo fa.

Chissà se posso passarle attraverso come in «Ghost», pensa in una frazione di secondo.

– Puoi seguirla, se vuoi, – dice una voce alle sue spalle.

È stato l'uomo a parlare. Piú indietro ci sono i membri della compagnia scalcagnata di cui fa parte, due donne e un bambino che a turno vengono colpiti nei sentimenti e minati nelle certezze. Questa è la tattica: metterli alla prova mostrando a ciascuno come continua il mondo senza di lui; portarli a dubitare, a dirsi: «Non so piú cosa sia giusto e cosa no».

Una serie di domande affolla la mente di Napoleon: «Perché noi? Ci ha scelto o non c'era nessun altro? Che cosa accade se ci ripensiamo? Perché lo fa? Chi è? Mia moglie ha una relazione con Paul?», tutti flash che scompaiono nell'attimo stesso in cui prendono forma.

– Non voglio seguirla, – risponde Napoleon lapidario, poi aggiunge: – Va tutto bene, – e si avvia verso la macchina.

I quattro gli vanno dietro a pochi metri di distanza, mentre una folla ordinata si riversa fuori dal Minskoff Theatre: l'appello di Greta ha funzionato.

Quando Emily aveva quattordici anni si allenava dieci ore al giorno ogni giorno. La prima olimpiade era alle porte e i suoi risultati erano balzati agli onori della cronaca sportiva. Aveva vinto gare locali e regionali, nelle nazionali e nei mondiali aveva ben figurato, ma non era mai andata oltre il secondo posto. Fu una delle piú giovani ginnaste a rappresentare gli Stati Uniti a Londra, anche se non riuscí a piazzarsi. A Rio fu medaglia d'argento e ancor prima arrivò seconda ai mondiali di Tōkyō. Seconda. Seconda. Divenne quasi un'ossessione, per lei, scrollarsi di dosso il fatto di essere sempre la numero due.

E non solo nello sport.

Ai ragazzi Emily pensava poco e niente, presa com'era dalla ginnastica. All'inizio delle superiori però sbocciò, divenne a poco a poco la tipica bellezza dell'Est Europa, affascinante e un po' glaciale. Del resto erano quelli i tratti che le scorrevano nel sangue. Cosí furono i ragazzi a cominciare a interessarsi a lei. Durante le lezioni in classe ricevette i primi bigliettini, e quando si allenava in palestra capitava spesso che qualcuno venisse a vederla, concentrandosi piú che altro sul quel culo di marmo fasciato dai leggings. Poi arrivarono i messaggi sul cellulare da numeri sconosciuti che cercavano di attaccar bottone in modi piú o meno espliciti. Lei, una ragazza di campagna, la sera li rileggeva piú e piú volte, nonostante la consapevolezza che per raggiungere certi obiettivi non fossero ammesse distrazioni.

Un giorno ne ricevette uno da un certo Luke. Emily sapeva chi era: appassionato giocatore di scacchi con un fisico da quarterback, un connubio che le piaceva. Lui la corteggiava definendo sé stesso «povero pedone» e lei «bella regina». Per un po' si limitarono a parlarsi tra una lezione e l'altra, finché un pomeriggio Emily saltò l'allenamento per stare con lui. Finirono nel suo garage. In mezzo a un mucchio di cianfrusaglie c'era un vecchio divano di velluto verde: lui allungò le mani, lei lo lasciò fare. Fu la sua prima volta.

Il giorno dopo, credendo di fargli una sorpresa, andò a trovarlo nella sede del club di scacchi. Pensava di trovare decine di persone intente a giocare, un po' come gli atleti dentro una palestra. Invece c'erano solo Luke e una certa Audrey. Giocatrice anche lei, oltre che, avrebbe scoperto Emily di lí a poco, fidanzata di Luke da tre anni. Non disse nulla, non si fece neanche vedere, sarebbe stato troppo umiliante.

Quella fu la prima di una lunga serie di volte in cui si ritrovò nella posizione di amante. Non era una scelta, la sua, le capitava. Non sempre ne era consapevole, spesso lo scopriva solo in seguito.

Eterna seconda, anche in amore, per tutta la sua breve vita.

Adesso che una vita non ce l'ha piú, questa sensazione le sta passando, non deve piú dimostrare niente a nessuno. Per anni, dopo l'incidente, ha visto il mondo da una nuova altezza; da tre giorni lo sta osservando da una nuova prospettiva. Come quando da bambina faceva la verticale appoggiata contro il muro: le braccia distese, il ventre piatto, le gambe allungate verso il soffitto.

Non come Daniel, che ci prova ma ha i gomiti che gli cedono, la pancia che straborda dalla maglietta rigirata, le gambe divaricate che continuano a muoversi, come se quello fosse il segreto per restare in equilibrio. Pochi secondi, e si accartoccia sul pavimento.

– Daniel! – grida Emily sorridendo.

Aretha arriva trafelata nella hall, l'espressione preoccupata.

– Che state combinando?

– Mi ha chiesto di insegnargli la verticale, – risponde la ragazza.

– Sono troppo grasso, – dice il bambino, come a voler giustificare la sua rovinosa caduta. – Non ci riesco.

Emily gli dà un buffetto sulla testa.

– Non c'entra niente il peso, è una questione di equilibrio. Riproviamo –. Si rivolge alla poliziotta: – Ti dispiace sostenerlo appena si dà lo slancio?

Aretha si avvicina a Daniel, che si rimette a testa in giú.

– Forza! Uno, due e tre! – lo incita Emily dalla carrozzina.

Daniel ce la mette tutta, Aretha gli afferra le gambe e gliele tiene sollevate. Quando è in posizione le lascia, con cautela, e lui crolla a terra in un secondo.

– Uff... Dài, non ce la faccio, basta.

– Non crederai mica di imparare in una sera, sono esercizi che vanno provati e riprovati. Io in palestra ci passavo giornate intere, – lo tranquillizza Emily, e la sua mente torna a quei pomeriggi di sudore e fatica. Alle gare. Alla paura. Alle aspettative.

– Vuoi vedere quanto era brava? – dice all'improvviso una voce dietro di loro.

Emily, sovrappensiero, sobbalza per la sorpresa; vede l'uomo, che le sta appiccicando addosso uno sguardo complice.

– Glielo facciamo vedere? – le chiede.

Emily soppesa la proposta; fissa Daniel, ancora aggrovigliato a terra, e Aretha, che alza le spalle come chi non capisce.

Emily, invece, ha capito benissimo.

Annuisce. Anche se non sa perché. O forse sí: un tempo si sarebbe rifiutata, ma in questa nuova, strana condizione i vecchi paradigmi hanno perso valore. Annuisce ancora e si lascia sfuggire un sorriso, seppure insicuro.

L'uomo afferra la carrozzina e la spinge in una stanza dove nessuno di loro è mai entrato prima. Aretha e Daniel li seguono.

Si ritrovano in locale che assomiglia al magazzino di un negozio di elettrodomestici chiuso da trent'anni. Decine di vecchi televisori sono accatastati l'uno sull'altro, alcuni accesi. Sembra di stare da B&H sulla Nona Avenue, mancano solo gli acquirenti che cercano di capire quale sia il modello migliore al prezzo piú conveniente. Sugli schermi, però, non c'è Oprah Winfrey, né Donald Trump che tiene un discorso, né l'ultima puntata di *Modern Family*. Sugli schermi c'è Emily, a varie età, mentre esegue esercizi in luoghi diversi: la casa nel Tennessee, la palestra della scuola, il palazzetto dello sport di Houston. Le immagini si susseguono in un montaggio fitto, come se fossero uno speciale trasmesso dalla tv via cavo.

– Ma lo stanno dando ora in televisione? – domanda Daniel.

Aretha gli sorride e gli scompiglia i capelli.

Emily indica uno schermo: sembra felice di rivedere le proprie esibizioni.

– Lí avevo diciotto anni, era alle finali di Stoccarda. Ma dove li hai trovati?

L'uomo accende un altro televisore e compare un video di Emily durante un esercizio a corpo libero.

– Questa però non è la mia specialità, la mia è la trave...

Napoleon si affaccia alla porta della stanza e osserva la scena in silenzio.

– Qui dov'eri? – chiede Aretha alla ragazza, indicando uno schermo.

– A Melbourne, ai campionati del mondo.

– E com'è andata?

– Seconda, – risponde Emily, abbassando gli occhi.

– Wow, – esclama Daniel entusiasta.

L'uomo accende un altro monitor: Emily bambina, nella palestra di una scuola, mentre prova e riprova i primi esercizi.

La ragazza è quasi commossa.

– Noooo, lí avevo sei anni, non stavo un attimo ferma. Ero insopportabile.

L'uomo ripete la magia e su un monitor si vede una ginnasta impegnata nelle parallele asimmetriche. Emily aguzza lo sguardo, come se si sforzasse di ricordare.

– Non sono io... – dice, ma subito, su un altro televisore, appare una ginnasta impegnata alla sbarra. E una terza, che volteggia al cavallo. – E queste due? – chiede, poi torna a fissare gli schermi, in cui la prima atleta manca una presa e rovina a lato dell'attrezzo. Anche la seconda finisce a terra.

Emily non sorride piú, sposta lo sguardo in modo convulso tra i televisori: tutte le ginnaste cadono, una dopo l'altra. Un salto sbagliato, un passaggio non perfettamente eseguito, il piede che scivola, la mano che non aggancia.

La ragazza lancia un'occhiata feroce all'uomo, gira la carrozzina ma, invece di dirigersi verso di lui, va alla scatola elettrica accanto all'entrata: abbassa la leva con forza e i monitor si spengono all'istante, facendo piombare la stanza nel buio. Napoleon, sulla soglia, diviene una sagoma.

Nell'oscurità si sentono il cigolare delle ruote e la voce rabbiosa di Emily.

– Be'? Che volevi dimostrare? Che tutte cadono? Che è normale? Che non ne devo fare un dramma? Peccato che loro, dopo, si siano rialzate, io invece sono finita su questa maledetta sedia. Per sempre.

Alcuni passi, poi il rumore di un interruttore e la luce torna.

Daniel ed Emily sobbalzano come se un fulmine fosse entrato dalla finestra.

– Rialzati pure tu, – dice l'uomo.

La ragazza lo fissa.

– Io queste non le ho piú, – balbetta lei toccandosi le gambe.

– Il problema non è lí, – risponde lui.

– Ti prego, non dirmi che è nella mia testa, – Emily è sempre piú adirata.

– Il problema è dove tu hai deciso che sia, – ribatte l'uomo. Guarda Aretha, che però rimane in silenzio, e Napoleon, fermo a osservare la scena, quasi fosse un passante capitato lí per caso.

Il piccolo Daniel vorrebbe parlare, ma ha paura di sembrare stupido; quello è un momento da grandi, cosí si stringe ad Aretha.

– Pensi che tutto possa essere buttato alle spalle? Che sette giorni bastino per estirpare il male di una vita? – Emily avanza verso l'uomo costringendolo ad arretrare. – Per te il tempo risolve ogni cosa, eh? Non mi convinci. Magari prova con gli altri.

Guarda i suoi compagni a uno a uno, si ferma su Aretha.

– Dillo a lei, prova a spiegarle che il tempo potrà curare il suo dolore…

La poliziotta sembra colpita nel segno. Fa per parlare, ma Emily la anticipa.

– Il tempo non serve, hai capito? Uomo-che-manco-sappiamo-come-cazzo-ti-chiami. Non serve!

Quell'esclamazione non fa in tempo a dissolversi che Aretha interviene.

– Invece sí. Il tempo porta via il dolore.

Tutti la fissano, nessuno si aspettava che appoggiasse l'uomo.

Poi aggiunge: – Purtroppo, – spostando di nuovo gli equilibri.

– Che intendi con «purtroppo»? – domanda l'uomo, sorpreso quanto gli altri.

– Purtroppo, – ripete Aretha, e abbassa la testa come stesse soppesando le parole. Si stacca delicatamente da Daniel, la sua voce assume veemenza.

– Io non ho paura del dolore. Io ho paura che il dolore se ne vada. Non voglio smettere di soffrire. Non voglio abituarmi. Non voglio che mia figlia diventi un fiore portato al cimitero. Il dolore mi ha sempre tenuto compagnia. Me la faceva sentire vicina, mi parlava di lei, un ferro da stiro bollente sul cuore. Poi una notte ho dormito. Quando ho aperto gli occhi era giorno e ho capito che il dolore prima o poi se ne sarebbe andato. Ho perso mia figlia, non voglio perdere nient'altro di lei.

L'uomo annuisce, sembra rispondere a una domanda interiore.

Daniel è fermo al centro della stanza, la testa china al pavimento: muove le labbra come se stesse ripassando una filastrocca. – Io invece sto bene solo quando dormo, – dice.

I quattro adulti si scambiano un'occhiata, ma nessuno ha capito fino in fondo il significato della frase.

Quella che segue è una cena silenziosa: tre pizze extralarge a fette da condividere. Fra i commensali serpeggia una sorta di tristezza mista a rassegnazione, eppure l'appetito non manca. Qualche grazie a commento di azioni gentili, infine ognuno guadagna la propria stanza bisbigliando una buonanotte poco convinta.

Napoleon è certo che non prenderà sonno facilmente. Si siede alla scrivania, poi va alla finestra, fissa il campo da basket, quindi si sdraia sul letto ancora vestito e prova a dormire. Niente da fare: il pensiero torna a Greta, a quel pianto accorato.

Se avesse ancora un'opportunità di parlarle è sicuro che lei gli darebbe dell'egoista: Greta ha sempre sostenuto che chi si suicida pensa solo a sé, e lascia i propri cari a vivere nella sofferenza. Napoleon è ricorso spesso a questa considerazione durante i suoi show, ci credeva anche lui. Ma a volte arriva un momento in cui quello per cui ti sei battuto ti appare privo di significato, e le parole che fino ad allora hai pronunciato, quelle che sono state d'aiuto a tante anime in pena, diventano all'improvviso ciò che sono davvero: parole. Né piú né meno. Insignificanti parole. Cosí ti lasci andare. Se dovesse spiegare a qualcuno le fasi che lo hanno portato su quel ponte, si rende conto che non ne sarebbe in grado.

È un po' come l'amore quando finisce: è finito, punto, non puoi farci nulla.

I pensieri bruciano troppo, Napoleon ha bisogno di aria fresca; esce e si siede sulla scala antincendio.

Accende una sigaretta e si sporge verso la finestra di Emily per vedere se è ancora sveglia. Nessuna luce, peccato, un'altra chiacchierata notturna ci sarebbe stata bene.

Dà un lungo tiro e tenta di fare un cerchio di fumo perfetto e duraturo; ottiene un ovale dignitoso, che però si sfalda quasi subito.

– Magari un giorno t'insegno.

La voce sembra giungere dal nulla. Aspettava Emily, si ritrova davanti l'uomo.

– A cosa stai pensando? – gli chiede quello, sedendosi accanto a lui.

– A parte che mi hai spaventato, sto pensando: che palle! Le fidanzate fanno sempre questa cazzo di domanda, hai presente? Appena c'è un attimo di silenzio, loro subito: «A cosa stai pensando?» E basta!

All'uomo scappa un sorriso. Napoleon gli offre una sigaretta, ma lui la rifiuta.

– Meglio di no.

– Fanno male anche a te?

L'uomo apprezza l'ironia, merce piuttosto rara fra i suoi clienti. Con Napoleon, però, è diverso. C'è una strana energia tra loro, hanno qualcosa in comune. E sembrano esserne consapevoli entrambi.

– Che effetto ti ha fatto vedere tua moglie?

– È il primo, inevitabile passo di un lungo percorso che dovrà compiere.

L'uomo lo guarda benevolo, non è soddisfatto di quella risposta pronunciata con la testa, vuole sentire la pancia di Napoleon e Napoleon lo accontenta.

– È stato doloroso, se è questo che vuoi sapere. Ma non cambia le cose.

Ora l'uomo può provare a fare il suo lavoro.

– Sí, è doloroso. Vedere la vita che prosegue senza di noi lo è sempre. Non perché risulti bella o brutta, ma solo perché va avanti, e spesso nei modi piú inaspettati.

– Non c'è nulla di inaspettato nel mio caso, credimi, posso raccontarti pure come continua, – replica Napoleon con accenno di presunzione.

– Ah, sí? – L'uomo è incuriosito.

Napoleon fa volare la sigaretta oltre la ringhiera, ma stavolta non ne osserva la parabola: guarda il cielo.

– Il tizio che la accompagnava era Paul, il suo migliore amico. È innamorato di lei da sempre, e lo capisco: Greta è una donna eccezionale. Oggi, per un istante, ho anche pensato che avessero una relazione. Poi l'ho escluso. Però credo che si metteranno insieme, e lui saprà renderla felice.

Napoleon fa una breve pausa, poi riprende: – Paul deve trasferirsi a Los Angeles, le chiederà di andare con lui, lei alla fine accetterà. Una città nuova l'aiuterà a dimenticare. Tutto abbastanza prevedibile.

L'uomo scruta Napoleon con un sorriso mesto, poi sposta l'attenzione sulla finestra di Emily.

– Stasera non uscirà, – dice.

Napoleon si sente come un bambino sorpreso con le mani nella marmellata.

– Questo non lo avevi previsto, eh? – aggiunge l'uomo, e si congeda dandogli una pacca sulla spalla.

Neanche Aretha riesce a prendere sonno. Bussa alla porta di Daniel, come una mamma che vuole dare la buonanotte al figlio. Come faceva con Olivia.

Entra.

Il bambino sta leggendo un albo a fumetti sdraiato sul letto.

– Non dormi? – domanda la donna, richiudendosi la porta alle spalle.

– Non ho sonno.

Aretha si siede sul letto. – Che storia è? – chiede sbirciando il fumetto.

– Fantascienza.

La poliziotta allunga una mano, Daniel le porge il volume. S'intitola: *Viaggiatori delle galassie*. Aretha legge la quarta di copertina. – Esistono due possibilità: o siamo soli nell'universo o non lo siamo. Entrambe sono ugualmente terrificanti... Wow, roba forte...

Sfoglia distratta l'albo e lo riconsegna al bambino. – Che cosa volevi dire con: «Sto bene solo quando dormo»? – gli chiede.

– Che di giorno sto male.

Aretha rimane in silenzio, attende che Daniel continui.

Lui capisce e sceglie le parole con cura. – Prima era diverso, me ne stavo da una parte, non mi filava nessuno; osservavo tutti, ma ero invisibile. Poi quella maledetta pubblicità mi ha sbattuto al centro dell'attenzione.

– La Goody Orange?

– La Goody Orange. Nello spot chi la beve diventa migliore, invidiato: come se ti desse i superpoteri. A me i superpoteri li ha tolti, mi ha tolto l'invisibilità. Hanno cominciato a prendermi per il culo, cosí adesso sto bene solo quando dormo.

Aretha gli accarezza la testa, gli stampa un bacio sulla fronte e se ne va.

Daniel si asciuga una lacrima solitaria e riprende a leggere il suo fumetto.

Mentre Aretha rientra nella sua stanza, Napoleon esce in corridoio e fa per bussare alla porta di Emily. Appoggia le nocche sul legno. Ci ripensa, torna indietro.

Non può sapere che la stanza di Emily è vuota.

La ragazza è nella sala dei monitor, davanti all'unico schermo acceso. Nel filmato c'è lei di fronte alla trave. Si sistema i capelli, si strofina le mani col gesso. In sovraimpressione appare la classifica provvisoria: è prima davanti a un'atleta cinese.

Emily, sulla sedia a rotelle, studia assorta sé stessa in tv: ha il telecomando in mano. L'esercizio inizia, sale sulla trave, prende lo slancio, parte. Comincia a volteggiare: è perfetta, quasi divina, la sua è una danza nell'aria; si muove con grazia, forza, eleganza.

Lo sguardo di Emily che guarda Emily è liquido, il dito sul telecomando pronto a spegnere, pronto a interrompere un attimo prima di quell'ultimo movimento che avrebbe significato il massimo dei voti in una sequenza da cineteca, quell'ultimo movimento provato mille e mille volte. Ci siamo, eccolo, il pollice di Emily vorrebbe schiacciare, spegnere, ma non lo fa. Cosí il vecchio televisore le mostra Emily che manca la trave e cade di schiena. La botta è di una tale violenza che, pur essendo il video senz'audio, pare lo stesso di sentire il rumore dell'impatto. D'improvviso l'immagine si blocca, Emily schiaccia il tasto «Rewind» e tutti i movimenti visti in precedenza vengono eseguiti a una velocità quattro volte maggiore. Ma al contrario. Finché la Emily in carrozzina non spinge il tasto «Play» e la Emily analogica si passa di nuovo il gesso tra le mani, pronta a salire sulla trave, e la classifica provvisoria la vede in testa davanti a una cinese.

Nel cuore della notte, quando tutti ormai hanno ceduto alla stanchezza, Emily continua a osservarsi. Manda avanti e indietro il filmato, senza sosta, come se cosí facendo potesse scongiurare la caduta, come se in cuor suo s'aspettasse che a un certo punto, per magia, l'esercizio terminasse senza incidenti. Il massimo del punteggio per lei, e per quella stronza di cinese il secondo posto.

Allora vedrebbe la sua sedia a rotelle sparire, le sue gambe distendersi e lei forse non sarebbe neanche lí, in quel club di suicidi la cui tessera vale solo sette giorni.

Giorno tre

La station-wagon corre tra le strade di New York scartando macchine a destra e sinistra: alla guida c'è l'uomo senza nome, il capo di quella brigata di anime non anime, pronte ad affrontare un nuovo giorno senza sapere cosa avrà in serbo per loro.

Sono le dieci del mattino, l'aria è frizzante e il blu del cielo ricorda quello di Kandinskij. Da vivi, tutti gli occupanti dell'auto avrebbero temuto la guida spericolata del loro pilota, ma si può morire dopo essere già morti? Nessuno di loro lo sa, però la sensazione diffusa è un «no» grande come la scritta «Love» della scultura pop a metà della Sesta Avenue. Questo è solo uno dei misteri non risolti che avvolge la loro nuova esistenza e come sempre i quattro continuano a farsi domande senza darsi risposte, come sempre continuano a seguire quello strano tipo perché è tutto ciò che gli resta.

Dopo il notiziario sul traffico che terrorizza chi deve uscire dalla città nell'ora di punta, l'abitacolo si riempie della voce dei Family of the Year, il brano è *Hero* e la station-wagon sembra volare.

Daniel ricorda la mattina in cui i genitori lo hanno accompagnato a un provino per lo spot del nuovo Double Big Mac. Un traffico impazzito nella zona bassa di Manhattan aveva bloccato l'intera città. Il padre imprecava, batteva le mani sul volante e suonava il clacson, giusto per sfogare la frustrazione: stavano facendo tardi, rischiava di saltare tutto, ed essere nella pubblicità di McDonald's era, parole sue, «l'esperienza piú eccitante che gli sarebbe potuta capitare». Daniel osservava le macchine e a mente sommava i numeri delle targhe per vedere quale fosse il piú alto; un modo come un altro di passare il tempo. E di non pensare. E di sperare che quella colonna di auto non si diradasse mai, che milioni di macchine uscissero dai loro garage contemporaneamente facendogli perdere quel dannato, odioso, insopportabile provino. Alla fine arrivarono in tempo. Daniel dovette addentare il nuovo panino doppio, bere un sorso di milkshake e inzuppare una patatina fritta nella salsa barbecue. Fu molto bravo, il padre fu soddisfatto. La risposta della produzione sarebbe arrivata entro trenta giorni, cioè tra due settimane. E ora Daniel pensa che forse non conoscerà mai il responso di quel provino, perché tra due settimane lui potrebbe non esserci piú.

Aretha ha in mente una giornata come tante, di pattuglia con Mason, che a un certo punto si era trasformata in un inseguimento. «Qui la centrale: abbiamo un 10-50 sulla Seconda Avenue, all'altezza della Settantesima». Un semplice incidente stradale. Quando però erano giunti sul posto, il tamponatore, nel vederli, aveva messo in moto la sua vecchia Mustang azzurra anni Settanta ed era scappato. «Dove cazzo va, seguilo», aveva gridato Aretha e Mason non se l'era fatto ripetere, la sirena aveva cominciato a starnazzare e in pochi secondi gli erano addosso. Ciò che accadde dopo, agli occhi degli ignari passanti, sembrò un episodio di *Hazzard*: la Mustang correva a zig-zag, usando anche i marciapiedi e rischiando piú volte di investire qualcuno; la volante subito dietro, Mason che non staccava mai il piede dal gas per non essere seminato.

Aretha quel giorno ebbe paura di morire, mentre non si preoccupa minimamente di come stia guidando l'uomo adesso, anzi, apre il finestrino per farsi schiaffeggiare dall'aria. L'alta velocità la fa sentire bene, la fa sentire viva. La diverte.

Emily vede le auto scorrerle accanto come macchie impressioniste, sfumature di una realtà urbana che non sa piú se le appartiene o no.

«"Dobbiamo andare e non fermarci mai finché arriviamo". "Finché arriviamo dove, amico?" "Non lo so, ma dobbiamo andare"», le tornano in mente queste parole, da quando le ha lette non l'hanno mai abbandonata. *Sulla strada* di Jack Kerouac è stato per lei una scoperta: il senso del viaggio l'ha affascinata, *quel* viaggio l'ha affascinata. Perché un conto è spostarsi in pullman per una gara di ginnastica della federazione, un altro è l'on the road senza una meta se non spirituale, il tentativo di vivere il tempo nella sua essenza, di essere cosí veloce da fermarlo. Non è un caso che abbia letto il romanzo quando già si trovava sulla sedia a rotelle, quando l'idea di «andare» non era ormai niente piú che un'utopia. Chiusa nella sua stanza, distante dal mondo, ha sognato di percorrere le strade di quell'America che le ha sempre generato sentimenti contrastanti. E Sal Paradise, l'alter ego di Kerouac, è il contrario di ciò che è stata lei in vita: sregolatezza e dissoluzione invece di disciplina e controllo.

Ora le sembra di non averlo piú, quel controllo: è in auto con quattro sconosciuti – dopo essersi gettata nel vuoto dal tetto di un albergo scelto a caso – corre veloce senza una meta apparente, con la musica che va. Se non è beat tutto questo. Come finirà non lo sa, per adesso sa solo che le sta piacendo.

«La famiglia dell'anno» lascia spazio a Freddie Mercury e alla sua *We Will Rock You*.

L'ultima volta che Napoleon l'ha sentita stava entrando sul palco del teatro per *prendere a pugni* il pubblico. È successo pochi giorni fa, ma sembra passata una vita. I pensieri di Napoleon sorridono. *In effetti è passata una vita... la mia*. Quali nostalgie ha, anche solo della settimana scorsa? Riflette. *Nessuna*. La sua è stata una scelta consapevole, maturata a lungo, e per ora non ha rimpianti. Solo un dispiacere, grande. Greta. Ma non può farci niente.

O sí?

Forse.

Potrebbe scegliere di tornare e tutto sarebbe come prima. Prima del salto, prima di quell'uomo che gli ha teso la mano. Lui però ha saltato perché non lo amava piú, il prima. Quindi? Sta cercando di automotivarsi, ma non attacca: conosce troppo bene i tranelli che ha teso per anni agli spiriti inquieti come lui. Prendersi a pugni da solo non è facile.

– Oggi vi prenderò a pugni. Sarò scorretto, – dice l'uomo alla guida, neanche gli avesse letto nel pensiero. È pervaso da un'euforia particolare; serpeggia nel traffico con indifferenza, lambendo decine di specchietti.

Adesso sí che Napoleon si sente come se avesse preso un cazzotto in faccia. Uno pensa una cosa e l'altro la dice: un giochetto alla David Copperfield che provoca sempre qualche brivido.

– Perché voi siete forti! – continua l'uomo. – E uscirete da qui pensando: io ce la faccio!

La station-wagon punta l'auto che la precede quasi volesse entrarle nel portabagagli. Il clacson si confonde con le note dei Queen.

– Molto divertente. Davvero, – commenta Napoleon, e spegne la radio.

Nell'abitacolo piomba il silenzio, ma il guidatore non perde l'entusiasmo. – Ci pensavo ieri sera, in fondo io e te facciamo quasi lo stesso lavoro, – dice.

La frase strappa un sorriso a Napoleon, che risponde pungente: – Tu sembri molto piú approssimativo.

Anche l'uomo sorride. – Se i programmi ti rassicurano, posso farli anche io, – aggiunge e normalizza l'andatura.

– Lo apprezzerei.

– Allora, quello di oggi è: passato, presente e futuro.

Napoleon sbuffa, insoddisfatto dall'ennesima non-risposta.

– Cioè? – domanda Aretha, paziente come al solito.

– Lo scoprirete presto.

L'uomo spinge ancora sull'acceleratore, supera una Ford Focus rossa e imbocca l'uscita per Murray Hill, senza decelerare.

Daniel pare divertirsi, mentre Emily oscilla allarmata a ogni cambio di direzione. – Io… io sto per vomitare, – avverte l'ex ginnasta.

Neanche avesse previsto la circostanza, in un istante l'uomo inchioda e si ferma a bordo strada. I passeggeri sobbalzano sui sedili come su un ottovolante impazzito e ricadono indietro.

Il pilota pazzo scende dall'auto – «torno subito», urla – e attraversa la strada sfidando le auto che sfrecciano lungo la corsia.

– Dove va? – chiede Aretha. L'uomo raggiunge una lunga processione di persone in fila, un serpente umano che, sinuoso, si snoda oltre l'angolo di un palazzo partendo dalla cassa di…

– Un cinema? – Daniel è stupito.

Emily legge i manifesti: – *Star Wars*?

– Fico! – esclamano Napoleon e Daniel, poi, mostrando una complicità che sembra quella tra un padre e un figlio, dicono all'unisono: «*Io* sono tuo padre», e scoppiano a ridere.

Aretha ed Emily alzano gli occhi al cielo e si voltano

di nuovo verso il cinema: l'uomo senza nome è in coda, in fondo alla colonna di persone che ha appena scavallato l'angolo; le saluta con la mano.

– Pensavo che almeno potesse saltarle, le file, – osserva Emily.

Aretha sbuffa. – Ci saranno ottanta persone prima di lui, la vedo lunga, – e sposta lo sguardo sulla strada, dove s'intravedono alcune bancarelle che proseguono in un vicolo tra due edifici. Per terra c'è un'insegna di ferro con una freccia: «Flea market».

– Facciamo un giro al mercatino? – propone alla combriccola con rinnovato entusiasmo.

Escono dall'auto, sistemano Emily sulla sedia, attraversano la strada e comunicano all'uomo ancora in fila dove stanno andando, come fossero studenti in gita che avvertono il professore impegnato a comprare i biglietti di un museo.

Emily e Aretha si fermano al primo banco; mucchi di vestiti usati, cinque dollari al pezzo. Emily non riesce a rovistare come vorrebbe, lo fa Aretha per lei; come un vero *animale da mercato* passa al setaccio i capi in cerca di occasioni. Ogni tanto lancia un abito all'amica: – Questo è perfetto per te.

La ragazza è perplessa. – D'accordo, non possono vederci, ma nemmeno quando prendi un abito si accorgono di niente, secondo te?

– Non lo so, e non m'importa. Comunque questi due li voglio, sono fantastici, – mostra a Emily due vestiti a fiori. – E, dato che non ci vedono, non li pago. Anche perché non ho soldi.

– Ma... sei una poliziotta! – sbotta a ridere Emily.

– Lo ero. Tecnicamente sono morta, bambina, te ne sei dimenticata? Aaah, questo è davvero il paradiso, – e continua la sua esplorazione in cerca di affari.

Emily studia con attenzione una camicetta rossa che le ha appena passato Aretha, se la rigira tra le mani. E sí, decide di tenerla. Dopo alcuni minuti la caccia è finita, è tempo di cambiare banco.

Ne adocchiano uno pieno di scarpe. Mentre vi si dirigono vengono richiamate dalla venditrice di vestiti. – Scusate. Tre pezzi fanno quindici dollari.

Aretha guarda Emily imbarazzata, vorrebbe prendere il portafogli ma sa già che è vuoto. La salva la ragazza, che tira fuori la borsetta da sotto la carrozzina e paga.

– Cazzo, ma allora ci vedono… – sussurra la poliziotta allontanandosi. Emily sghignazza divertita.

Poco piú in là Napoleon e Daniel sembrano perplessi. Emily si fa largo tra la gente e li raggiunge per avvertirli che sono visibili.

– Lo sappiamo, – le risponde Daniel.

Emily ha un'espressione interrogativa, cerca di capire se le è sfuggito qualcosa. Il bambino le spiega la sua teoria.

– Ci fa essere invisibili solo se serve.

Quella risposta, assurda per chiunque li ascoltasse, soddisfa la ragazza, la cui attenzione si sposta su un banchetto poco piú in là.

Aretha è ferma di fronte a un carretto pieno di cianfrusaglie anni Ottanta. C'è un po' di tutto: insegne di metallo, audiocassette, cuffie, macchine fotografiche, vecchie targhe, scatole di latta. La poliziotta è attratta da un giradischi.

Emily è davanti a un signore dalla lunga barba bianca che vende giocattoli usati. Il tizio la scruta come se fosse una banconota e volesse stabilirne l'autenticità.

– Ci conosciamo? – chiede lei incuriosita, ma anche con un pizzico di timore.

L'altro non risponde, abbassa lo sguardo, prende un fumetto e inizia a leggere.

D'improvviso, tra il vociare della gente, dal banco dove si è fermata Aretha, la donna che lo gestisce, una vecchia hippie coi capelli lunghi sale e pepe, ha messo su un trentatre giri di Bob Dylan: *The Times They Are a-Changin'*.

Napoleon rigira tra le dita un vecchio portasigarette d'argento: ha lo sguardo ieratico di chi ha appena trovato una pepita tra centinaia di carabattole. D'un tratto solleva gli occhi, non vuole perdere di vista il ragazzino che, poco lontano da lui, sta frugando in un cumulo di giubbotti usati. Poi, deciso a comprare l'oggetto, fa il gesto di tirar fuori il portafogli, un movimento abituale che si compie migliaia di volte e a cui non si dà mai troppo peso, ma subito ricorda che non ce l'ha.

– Solo quattro dollari, – dice il tizio che gestisce il banco. Per poco a Napoleon non viene un colpo quando, frugando nei pantaloni che ha indossato quella mattina, trova delle banconote: quattro pezzi da un dollaro. *Come è possibile?*, si chiede. Il venditore prende il denaro e si mette a mercanteggiare con altri clienti.

Ancora meravigliato Napoleon si avvicina a Daniel. Il bambino ha in mano una giacca rossa da motociclista.

– Bella, vero?

Napoleon non risponde, ma la sua espressione è eloquente. Daniel, scoraggiato, la posa e continua a rovistare. Napoleon cerca con lo sguardo le due donne. Vede Emily accanto ai vecchi giocattoli, ha in mano una trombetta e un telefono di plastica.

Dylan continua a cantare e sembra suggerire ai nostri quattro di tenere gli occhi aperti, perché non ci sarà un'altra occasione, mentre Aretha estrae dalle cianfrusaglie una vecchia insegna di ferro a forma di freccia con scritto «Survivors». La mostra a Emily tenendola in modo che la freccia indichi il suo volto; entrambe ridono divertite.

Ride anche Napoleon da lontano, poi viene richiamato da Daniel.

– Questo è identico a quello che avevo io, – dice il ragazzino.

In mano ha un giubbotto di pelle nero; lo esamina con attenzione. Cerca l'etichetta e si blocca di colpo, come se nel colletto avesse trovato uno scorpione. Guarda Napoleon.

– Che succede?

– È il mio! – risponde Daniel scosso.

– È un giubbotto di pelle, non è strano trovarne di uguali.

– No, è proprio il mio! – urla il bambino, e gli mostra l'etichetta con due iniziali ricamate a mano: «D. F.» – Sono le mie... sono io, Daniel Flores! – La sua eccitazione è palpabile. Napoleon prende in mano il chiodo, non controlla l'etichetta, sembra solo soppesarlo, verificarne l'esistenza. Si gira verso le donne. Sembrano tranquille. Napoleon comincia a capire il significato delle tre parole del programma: passato, presente, futuro.

All'ingresso del mercato l'uomo senza nome osserva soddisfatto i quattro che vagano per i banchi. Dopo qualche istante s'inoltra nella ressa e passa accanto a ciascuno di loro, dicendo con delicatezza: – Dobbiamo andare –. Non si ferma a vedere gli oggetti che il gruppo sta osservando, non s'interessa, non fa domande. Come un professore responsabile li invita a tornare alla macchina in cinque minuti; la giornata è ancora lunga.

Prima di allontanarsi incrocia un gabbiotto che vende cd usati. Saluta il gestore e sfoglia rapido le custodie di plastica, ne tira fuori una, prende un dollaro dalla tasca, lo porge all'uomo, saluta e se ne va, felice del proprio acquisto.

The Times They Are a-Changin', i tempi stanno già cambiando, conclude Bob Dylan.

E la musica finisce.

L'auto macina miglia e la comitiva è allegra come se avesse appena speso un buono omaggio da mille dollari ai magazzini Macy's.

Daniel, stretto tra Aretha ed Emily, indossa la sua nuova, vecchia giacca ma, quando allunga le braccia per far vedere come gli dona, si capisce che è di qualche anno prima: le maniche gli arrivano a metà avambraccio.

– È incredibile. Quando ho visto le iniziali per poco non mi è preso un colpo.

– Un altro? – dice Napoleon con un tempo comico da far invidia a un cabarettista. Gli altri ridono.

– Me le aveva ricamate mia madre, – continua Daniel, – perché diceva che mi perdevo tutto. In realtà non l'ho mai usata. Mi vergognavo.

– Be', in effetti non è bellissima... – lo rimbecca Emily di getto.

– Ma che dici, è stupenda, ero pazzo di questa giacca, è stato il mio regalo di Natale.

– Non bellissima, ma comunque bella, – precisa la ragazza cercando di recuperare.

– Mi vergognavo perché era troppo fica per me, e mi stava pure stretta. Aspettavo di dimagrire e di trovare il coraggio per metterla.

– E poi? – Emily è curiosa.

– Poi da un giorno all'altro è sparita, mio padre se l'è

venduta insieme a un mucchio di altri vestiti. Ma adesso l'ho ritrovata, cazzo!

Tutti lo guardano sgranando gli occhi: l'uomo alla guida si gira sorpreso; Daniel non ha mai detto parolacce.

Che stia diventando grande? si chiede Napoleon, ma subito respinge il pensiero. *Non diventerà mai grande, è morto! Anzi no, noi siamo morti, lui, in effetti, non ancora.* La sua mente viaggia senza freni: se il corpo è a suo agio anche in un mondo dove sa di non esistere, il cervello a volte gioca brutti scherzi. Non si rassegna, vuole capire, e piú tu cerchi di spegnerlo piú lui riparte, proseguendo all'infinito con i suoi cerchi concentrici.

– Scusate, mi è scappata, – dice Daniel interrompendo il flusso di pensieri che stava travolgendo Napoleon; un flusso che a un certo punto sarebbe diventato di sicuro dannoso.

Quando Napoleon aveva ancora una vita, spesso, durante la notte, si svegliava, con Greta che dormiva accanto a lui ignara di tutto. Cominciava a immaginare la propria morte, e ciò che piú lo inquietava era l'idea che avrebbe smesso di pensare. Gli era insopportabile l'idea che, *dopo*, non avrebbe neanche *saputo* di essere morto. Aveva paura che la vita fosse solo un interruttore «on-off»: sposti il pulsante in basso e via la corrente. Piú ci rifletteva piú il suo diventava un vero e proprio malessere fisico: sentiva l'aria mancargli e doveva alzarsi. Greta aveva il sonno pesante, non si era mai accorta di quelle uscite notturne: lunghe passeggiate fra le strade di New York, tentando di scacciare quelle brutte sensazioni. Poi i suoi pensieri avevano virato verso il ponte.

E ora che non ci sono piú? Ora che so di essere morto? Ora che la vita continua senza di me? È cosí orribile?, si è domandato spesso in questi giorni. La risposta finora è stata «no».

– E voi... Vediamo un po': cosa avete trovato? – chiede per tentare di distrarsi.

Emily ha sulle ginocchia un telefono giocattolo. Spinge i tasti colorati, che producono ognuno un suono diverso e buffo.

– È uguale a quello che avevo da piccola. Era il mio preferito. Solo che… lo avevo rubato a scuola, nella stanza della ricreazione, – ricorda Emily. – Avevo sei anni e me l'ero messo nello zainetto. I miei erano sempre nei campi, non se ne sono mai accorti, anche perché la sera lo nascondevo in fondo all'armadio. Ci giocavo tantissimo. Spingevo i numeri e cercavo di parlare con le altre città. «Pronto, Los Angeles? Parlo con Chicago?» Già da piccola la mia cittadina mi stava stretta. Sognavo di viaggiare, sognavo le grandi metropoli che vedevo in televisione, la libertà!

– Dammi l'insulina, svelto, Daniel, ho una crisi diabetica, – scherza Napoleon.

– Io invece ho trovato il mio vecchio walkman, – interviene Aretha. Il suo tono è piú malinconico di quello degli altri; si sporge in avanti e chiede all'uomo che li accompagna: – Ma come hai fatto?

Lui le sorride nello specchietto e solleva un sopracciglio come a dire: «Trucchi del mestiere».

– Dentro c'è una compilation anni Ottanta di quelle che mi facevo da sola, – continua la donna, – e Olivia mi prendeva in giro perché mettevo insieme gli U2 con Al Jarreau, gli Eagles con i Kiss, Madonna e Mozart. Le chiamava «Fritto misto», cosí ho cominciato a chiamarle pure io in quel modo. *Fritto misto volume 1*, *Fritto misto volume 2*… Questa è la numero sette. In realtà a mia figlia piacevano un sacco, i miei «fritti misti», e ogni tanto mi rubava il walkman per ascoltarli.

– Che ne sai che è proprio il tuo? – interviene scettico Napoleon. Aretha estrae la musicassetta: sull'etichetta scolorita c'è scritto, con una penna viola, «Fritto misto volume 7». – È la mia grafia, e il viola era il mio colore preferito.

Napoleon inizia a battere le mani, lo fa in modo cadenzato e plateale, ma non è solo ironia, la sua. – Bravo, questa volta sei stato proprio bravo. Bel colpo a effetto, – dice all'uomo.

– E tu? – gli domanda quello, sornione.

Napoleon prende dalla tasca il portasigarette, lo esibisce come il piú splendente dei diamanti.

– Io ho trovato un portasigarette uguale a quello che avevo al college; ci mettevo dentro otto sigarette e due canne.

– Non lo apri? – chiede l'uomo fermandosi a un semaforo. Decine di persone, come sempre, attraversano di fretta sulle strisce.

– So già cosa ci troverò, – risponde Napoleon. Con il pollice fa scattare l'apertura. Mostra il contenuto ai tre seduti dietro: otto sigarette e due canne ingiallite dal tempo. – Chapeau, – dice chinando la testa in segno di ammirazione.

Semaforo verde, la station-wagon è la prima della fila. L'uomo dà gas, riparte e accende la radio: c'è Jack Johnson canta di un angelo senza ali.

Napoleon spegne. – Pensa a guidare.

Nell'abitacolo cala il silenzio. Quasi prende forma l'immagine di quell'angelo che non indossa ali. Tutti guardano in direzioni diverse, ma i loro pensieri sono molto vicini.

– Non ti facevo tipo da canne, – dice Aretha all'improvviso. – Piú da pasticche e coca, semmai...

Ridono. Il viaggio continua.

Sono davanti l'Holland Tunnel e l'auto imbocca il condotto che attraversa l'Hudson River.

– Che ci andiamo a fare in New Jersey? – domanda Napoleon.

– A trovare un amico, – risponde l'uomo alla guida.

La strada è sgombra e le luci artificiali della galleria sfilano al di là dei finestrini.

– Viaggiamo nell'iperspazio! – grida Daniel eccitato. Poi, come colto da una folgorazione, chiede: – Ma li hai presi i biglietti per *Star Wars*?

– Sí, – gli risponde l'uomo.

– E… quanti ne hai presi?

– Ne vuoi un paio?

– Magari!

L'uomo senza nome prende due biglietti dalla tasca e glieli allunga.

– Veramente? Che fico! – esclama radioso Daniel. Il sorriso però gli muore sulle labbra. – È tra dieci giorni, – dice scoraggiato.

Nessuno controbatte, nessuno tira fuori una parola di conforto. Quella semplice constatazione colpisce tutti. Ognuno pensa alla propria condizione, al fatto che tra meno di dieci giorni questa storia sarà finita e ciascuno di loro avrà scelto: di qua o di là. Aretha scuote il ragazzo.

– Non puoi perdere l'anteprima di *Star Wars*! – dice energica.

– Sei giovane. Hai tutta la vita per suicidarti, – aggiunge Napoleon.

– Vi va se mettiamo *Fritto misto 7*? – chiede Aretha porgendo la cassetta, convinta che sia il momento giusto per un po' di musica. L'uomo l'afferra e la inserisce nello stereo.

John Frusciante parte con i primi accordi di *Scar Tissue*. L'atmosfera cambia, si riempie di una nuova energia, i musi lunghi spariscono. A uno a uno, i quattro cominciano a percepire la musica: Emily con le dita sul bracciolo della portiera; Napoleon con la gamba sinistra; Aretha su e giú con la testa, gli occhi chiusi; Daniel, che nella sua giacca stretta sembra un Elvis in miniatura, con le mani sulle cosce.

– In realtà non puoi perderti un sacco di cose, – dice Emily sovrastando la musica.

– Tipo? – chiede Daniel scettico.

– Non so... Il tuo primo bacio, per esempio!

– Già fatto, – risponde il bambino, con il tono di un esperto latin lover.

Gli altri lo guardano tra lo stupito e l'incredulo.

– È stato un anno fa. Mi hanno costretto. Stavamo giocando al gioco della bottiglia a casa dei gemelli Winkler e mi è toccato baciare Carrie Rufus. Aveva l'apparecchio, quello con i ferretti laterali. Anch'io avevo l'apparecchio e avevo paura di rimanere incastrato –. Finalmente, con questo buffo aneddoto, Daniel torna ad avere dodici anni, non recita piú la parte dell'adulto suicida.

– E...? – lo incalza Aretha.

– Sono rimasto incastrato, – conclude lui abbassando la testa per la vergogna.

Tutti ridono, e intanto la fine del tunnel si avvicina.

– Va be', ma ti è piaciuto? – chiede Aretha pensando a Olivia e a quando lei le aveva raccontato il suo primo bacio. Aveva tredici anni e lui si chiamava Phil. «Mi è piaciuto da morire, mamma», aveva detto. *Morire*, pensa la donna, *morire dovrebbe essere una parola innocua per una ragazza di quell'età, maledizione.*

Il no della risposta di Daniel la distoglie dalle lacrime.

– Se non ti è piaciuto, non vale come primo bacio, – replica lei, cercando di non far trapelare la commozione.

– E al sesso non ci pensi? Vuoi perderti il sesso? – aggiunge Napoleon.

– Ma che schifo, – replica Daniel imbarazzato; ora non ci sono dubbi: è proprio un bambino.

Aretha, nella sua mente, sente la voce della figlia chiederle consiglio su quel ragazzo che l'aveva invitata fuori e che molto probabilmente... *Come si chiamava?* Niente, non riesce a ricordarlo.

– Come, che schifo? – dice tenendo di nuovo a freno le emozioni.

– Dàgli due anni, – ridacchia Napoleon. – È un uomo.

– Io sono d'accordo con lui, – interviene Emily. – Il sesso è sopravvalutato.

Aretha la guarda come se avesse appena detto che Lenny Kravitz non è niente di che.

– Allora pensa al Natale, Daniel, – dice fissando ancora la ragazza e scrollando la testa. – Ne avrai almeno altri settanta da festeggiare.

– Sí! Settanta Natali, settanta regali, settanta tacchini! – s'inserisce Emily.

L'auto esce dal tunnel: il sole inonda l'abitacolo e li costringe a socchiudere gli occhi. L'uomo al volante fa partire la traccia numero sei.

– Non sarà la California, per citare i Red Hot Chili Peppers, ma benvenuti in New Jersey, – dice al suo equipaggio, che si guarda attorno come fosse in California e non sull'Interstate 78, coi suoi palazzi anonimi e popolari.

– E le gite scolastiche, il ballo del diploma... – continua Emily mentre Aretha ricaccia indietro il pensiero che Olivia non c'è mai arrivata, al ballo del diploma.

– Il ballo del diploma! – sbotta Daniel. – Il mio incubo. Pensa che bella occasione per prendermi per il culo. Lí ci sono proprio tutti, meglio perderselo.

Napoleon guarda la strada davanti a sé come stesse cercando un'ispirazione, poi si volta verso il bambino: – Il programma Frequent Flyer. Pensa quanti punti ti perderesti se...

Tutti lo fissano, neanche avesse parlato in greco antico.

– Abbiamo un motivatore professionista e l'unica cosa che gli viene in mente da dire a un bambino di dodici anni è «pensa ai punti Frequent Flyer»? – esclama l'uomo alla guida scuotendo la testa divertito.

– In effetti era piú rivolto a me. Avevo accumulato duecentosessantasettemila punti, è un peccato. A saperlo, li avrei usati prima.

– Perché, non lo sapevi? – ribatte l'uomo per punzecchiarlo.

– Concy Island! – Daniel fa sussultare i compagni di viaggio.

– Coney Island? – chiede l'uomo con sguardo perplesso.

– Non ci sono mai stato. I miei ripetevano che mi ci avrebbero portato, poi avevano sempre da fare, erano stanchi, o inventavano qualche altra scusa... Ecco, quello un po' mi dispiace di averlo perso, – ammette il bambino.

– Andiamoci. Domani. Che ne pensate? – propone l'uomo ai suoi passeggeri.

– Certo! – esclama Aretha. Anche gli altri sono d'accordo.

L'auto rallenta, gira a destra, e il sorriso di Emily si smorza: la station-wagon si ferma.

Davanti a loro, un arco di ferro battuto invaso da fiori rigogliosi e piante rampicanti. Nel centro, un cartello con la scritta: «Holy Cemetery» a grandi lettere.

– Che ci facciamo qui? – domanda Emily, titubante.

– Ve l'ho detto: andiamo a trovare un amico, – risponde l'uomo, poi scende dall'auto e richiude lo sportello.

Dai visi dei quattro traspaiono sensazioni contrastanti. Sembrano dire: «Siamo già morti, cos'altro potrebbe capitarci?» In fondo, per un aspirante suicida visitare un cimitero è un po' come per una coppietta cercare casa.

Il luogo è piccolo, raccolto; sulla destra, una distesa di lapidi bianche, sulla sinistra, alcune cappelle private. Al centro, un lungo vialetto che i cinque percorrono in silenzio. Nella parte dedicata ai soldati caduti c'è un cannone, probabilmente della Guerra di secessione; ai lati, due panchine sulle quali sedersi a leggere le iscrizioni «in memoria di».

L'uomo taglia per un prato e si ferma davanti a una tomba coperta di fiori. Gli altri lo raggiungono e gli si fanno intorno. «Margaret Brown», c'è scritto sulla lapide. Morta a cinquantadue anni.

– È lei? – indaga Aretha, ma la loro guida ruba un fiore e riprende a camminare. La poliziotta guarda Napoleon, che però ne sa quanto lei.

L'uomo si arresta poche file piú in là, posa il fiore e contempla la foto sulla lapide: un ragazzo di trent'anni dall'aria malinconica, capelli ricci anni Settanta e grandi occhiali da vista. Il suo nome è Ronnie. Ronnie Murray.

Il sole colpisce la stele posta a ricordo e i cinque visitatori, allungando le loro ombre.

– Ma chi è? – chiede Napoleon.

– Ronnie.

Napoleon fa una faccia come a dire «sí, questo lo so, c'è scritto».

– Era il quinto, – continua l'uomo.

– Scusa… – chiede Emily. – Il quinto di cosa? – poi controlla la data impressa nel marmo: tre giorni fa. Il giorno in cui tutto è cominciato.

L'uomo guarda il gruppo e risponde: – Il quinto di voi.

– Doveva essere qui con…? – sussurra Emily.

– Non ha accettato la mia proposta. Capita, – risponde l'uomo, come se stesse parlando di un cliente a cui non è riuscito a vendere una polizza vita. – Non sono stato sufficientemente bravo, – ammette incrociando lo sguardo di Napoleon.

– È triste, – mormora Daniel. – Si è perso un sacco di cose.

– Il Natale… – rilancia Aretha.

– I tacchini, – dice Emily.

– I punti Frequent Flyer, – ribadisce Napoleon facendo sorridere Daniel.

– Si è perso voi quattro, – dice l'uomo. – Sí, voi quattro.

Cala il silenzio. Emily riflette che in questa strana vita finalmente non si sente piú sola come nell'altra; Aretha pensa a Olivia, che riposa in un posto simile, le viene voglia di andare a trovarla e per un attimo, solo per un attimo, la sfiora anche l'idea di portarci i suoi nuovi amici; Napoleon coccola la sua ossessione: che fine fanno i pensieri dopo che i corpi sono morti?

– Andiamo via –. La voce di Daniel li scuote e li riporta al presente, a quel mondo oltre lo specchio in cui si trovano.

Piano, come sono entrati, i quattro escono dal cimitero e fanno ritorno all'auto.

La macchina su cui viaggiano non è una DeLorean che funziona a plutonio o spazzatura, ma una semplice utilitaria alimentata da sogni e aspettative, eppure sembra poterli portare avanti e indietro nel tempo. Adesso sferraglia lungo strade secondarie del New Jersey che solo l'uomo alla guida pare conoscere.

A Napoleon tornano in mente i viaggi con Greta verso Newport, quando andavano da *Benjamin* a mangiare la zuppa di molluschi al pepe e si godevano le regate dalla veranda sul golfo. Quasi gli viene da sorridere, a quei ricordi, e una vocina interna prende il sopravvento: *Possibile che tu sia morto da tre giorni e non abbia nostalgia di tua moglie? Ma che razza d'uomo sei?* La coscienza gli stringe lo stomaco, gli fa salire un groppo in gola simile a quelli che non gli davano tregua durante le notti insonni. A bordo strada un cartellone promuove funerali a buon mercato, pagamento rateale. *Greta non avrà problemi di soldi. Ho pensato a tutto*, tuona il suo ego cercando di mettere a tacere il senso di colpa. D'istinto vorrebbe aprire la portiera e gettarsi in corsa facendola finita una volta per tutte, ma l'auto rallenta, come fosse scattato un meccanismo di protezione nei suoi confronti. La strana coincidenza gli fa sorgere il sospetto che quell'uomo sia in grado di leggere nel pensiero. In realtà l'uomo ha rallentato per imboccare una strada sterrata che, dopo cinquecento metri di buche, radici e scossoni, conduce a un cancello di ferro arrugginito chiuso da una catena col lucchetto. Una vecchia insegna, che in anni migliori doveva avere le lampadine funzionanti a illuminare la notte, dice: «Drive-in».

– Un drive-in! – esclama Daniel meravigliato. – È la prima volta che ne vedo uno!

– Un drive-in fantasma, – puntualizza Aretha, scorgendo la desolazione oltre la rete che circonda l'area.

– Un po' come noi, – aggiunge innocente il bambino.

L'uomo scende dall'auto, tira fuori dalla tasca dei pantaloni un grosso mazzo di chiavi, impiega un minuto buono a trovarne una in particolare, poi apre il lucchetto, toglie la catena e spalanca il cancello. Torna in auto ed entra nel grande spiazzo.

– È tuo questo posto? – gli chiede Emily.

L'interrogativo si perde nell'aria, mentre l'auto raggiunge una posizione centrale davanti all'enorme schermo.

Lo spazio intorno è pietroso, sembra il deserto del Mojave. Le colonnine che segnano i singoli posti sono mezze storte. Di lato c'è una baracca con la scritta «Dine», la *r* è caduta, e chissà da quanto tempo. Poco piú in là, la cabina di proiezione.

L'uomo spegne il motore, scende e si allontana senza dire nulla.

– Perché ci ha portati qui? – chiede Aretha.

– A chi mai può interessare un vecchio drive-in fatiscente? – aggiunge Napoleon.

– A noi, a quanto pare, – dice Emily.

– A me piace questo posto, è da film dell'orrore, ma mi piace –. Daniel pare l'unico felice di essere lí.

All'improvviso qualcuno bussa con forza su un finestrino facendoli trasalire.

Emily emette un urlo acuto, come quello di una donna che stia per essere assassinata in un thriller.

– Pop-corn, – biascica l'uomo: tra i denti ha un bidone gigante di mais scoppiato e altri quattro gli traballano tra le mani.

– Cretino! – esclama la ginnasta, portandosi una mano al petto.

– Mi aprite, per favore? – chiede l'uomo con qualche difficoltà.

La ragazza apre la portiera e lui le consegna i pop-corn.

– Sono caldi! – si stupisce Daniel cominciando a sgranocchiare.

– Appena fatti, – replica l'uomo sedendosi.

Napoleon e Aretha si guardano in giro: tutto è deserto e desolato.

Dove li avrà presi?, pensa Napoleon.

– Le persone, – esordisce l'uomo, poi fa una lunga pausa. Il gruppo attende che finisca la frase, ma lui tace e continua a mettersi in bocca manate di pop-corn.

– Le persone, cosa? – chiede impaziente Emily.

– Le persone. Penso sia questa la cosa piú importante che vi perderete, – sentenzia l'uomo. – Sono le persone a rendere il futuro imprevedibile e affascinante, e lungo la vostra strada ce ne sono un sacco che vi aspettano.

I quattro restano in silenzio, senza smettere di mangiare.

– Avete voglia di conoscerne qualcuna? – domanda l'uomo al gruppo.

Nessuna risposta.

– Vi va o no? – insiste.

– A me sí! – dice Emily alla fine.

– Bene.

Da fuori l'abitacolo risuona uno *stump*, il tipico rumore che si sente nei film quando viene tirata su la leva che aziona macchinari in disuso.

I neon di sicurezza si accendono, poi c'è una scarica elettrica, e le luci delle uscite di emergenza si tingono di rosso; il proiettore spara un fascio bianco sullo schermo. Parte il count-down tipico delle vecchie pellicole.

Nessuno di loro avrebbe mai pensato di assistere a una proiezione privata in un posto cosí desolato, eppure pervaso da un'energia e un fascino speciali. È come se le migliaia di persone che si sono avvicendate in quelle postazioni fossero ancora lí in attesa di un nuovo spettacolo.

Questo tipo ci sa fare, ammette Napoleon, mentre sullo schermo compare il numero tre.

Due... uno. L'attesa è finita.

Un misto di tensione e curiosità si espande nell'abitacolo. Dagli altoparlanti esce una musica, note leggere d'altri tempi. Il nero dello schermo sfuma nel giardino di una villetta di periferia. È una bella giornata estiva di sole e un ragazzo di circa venti anni, con una maglietta a maniche corte che evidenzia i bicipiti, armeggia intorno a un barbecue; la ripresa è fatta con un cellulare. In sovraimpressione, accanto al livello della batteria e alle tacche della ricezione, c'è una scritta: «24th Aug 2028». Il ragazzo è felice, mostra fiero le salcicce abbrustolite; dietro di lui compare una ragazza poco piú giovane, si avvicina alla griglia e ruba un mini würstel. Il ragazzo cerca d'impedirglielo ma lei se lo infila velocemente in bocca. Il würstel è troppo caldo, la ragazza si scotta, riapre la bocca per prendere aria e scoppia a ridere. Il ragazzo l'afferra in vita e la bacia con passione. Intanto la persona con il cellulare, approfittando del momento di distrazione del ragazzo, agguanta un altro würstel dal barbecue. È una mano nera di donna a commettere il furto: il ragazzo se ne accorge, ma ormai è tardi per fermarla. Poi la misteriosa operatrice gira la telecamera e riprende sé stessa: con il dito sulla guancia fa il tipico segno come a dire «che buono». È Aretha. Ha qualche anno di piú, qualche capello bianco di troppo, ma è la stessa di adesso.

Lo schermo torna di nuovo nero.

Aretha è annichilita, la bocca spalancata; ha una manciata di pop-corn stretti in pugno. *Chi cavolo sono questi due?*

Emily vorrebbe dirle qualcosa, ma non ci riesce. Non ne ha la forza. Perché sa che ora potrebbe essere il suo turno di vedersi sullo schermo. E non è sicura di essere pronta. Un conto è guardare vecchi filmati di momenti che hai vissuto, un altro è guardare il futuro. *Perché è il futuro*, pensa. E rabbrividisce. Le ha sempre fatto paura, il futuro, per questo ha deciso di evitarlo.

Dal nero si passa al primo piano di un cane, un labrador che corre su una grande spiaggia. Anche lui è ripreso con un cellulare. Il mare è mosso, la giornata luminosa, ma nel filmato non c'è la data; si capisce però che è un sole invernale. Il vento scuote le onde e la sabbia.

Ci sono poche persone sul bagnasciuga, persone che passeggiano vestite in modo pesante, alcune addirittura con sciarpa e cappello di lana. Il labrador scodinzola, ha la lingua di fuori e aspetta vigile che gli venga lanciato qualcosa. Pochi istanti, e da dietro il punto di ripresa parte un frisbee: il cane scatta per recuperarlo, lo insegue, si dirige in acqua; con un balzo afferra l'oggetto volante tra le fauci e trotterellando lo riporta a chi lo ha lanciato.

– Dài, Dolly, vieni qui! Su, dài.

La voce è distorta, ma Emily la riconosce subito. È lei a chiamare Dolly.

Sembra essere meno spaventata di Aretha, quasi sorride. L'immagine che le rimanda il futuro non le dispiace. *Per cominciare avrò un cane, non mi è andata male.* Poi sullo sfondo appare la sagoma di un uomo, in controluce, difficile distinguerne i tratti. «Emily, vieni qui...», dice.

E forse avrò anche un compagno, pensa.

Il video dissolve di nuovo in nero, anche l'ultimo barlume di sole sparisce. Emily guarda l'artefice di quello spettacolo: è curiosa, vuole sapere cos'altro le riserva il futuro, ma l'uomo le fa una faccia che significa: «È tutto».

Da un sax risuonano alcune note di jazz che accrescono l'impazienza dei quattro. All'improvviso sullo schermo compaiono un uomo e una donna.

– Mamma! Papà! – grida Daniel con un moto di gioia.

Il papà dorme nel letto, la madre sta leggendo una rivista alla luce fioca di un abat-jour. Ha un'aria serena, la donna, i capelli raccolti, gli occhiali da vista con la montatura colorata. È un'inquadratura ferma, sembra quasi un film sperimentale di Andy Warhol. All'improvviso lo schermo si anima in una sequenza rapida d'immagini: persone e volti e occhi e gesti si accumulano uno sull'altro. Ci sono uomini, donne, giovani, anziani ripresi nei piú diversi contesti. In quei visi, in quegli sguardi, s'intravedono felicità, dolore, vita: un neonato che piange; una bambina su un'altalena che ride forte; due piedi che saltano in una pozzanghera; una ragazza che si protegge gli occhi da un raggio di sole; un ragazzo che batte i pugni su una porta che forse non si aprirà mai. La sequenza è sempre piú rapida. Altri volti.

Poi ancora nero.

Daniel trattiene le lacrime. Aretha lo stringe a sé, gli scompiglia i capelli, anche Emily gli si fa piú vicina.

– Quelli aspettano tutti me? – chiede il bambino.

L'uomo alla guida, il conduttore dello show, annuisce a tempo col rumore dei pop-corn masticati. Il video riprende.

Adesso tocca a me, pensa Napoleon. Chiude gli occhi, un gesto che nelle ultime ore ha fatto poco, ma adesso ne ha bisogno. Deve sapere con certezza se è ancora vivo. O almeno se è vivo in questo surrogato di esistenza.

Li riapre.

Sullo schermo appare un ragazzo, avrà sí e no diciotto anni. È seduto su un letto nella stanza di un college. Appesa alla parete c'è una chitarra acustica. Il ragazzo guarda fisso in macchina con un'espressione malinconica. Piano piano il viso diventa piú grande, chi riprende si sta avvicinando con lo zoom. Le iridi cerulee, le labbra sottili, i capelli distratti sulla fronte.

Aretha ed Emily cercano di cogliere in Napoleon una reazione, ma lui è assorto, non tradisce il minimo sentimento. Il volto del ragazzo poco a poco scompare, rimangono solo i suoi grandi occhi: severi, liquidi, in cerca di qualcosa: un perché, una risposta che non ha mai avuto. E mentre Napoleon si gira verso l'uomo, il video si dissolve, la musica finisce, i neon si spengono, il generatore si addormenta e il parcheggio del drive-in ripiomba nella scura atmosfera di quella sera senza stelle.

– Queste sono le persone che ci renderanno felici? – chiede ancora il bambino.

– No, Daniel, sono solo quelle piú importanti, – risponde l'uomo.

Quindici minuti piú tardi il gruppo è attorno al tavolo di un classico *diner* arredato in stile anni Cinquanta.

I quattro sono scesi dall'auto un po' controvoglia, ancora scossi da ciò che hanno visto al drive-in. Hanno dato un'occhiata al menu e neanche dieci minuti dopo ecco la cameriera con le ordinazioni.

– Allora, abbiamo: due *chicken wings*, due *double cheeseburger*, una porzione di uova fritte con bacon, due birre e tre Diet Coke –. Posa il vassoio, spunta l'ordine sul blocchetto e si allontana.

– Chi era quel ragazzo? – chiede Napoleon.

– Non lo so, – replica l'uomo bevendo un sorso di birra.

– Dài, a questo puoi rispondere, – dice Aretha addentando il suo panino.

– Davvero, non lo so. Qualcuno che Napoleon incontrerà, immagino.

– Scusa, e il cane? Possibile che nel mio futuro la cosa piú importante sia un cane? – sbotta Emily, intingendo un'aletta di pollo nella salsa barbecue.

– C'era anche un uomo.

– Ma non si vedeva!

– Però c'era.

– Ma non è stimolante cosí, – replica lei.

– Potevi fare di meglio, – lo accusa Napoleon, rigirando una patatina fritta tra le dita.

– Meglio di cosí? Vi ho appena portati nel futuro! – si difende l'uomo.

– E nel peggior *diner* del New Jersey, – puntualizza Aretha, che comunque mangia senza farsi pregare.

– I dolci qui sono strepitosi, – le risponde l'uomo, che con la forchetta aggancia un pezzo di uovo e bacon.

Napoleon prende un menu e lo scorre rapido. – Occhio a Daniel, ci sono i Donuts, – dice in tono scherzoso.

Gli altri sorridono.

– Che modo assurdo di farla finita, – aggiunge.

– Mica tanto, – ribatte il bambino con la bocca piena; poi beve un goccio di Coca e prosegue. – I Donuts sono la cosa che mi piace di piú al mondo, e per morire bastava solo non fare l'insulina: non potevo non approfittarne, – guarda i compagni in cerca della loro approvazione.

Nessuno parla: ciascuno di loro ha immaginato un modo per farla finita, ma è difficile stabilire quale sia il migliore.

– Tu hai subito pensato al ponte? – domanda Daniel a bruciapelo.

Napoleon finisce di masticare, tracanna un lungo sorso di birra e risponde: – Sí, non ho avuto dubbi, è un grande classico. E poi gli altri metodi non mi convincevano.

– Vero, non è facile scegliere, – aggiunge Emily leccandosi le dita sporche di salsa.

– Con i farmaci lo sconsiglio, è troppo doloroso, – dice Aretha.

– Sono d'accordo, uno si ammazza per smettere di soffrire, – interviene Emily, come se stesse dicendo la sua sugli ultimi pettegolezzi sui vicini di casa.

– La pistola invece è indolore… – commenta Napoleon ironico, fissando Aretha.

Lei per poco non si strozza con la Coca-Cola e comincia a tossire.

– Oh, non puoi morire ancora, sono le regole, – le dice Napoleon, col risultato di farla ridere peggiorando la situazione.

La poliziotta riesce infine a ricomporsi e prende un bel respiro. – Avevo pensato alle buste della spesa, ma ormai è impossibile soffocarsi, le fanno solo biodegradabili e si rompono subito.

– E puzzano! – aggiunge Daniel.

– Il gas ti dà troppo tempo per pensare, – afferma Emily.

– L'alternativa era di schiantarmi contro un muro a centocinquanta miglia all'ora, – dice Napoleon.

– Gli airbag avrebbero potuto salvarti, – controbatte Aretha.

– Non sulla mia Corvette Stingray del '63, – replica Napoleon.

L'uomo osserva il batti e ribatti con una sorta di appagamento che lo fa sorridere di tenerezza. Non è facile scherzare sulla morte. Ancor meno lo è scherzare sulla propria. Il viaggio sta facendo il suo corso, le cose vanno come devono. Anche se alla fine, lui lo sa bene, non sempre tutti i fili si tirano alla perfezione. Alcuni rimangono aggrovigliati. E i crucci non te li togli mai, ti si aggrappano per l'eternità.

– Anche a me sarebbe piaciuto buttarmi da un ponte, ma con la sedia a rotelle sarebbe stato complicatissimo, – dice Emily dopo averci pensato un po'.

– Propongo rampe sui ponti per i disabili che vogliono suicidarsi, – esclama Napoleon alzando la birra per un brindisi e tira giú un lungo sorso. – Anche le lamette sono da escludere, ormai le fanno che non ti puoi piú tagliare. Al massimo ti radi i polsi.

– In qualche drugstore trovi ancora quelle affilate da barbiere, – precisa Daniel.

– E tu che ne sai? – lo rimbecca subito Aretha, l'istinto materno sempre attivo.

– Volevo...

– Che cosa volevi? – interviene Emily sperando di non aver capito bene.

– Volevo tagliarmi le vene, – spiega il bambino in difficoltà, e i sorrisi che finora avevano accompagnato le chiacchiere muoiono sulle facce dei presenti.

Daniel si sente osservato, sa che ormai non può piú tirarsi indietro, deve proseguire.

– Non stavolta, un mese fa.

– E cosa ti ha fermato? – chiede Napoleon curioso.

– Non volevo sporcare tutto, cosí ho aperto il rubinetto della vasca, pensavo di tagliarmele lí dentro, e mentre si riempiva sono andato a farmi un ultimo *churro* con cioccolato e vaniglia, – racconta.

L'uomo aggrotta la fronte. – E poi? – chiede impaziente.

– Quando sono tornato la vasca era piena, ma avevo sbagliato manopola... l'acqua era gelida, cosí ho rinunciato, – confessa il bambino, e abbassa il viso, quasi temesse di passare per codardo.

Napoleon inizia a ridere per allontanare la tristezza. – E uno che si vuole suicidare si preoccupa dell'acqua fredda? – Quindi si rivolge all'uomo. – Si può sapere tu dov'eri?

La battuta scatena l'ilarità generale. È nel suo campo, Napoleon, conosce le frasi giuste.

– Ti eri distratto, confessa, – insiste, come se volesse mettere in difficoltà l'uomo.

– Magari è stato proprio lui a girare la manopola dell'acqua fredda, – azzarda Emily, e di nuovo tutti ridono.

Il gruppo si gode il momento, ma Napoleon cambia espressione all'improvviso.

– Scusate, ho bisogno di un po' d'aria. Mi sa che ho bevuto troppo, – dice, e si alza.

– Peccato, quando bevi diventi quasi simpatico, – osserva l'ex poliziotta.

Napoleon sorride, prende il piatto ancora pieno di alette e lo porge all'uomo, che nel frattempo ha spazzolato le sue uova con il bacon.

– Le vuoi?

– No, grazie, non mangio ali, – è la risposta, e arrivando da lui non può che produrre una nuova risata collettiva.

Napoleon si allontana e Daniel ne approfitta per un'altra delle sue domande impertinenti. – Sai volare, tu?

– Smettila, – gli risponde l'uomo diventando d'un tratto serio e alzandosi.

Napoleon è fuori dal locale, l'aria fresca della sera gli accarezza le guance: respira a pieni polmoni e in pochi secondi si sente già rinfrancato. Un po' di ansia, però, è tornata a fargli visita. La cara, vecchia ansia, compagna di una vita. *Non mi abbandonerai mai, eh?*, pensa. Poi decide che non è importante. Il «mai» è destinato a finire a breve.

Dalla vetrata osserva Emily, Aretha e Daniel: sembrano tre amici affamati di ritorno da un concerto che hanno fatto tappa nel primo locale aperto. Si gira per un attimo verso la strada, respira ancora a pieni polmoni: attorno al *diner* c'è solo aperta campagna; ogni tanto qualche macchina lascia un rombo nell'aria. *Un quadro di Hopper, praticamente.*

All'interno del locale i tre ancora ridono e scherzano. Per lui quelle risate sono insopportabili, gli mostrano ancora di piú il buio che ha dentro di sé.

L'uomo lo raggiunge, non dice nulla, si appoggia al cofano di una vecchia Opel Astra e si accende una sigaretta.

Napoleon vorrebbe fargli decine di domande, ma sa che sarebbe inutile, non otterrebbe alcuna risposta.

Si scambiano lo sguardo dolente di chi sa a cosa si va incontro, di chi sa che la felicità è una condizione passeggera.

Anche Napoleon si accende una sigaretta.

A nessuno dei due viene in mente di fare cerchi di fumo.

Giorno quattro

Il passo veloce sembra essere una caratteristica diffusa a Manhattan. Persone che camminano col cellulare all'orecchio, stringendo le classiche *coffee cup* con la fascetta di cartone intorno per proteggere le mani dal calore. Cuffie colorate anni Ottanta che coprono le orecchie e circumnavigano la testa, e piccoli auricolari che quasi non si vedono. Centinaia di canzoni diverse che si mischiano nella testa di migliaia di pedoni silenti, costretti a continui *stop and go* dai semafori che diventano rossi, e pronti a conquistare il *block* successivo appena scatta il verde. Uno sciame ordinato che si mescola solo quando i sensi di marcia si scontrano. Quando si scontrano le storie, i pensieri. E le facce, perlopiú sconosciute tra loro.

Tra queste, quella di Napoleon. Uno dei tanti che camminano con un caffè in mano. Uno qualunque, apparentemente. Uno che non ha piú un ufficio, non ha piú una famiglia, i cui amici si contano ormai sulle dita di una mano. *Quante persone ci sono simili a me*, pensa. *Eppure eccole, rassegnate, che corrono verso i loro affanni e i loro appuntamenti come se niente fosse.*

Anche lui ne ha uno, di appuntamento, tra meno di settantadue ore.

Il semaforo è verde, Napoleon attraversa insieme agli altri.

È andato dall'hotel fino alla Ventitreesima, una di quelle lunghe camminate che era solito fare in vita e che lo mettevano in pace con i propri demoni. Anche se l'ultima si era risolta con il suicidio. Anzi, visto che si trova ancora a Manhattan in carne e ossa, col tentato suicidio.

Un suicidio in differita. Ti ammazzi e hai sette giorni per confermare. Quasi gli viene da ridere.

Imbocca le scalette della metro e scende sottoterra, mentre un ragazzo coi capelli rasta sta eseguendo una versione reggae di *Fields of Gold* di Sting. Napoleon gli rifila un'occhiata e ha come un lampo, un flash di un vecchio ricordo: quel ragazzo è stato uno dei *prescelti* durante uno dei suoi show motivazionali. Ne è sicuro. A dispetto dei tanti nomi che ha dimenticato negli ultimi tempi, sa di essere davanti a Nicholas. Rammenta i suoi occhi pieni di speranza e di paura quando gli ha afferrato la testa tra le mani e gli ha chiesto: «Da dove vieni, Nicholas?»

«Dal Kentucky».

«E cosa ti ha spinto a venire a New York dal Kentucky?»

«Se fossi rimasto lí, sarei morto».

«Perché? Cosa c'era che non andava lí?»

«Il posto. La gente».

«La gente… – gli ha domandato Napoleon, – o forse tu?»

Aveva gli stessi capelli di adesso, lunghi fino al culo.

«Io?»

«Tu, Nicholas. Te ne sei andato dal Kentucky perché soffrivi. Perché non ti sentivi accettato. E sei venuto a New York. Ottima scelta. Questa città ti prende per come sei, non importa quanto siano lunghi i tuoi capelli. Solo che non è facile affrontarla. Per affrontarla devi prima perdonarti».

«Aiutami a farlo».

«Cos'è che ti fa stare bene? Dimmi la prima cosa che ti viene in mente».

«La musica».

«La musica? E allora sarà la musica a salvarti. Fidati di me».

Napoleon ricorda il lungo abbraccio, poi quell'ultima frase sussurrata all'orecchio: «Insieme troveremo le note giuste».

E ora eccolo lí, felice e spensierato mentre canta sotto la metropolitana. Ha un'altra luce nello sguardo e il Kentucky è solo un ricordo lontano. Sembra uno che ha trovato la sua strada.

Sottoterra?, riflette Napoleon.

Attorno al ragazzo si è radunato un piccolo gruppo di curiosi. Nella custodia della chitarra elettrica, posata a terra, ci sono alcune banconote e molte monete. Napoleon è in prima fila e a un certo punto i suoi occhi incrociano quelli di Nicholas: il ragazzo canta e sorride, ma non sembra fare caso a lui.

Come hai fatto a salvarti? Insegnalo pure a me, vorrebbe dirgli Napoleon, invece si allontana tra gli applausi per la fine della canzone che introducono *Losin' My Religion* dei R.E.M.

Napoleon ha degli spiccioli in tasca, acquista un biglietto, passa il tornello.

Beve un sorso di caffè: è ancora caldo. Due fari bucano il buio del tunnel: la metropolitana è in arrivo.

Andrà a nord o sud?, si chiede Napoleon, poi sorride: non gli interessa.

È al centro della banchina.

I passeggeri si dispongono dove sperano si fermerà una porta d'ingresso.

Lui invece rimane fermo, vede il muso del convoglio arrivare, fa un passo avanti, calcola l'attimo giusto, e si lancia sui binari.

Bam.

La giornata precedente sembra essere stata appagante per tutti, una di quelle uscite che racconti anche dopo anni, quando ti ritrovi in un pub con le stesse persone.

Aretha scende nella sala della colazione e si stupisce di non trovare nessuno. Le tende sono chiuse, le sedie composte attorno ai tavoli.

Di chi sarà questo hotel?, pensa, e ripone il quesito nella scatola delle domande che probabilmente non avranno mai una risposta. *Tra meno di tre giorni tutto questo sarà finito. Che cosa vorresti scoprire prima di allora?*, si chiede.

Ciò che le interessa davvero è sapere dove sta la sua Olivia. Lei sperava di raggiungerla, invece qui Olivia non c'è.

Ma allora perché sono ancora qui?, si domanda accendendo il fornetto per scaldare i croissant e apparecchiando la tavola per sé e il resto del gruppo. Poi va a preparare i pancake.

I colpi metallici della frusta contro la ciotola sono l'unica nota che Daniel sente nel silenzio della sala. Si ferma sulla soglia della cucina e osserva la poliziotta armeggiare con uova e farina. Pensa a sua madre, e alle centinaia di dolci che gli preparava, sempre preoccupata che lui potesse perdere qualche chilo, che lo sostituissero col nuovo cicciottello di turno nello spot dell'aranciata.

Aretha lo intravede con la coda dell'occhio, sussulta: era convinta di essere sola.

– Mi hai spaventata, – dice.

Sentono un rumore che ormai hanno imparato a conoscere: le ruote della carrozzina di Emily. Anche la ragazza è di buonumore.

Il forno trilla: i croissant sono pronti. Pochi minuti e la tavola è imbandita: pancake, marmellata, burro d'arachidi, succo d'arancia, caffè, latte, biscotti.

E loro tre. Manca Napoleon.

Si guardano come fossero alla cena di Natale in attesa dello zio ritardatario.

– Forse dovremmo svegliarlo, – suggerisce Daniel, e intanto infilza un pancake con la forchetta e se lo mette nel piatto.

Emily agguanta un croissant. – Mangiamo. Arriverà.

– Ma ci andiamo a Coney Island? – chiede Daniel masticando.

– Certo, te lo abbiamo promesso, – risponde Aretha.

Su questa frase compare l'uomo senza nome. Ha lo sguardo serio ed è vestito di tutto punto, molto meglio rispetto ai giorni precedenti. È come se avesse stirato i propri abiti prima di indossarli.

– Buongiorno, – bofonchia, sembra un capoufficio quando al mattino non gli girano per il verso giusto.

Si versa del caffè e ingoia due pillole di Advil.

– Dov'è Napoleon? – gli domanda Emily.

– Non lo so. Ho bussato, ma non risponde, – replica lui, e uno sguardo allarmato serpeggia negli occhi degli altri tre.

– Si fa tardi per Coney Island, – dice Daniel, e nella sua voce c'è tutta l'impazienza di un bambino di dodici anni.

Un fracasso di ferraglia annuncia l'arrivo al piano del montacarichi: è Napoleon.

Apre il cancello senza preoccuparsi del trambusto; il suo incedere fa capire subito che anche il suo umore non è dei migliori.

I compagni continuano a mangiare in attesa di ciò che sta per accadere, perché è chiaro che di lí a poco qualcosa accadrà.

– Cos'è questa storia? Mi spieghi? – urla il motivatore all'uomo che, con tutta la calma del mondo, gli risponde: – Ci siamo accordati per una settimana...

– Be', ci ho ripensato, – sbraita Napoleon.

Gli altri si scambiano occhiate sorprese.

– Non puoi, – ribatte l'uomo, e finisce di bere il suo caffè.

Napoleon gli si avvicina con fare intimidatorio.

– Non voglio aspettare, hai capito?

La sua sembra piú una minaccia che un'affermazione. Negli sguardi dei tre seduti al tavolo la sorpresa si trasforma in confusione, subito dopo in ansia.

– Che è successo? – chiede Aretha.

L'uomo fronteggia Napoleon, urla anche lui.

– Hai accettato... non ti ha costretto nessuno.

– Tu lo sai perché ho accettato, e sai benissimo che certi trucchetti fanno colpo... – risponde Napoleon. Ha un tono accusatorio e la consapevolezza di chi per una vita ha usato determinati espedienti per convincere la gente.

L'uomo però non ci sta a passare per un imbonitore, e perde le staffe.

– Non ho usato nessun trucco!

Daniel si alza, come se lo scontro fisico tra i due uomini potesse arginarlo lui, un ragazzino di un metro e cinquanta.

– Invece sí! – insiste Napoleon.

– No! – ribatte l'uomo.

I due sono faccia a faccia, ma dopo un istante Napoleon si tira indietro: il buon senso di chi sa usare le parole come arma.

– Lo sai che certi giochini in circostanze del genere funzionano sempre... – la voce è bassa, quasi di rimprovero; ha ancora impressa nella memoria l'immagine dell'uomo che cammina nell'aria. – Su, quanta gente vedendoti volteggiare come un piccione ti ha detto di no? Dài, forza, dillo.

Gli altri tre restano interdetti: con loro il vecchio non ha usato niente di simile.

– Chi cazzo ti dà il diritto di entrare nella vita di una persona in un momento delicato come quello? Sai quanto coraggio ci vuole per arrivare fino a lí? Lo sai?

Si ferma, prende fiato, continua.

– In quel momento hai una paura fottuta, ma ormai hai deciso che lo vuoi fare. Invece arrivi tu e credi di sapere cosa sia meglio per ciascuno. Hai mai pensato che alcune persone non hanno nessuna voglia di essere salvate? Quelli come me li devi lasciar andare e basta. A meno che tu non lo faccia solo per te stesso, perché l'idea di perdere qualcuno ti farebbe dubitare delle tue capacità.

Nella stanza si è instaurata un'atmosfera scomoda. Il clima disteso di amicizia del giorno precedente è solo un ricordo.

– Si può sapere che è successo?

A dirlo è Emily, gli occhi lucidi di chi ha sperato in un mondo migliore e ha poi scoperto che neanche la morte cambia le persone.

Napoleon le si avvicina a pochi centimetri e le sussurra rabbioso: – Ci ho riprovato, va bene?

La prima immagine che passa per la mente della ragazza è lei che si lascia andare e cade giú, lei che non ce la fa piú, lei che ha smesso di combattere e reagire agli stimoli.

– Ma perché? – sbotta cercando di mantenere una certa dignità. – Ha ragione lui, abbiamo detto una settimana, non puoi tirarti indietro, non è giusto nei nostri confronti... noi ci stiamo provando, ce la stiamo mettendo tutta.

Le sue parole sono accorate, è come se le avessero sbattuto in faccia una realtà dolorosa che sperava di aver dimenticato.

Napoleon la fissa, ma il tono con cui risponde non è quello che gli altri si aspetterebbero. Neanche le parole lo sono.

– Ma che cazzo vuoi, tu? Noi, noi, noi cosa? Io non ho niente a che fare con *voi*. Pensavi di stare in una sorta di circolo per suicidi anonimi dove dire «ciao sono Emily e sono due giorni che non tento di uccidermi» con tutti che ti battono le mani? Be', non è cosí.

Napoleon respira. Abbassa la voce. – Cosa ne sapete di come sto?

Passa in rassegna i suoi compagni uno a uno, stavolta con un'aggressività strana, mista alla pietà che prova soprattutto per sé stesso.

– Io mi sveglio ogni mattina e mi sento come se mi fosse morto un figlio, come se fossi finito su una sedia a rotelle o come se ai miei genitori non gliene fregasse un cazzo di me...

I volti di Daniel, Emily e Aretha sono quelli di persone a cui hanno appena sparato in pieno petto.

– Mi sento male, come se avessi vissuto le vostre disgrazie. Invece a me non è successo un bel niente, – continua. – Sto male e non so il perché. La verità è che io vi invidio. Voi, almeno, sapete con chi prendervela.

Nella sua voce c'è il dolore di ogni persona che è riuscito a salvare, e ci sono la disperazione di Greta, quella per la morte di suo nonno, il desiderio di farla finita, e la consapevolezza di una vita che gli ha dato tutto tranne la felicità. Non lo spiega ai compagni, non si scusa né scoppia a piangere, né continua ad accusare o a dare di matto. Risale sul montacarichi, lo sguardo ferito e stanco di chi non ha piú la forza di reagire. E se ne va.

Poco dopo, un clangore ferroso avverte che ha appena raggiunto il piano terra.

Daniel guarda Aretha, Aretha guarda l'uomo, Emily ha la testa bassa. Tutti aspettano una risposta, un'indicazione.

– Oggi giornata libera, – dice l'uomo, amaro, poi esce prendendo le scale.

Il montacarichi torna al piano, Emily entra in modo frettoloso. Non si volta, non saluta nessuno.

Daniel tiene gli occhi su Aretha, spaventato all'idea di restare lí da solo. È sul punto di scoppiare a piangere, lei lo percepisce e lo stringe in un abbraccio, un abbraccio forte e silenzioso.

Restano cosí a lungo, aggrappati a quel poco che è rimasto loro: una manciata di vita e l'affetto di una persona che non dovrebbe esistere. Di certo, non la migliore versione del tanto decantato paradiso.

Emily si lascia alle spalle il campetto da basket deserto; il pallone è ancora lí, in attesa che qualcuno lo tiri a canestro. Gira l'angolo e si ritrova sulla via principale, controlla a destra e a sinistra, sembra voglia attraversare, ma sta solo cercando Napoleon. Lo vede, una ventina di metri piú avanti, punta la carrozzina nella sua direzione e spinge con forza le ruote.

– Napoleon, fermati... Napoleon, cazzo, ti fermi?

– Che vuoi? – urla lui girandosi appena e continuando a camminare. – Lasciami in pace.

La ginnasta cerca di accorciare la distanza.

– Cosí fai perdere le speranze anche a noi, lo capisci? – dice con una nota di scoramento nella voce.

La fatica comincia a farsi sentire e le tornano in mente le ore, i giorni, gli anni passati a sudare, i momenti in cui, grazie alla forza di volontà, era diventata una macchina perfetta. La volontà è sempre stata la sua arma migliore, poi l'ha persa. Deve esserle scivolata via, come un portafogli dalla tasca, quando è caduta dalla trave. E il tempo l'ha dissolta sul pavimento di quella maledetta palestra.

– Per quanto mi riguarda, potete ammazzarvi in tutta

tranquillità, – dice Napoleon, e la voce colora la strada; un uomo che gli passa accanto cambia marciapiede.

Siamo visibili, pensa Emily. Prende coraggio e urla: – Ma chi cazzo ti credi di essere?

– Ti ho detto di lasciarmi stare, – il tono lapidario non ammette repliche.

Emily non ce la fa piú, le fanno male le mani, Napoleon è sempre piú lontano.

– Ha ragione tua moglie, sei uno che truffa la gente... e la cosa piú grave è che lo fai bene, – gli dice, come a tentare il tutto per tutto. In fondo, però, un po' lo pensa.

Napoleon si ferma, tentenna qualche secondo, poi si volta e cammina verso la ragazza: ha il passo pesante, veloce. La raggiunge.

– Ah, io sono uno che truffa la gente? E tu, invece, che fai, eh? Tu non truffi nessuno?

Emily si ferma, aggrotta le sopracciglia, ha il fiatone, non capisce bene a cosa alluda Napoleon. Poi d'improvviso lui afferra le maniglie della carrozzina e comincia a spingerla lungo il marciapiede, in direzione dell'incrocio dove sfrecciano auto in entrambi i sensi di marcia.

La sedia a rotelle prende velocità, Emily, impaurita, stringe le mani sui braccioli.

– Fermati, fermati... fermati! – grida.

Ma Napoleon non si ferma, anzi, accelera, come ci fosse un premio in palio e quel premio dovesse vincerlo lui a ogni costo.

– Fermati!!!

All'incrocio mancano meno di dieci metri. La carrozzina vibra tra le mani di Napoleon, che non sembra avere intenzione di fermare la corsa.

Cinque, quattro, tre metri, la ragazza non sa piú cosa fare; il semaforo per i pedoni è rosso, le auto sfilano a tutta velocità.

Emily salta, contro quella determinazione degli ultimi anni che l'ha tenuta su una sedia a rotelle, contro le paure e i blocchi che l'hanno attanagliata, contro la sentenza di *possibile paralisi* che gli era stata comminata, contro chi l'aveva data per finita, ma soprattutto contro sé stessa che aveva trovato piú comodo accucciarsi su quella sedia piuttosto che lottare ancora.

Emily salta, e cosí facendo si salva, perché Napoleon non si sarebbe fermato per nulla al mondo, lui che è vissuto motivando con le parole, ora è passato ai fatti.

La carrozzina vuota attraversa la strada, si rovescia, viene colpita da un pick-up Mitsubishi e va a sbattere con violenza contro il palo del semaforo.

Emily è in piedi sul bordo del marciapiede, sulle sue gambe, e si guarda intorno in preda al panico.

– Tu sei pazzo! – grida.

– Tranquilla, non hai sentito? Non siamo neanche liberi di morire!

Lei cerca la sua coperta di Linus, ma è troppo lontana, e ha le ruote distrutte.

– Spiegami perché, – la incalza Napoleon avvicinandosi.

Emily è una maschera di paura e vergogna.

– Tu non sei paralizzata, perché ci hai mentito? – urla lui. – Perché hai mentito?

Gli occhi della ragazza si riempiono di lacrime ma, con la stessa forza di volontà che le ha permesso di lasciare il Tennessee, di conquistare la nazionale e di arrivare a giocarsi le olimpiadi, le trattiene.

– Perché… basta, – la sua voce è ferma, tesa, come il corpo davanti alla giuria prima di una prova.

– Basta, cosa? – chiede Napoleon.

Il mondo attorno a loro prosegue con i suoi programmi, se ne frega di quei due che bisticciano sul senso di una vita che non possiedono piú.

– Basta lottare, – risponde Emily. Vorrebbe essere abbracciata.

Napoleon lo capisce, quello sguardo lo ha visto tante volte, ma non lo fa.

– Dopo l'incidente, – riprende lei, – mi dicevano «dipende da te, solo da te». E io ogni giorno mi ripetevo «domani». Domani riprendo, domani ricomincio, domani mi tiro su. Ma non mi decidevo mai.

C'è un sacco di gente che le cammina accanto, ma lei è immobile. È in piedi, sí, ma le gambe le tremano, non sembrano capaci di sorreggerla.

– Continui a girarci intorno, dimmi perché, – insiste Napoleon, per niente propenso a mollare la sua *prescelta*.

– Perché non so vincere! – dice Emily.

– Stavi per farcela.

– Ma sono caduta, ho avuto paura, – risponde lei rabbiosa. – La vittoria diventa un demone che s'impossessa di te e non ti abbandona piú. Era il mio incubo, cosí quando mi sono seduta ho girato la sedia e mi sono allontanata da quella vita in direzione opposta. Non avevo piú voglia di gareggiare, non avevo piú voglia di fare niente, e quella carrozzina era l'unico posto dove mi sentivo in pace.

– Non abbastanza, se hai deciso di ammazzarti.

– Ho scoperto di non avere altro.

– Potevi rialzarti, – le dice Napoleon, e allunga un braccio, per toccare la ragazza e farle sentire, nonostante tutto, il proprio sostegno. Il gesto, però, si blocca a mezz'aria e diventa solo un tentativo goffo.

Emily si asciuga gli occhi. – Rialzarmi per fare che?

– Tu avevi solo paura di vincere. Ma se è cosí, è perché potevi farlo. Tu *puoi* ancora vincere.

– Non m'interessa piú.

– Cosí ti fai solo male, – conclude Napoleon. Poi si gira

e se ne va, mollandola lí, in piedi, in quel viavai di gente che, forse, neanche la vede.

– Motivatore del cazzo, – mormora l'ex ginnasta accasciandosi sull'ultimo dei cinque gradini all'ingresso di una casa in stile vittoriano, e finalmente si lascia andare a un pianto liberatorio, le gambe abbandonate sull'asfalto.

Emily si è sempre spinta al limite e, nonostante i successi, spesso si è fatta male. Oltre alle soddisfazioni, ha riportato a casa i lividi, ma non se n'è mai preoccupata, quelli in pochi giorni spariscono. Ora è stanca di rischiare. Lo era anche cinque giorni fa, quando ha messo fine alla sua vita superando il limite piú oscuro e profondo che un essere umano possa affrontare.

Chiude gli occhi e cerca di isolarsi dai rumori di New York, dai clacson, dalle urla, dalle chiacchiere dei passanti. *Possibile che ogni strada di questa maledetta città sia cosí caotica?*

Vuole tornare con la mente alla finestra di casa durante i giorni di pioggia, al suo dito che lascia tracce sulla condensa del vetro e unisce le gocce come fossero costellazioni. Ogni disegno, un destino, qualcosa da realizzare. La sua solitudine, il silenzio ovattato e i suoi pensieri di evasione a farle compagnia. Il telefono che a volte squillava, lei che lo ignorava finché la quiete non si ristabiliva. Anche il tetto dell'albergo dal quale si è buttata era immerso in quell'atmosfera di «non potrà accaderti niente, sei al sicuro». Lei in cima al mondo, nessuno al di sopra. Finalmente sul gradino piú alto del podio: il momento perfetto per decidere di saltare giú.

Ora che è fuggita da tutto, anche dalla vita, vorrebbe tornare in quella bolla che sapeva tanto di protezione.

Emily è caduta per non dover lottare piú e adesso sa che, forse, sarebbe bastato poco per farcela. In cuor suo l'ha sempre saputo, in realtà. Ma è piú semplice fingere con sé stessi che sudare e riconquistare. È piú facile fermarsi che spingere e, mentre i pensieri le rimbalzano in testa come in un flipper, le pare di non sentire piú alcun rumore, le pare di aver acquisito il controllo delle proprie percezioni sensoriali; riesce ad abbassare il frastuono del traffico fino a farlo scomparire, come se avesse davanti una consolle di missaggio. È una bella sensazione avere il dominio dei suoni attorno a te. Con gli occhi chiusi fa un gioco che faceva da bambina: li stringe forte e, nell'oscurità, osserva le forme colorate che si creano e attraversano il suo campo visivo. Come su un salvaschermo, si muovono in continuazione seguendo uno schema geometrico; per anni si è chiesta cosa fosse quello strano fenomeno, ma non l'ha mai cercato su Google: sapere troppo ci rende vulnerabili, talvolta è meglio limitarsi a credere. Per esempio nell'uomo che le ha chiesto questi sette giorni, che le ha fatto fare cose straordinarie e che ora ha permesso che fosse abbandonata lí, su quel marciapiede.

– Dove cazzo sei? – urla, e si rende conto che voleva solo pensarlo; una donna con una busta della spesa che passa di lí la guarda, non la giudica, le sorride. Quella città è piena di matti, ed è parte del suo fascino.

Il volto di Emily si riga di lacrime. Un cambiamento la fa sobbalzare: *qualcuno* si è seduto accanto a lei. Un ragazzo, forse poco piú grande di lei, i capelli corti e la barba di qualche settimana, l'aria simpatica che traspare da un sorriso benevolo. Indossa una maglietta verde a tinta unita sotto una camicia a quadri aperta, le maniche arrotolate fino ai gomiti; sull'avambraccio ha un tatuaggio, una scritta in corsivo: «Today». Lo sguardo indagatore è buono e profondo, contiene mille domande e forse qualche risposta. La ragazza ha un singulto, un misto tra un respiro e un colpo di tosse, non gli scolla gli occhi di dosso. Lui si fruga nelle tasche dei jeans, prende un pacchetto di fazzoletti; purtroppo sono finiti, è rimasta solo la plastica.

Emily si asciuga gli occhi con il dorso della mano, l'espressione sospesa.

– Abito lí, – dice il ragazzo indicando il portone in cima ai gradini alle loro spalle. – Se hai bisogno di qualcosa...

Emily ripensa a cosa ha gridato pochi istanti prima, e si porta una mano alla bocca. Lui la osserva come si fa con un cucciolo smarrito, poi comincia a parlare con tono affabile, come fossero due vecchi amici.

– Io quando sto male faccio sempre un gioco, – dice. – Mi guardo intorno, osservo le persone, quel poliziotto per esempio, – e lo indica con il mento, – quella mamma, quel tassista, quella coppia, e penso che tra... ottanta, cento anni non ci saranno piú, non ci sarà nessuno di loro, ma proprio nessuno. Non ci sarà piú quel bambino con il palloncino di Daffy Duck, né quella donna che litiga al telefono con chi sa chi. Non ci sarai tu e non ci sarò io. Saremo tutti sostituiti da altrettante persone con altrettanti affanni, problemi, speranze, paure. E fra altri cent'anni da altri ancora. E probabilmente seduti su questi scalini ci saranno di nuovo una ragazza che piange e un ragazzo che dice stupidaggini. Pensa quanto siamo sostituibili.

Gli occhi di Emily si sono asciugati come pozzanghere al sole.

– Però siamo anche un po' unici, – conclude lui, – perché la nostra storia non sarà mai uguale a quella di nessun altro.

Queste parole, pensa Emily, *cosí giuste in questo momento.*

– Ma tu sei un angelo? – chiede di slancio, senza mezze misure.

La bocca del ragazzo si allarga in un sorriso. – Io? Tu sei un angelo, – ribatte, e arrossisce un po'.

Finalmente la ragazza sorride.

– No, no... gli angeli volano. Io non sono capace di volare, – dice lei, ed è come se la sua voce uscisse da un altro tempo, uno in cui raccontarsi può essere un piacere, come conoscere questo ragazzo che sembra non avere di meglio da fare che stare seduto con lei su quel gradino.

Lui la scruta: – Sono certo che se ci provassi ci riusciresti.

– Ti assicuro di no, – replica lei, e quasi le viene da ridere pensando a quanto siano vere quelle parole.

– Perché sei qui?

– Vorrei saperlo anch'io...

– Colpa di un uomo?

– Piú o meno, – risponde Emily pensando a Napoleon e all'uomo senza nome.

– È sempre colpa di un uomo, – prosegue lui. – Ti ha fatto credere delle cose, ma non è stato sincero? – La sua voce è morbida, come quella di chi volesse affascinarla, ma senza usare trucchi, con sincerità.

Emily annuisce, ma non vuole approfondire, perché nulla di quanto ha vissuto negli ultimi giorni è raccontabile.

– Come ti chiami? – gli chiede invece.

– Thomas, – risponde lui, porgendole la mano.

– Io sono Emily, parlami di te, – dice con una determinazione che la sorprende.

Thomas inizia a raccontare della sua infanzia a Brooklyn, della squadra di baseball, la Fordham University – la Columbia costava troppo –, poi il master, il lavoro come broker alla Merrill Lynch. Le parla di amici, speranze e paure. Lei si perde in quel fiume di parole. Si perde in quella miriade di nomi e dettagli, nella storia di uno sconosciuto che le sta facendo dimenticare la discussione con Napoleon, e Aretha e Daniel, la ginnastica, i genitori e la fattoria nel Tennessee, la trave di colmo e le gocce di pioggia. Le fa dimenticare d'aver finto per anni di essere paralitica e di essersi uccisa appena qualche giorno fa, quando nulla per lei aveva piú senso.

– ... urlavo! – esclama Thomas. – Il mio lavoro consisteva nel gridare e gesticolare in maniera incomprensibile. Gekko. Hai presente Gordon Gekko in *Wall Street*? Vendo, compro, compro, vendo... ecco io ero cosí.

Emily è divertita, il ragazzo prosegue, il suo tono si abbassa, come quando nelle favole arriviamo a un momento di svolta e diciamo «e a un certo punto...» – Poi, una mattina, andando al lavoro, sono uscito dalla metro alla solita fermata e sul marciapiede, vicino al muro, ho visto un barbone che faceva gli addominali. Gli addominali, capisci? Per quale ragione un barbone dovrebbe fare gli addominali? Non riuscivo a trovare una risposta.

Thomas fa una pausa, osserva il traffico frenetico in strada, poi riprende. – Sono arrivato in ufficio con questo pensiero fisso e, quasi senza accorgermene, sono entrato nella stanza del direttore e mi sono licenziato.

– Ma perché? – Emily è rapita.

– La verità? Non ne ho la piú pallida idea. In quel momento avevo solo voglia di uscire di lí, di prepararmi un buon pranzetto a casa, erano quindici anni che non pranzavo a casa. E subito dopo un bel pisolino. Un pisolino mentre tutta New York si sbatteva per produrre. Credo avessi solo bisogno di ritirarmi dal mondo.

– Lo capisco...

Lui la fissa come se volesse scrutarle l'anima; lei sembra accorgersene, ha un brivido.

– Adesso la parola che mi piace di piú al mondo è «relativizzare», – dice Thomas.

– «Re-la-ti-vi-zza-re»... – scandisce Emily, – ... suona bene.

– Detta da te suona benissimo, – ribatte lui con prontezza.

Il sorriso della ragazza si scalda, lui se ne accorge e le sposta una ciocca di capelli dal viso.

Il portone dietro di loro si apre, una giovane donna scende le scale e passa tra di loro con nonchalance; si volta, guarda Thomas e, ignorando Emily, dice: – Thomas, allora, è confermato per dopodomani? Una bottiglia di vino va bene?

– Certo, – risponde lui.

La ragazza gli manda un bacio con la mano e si allontana lungo il marciapiede. È bionda, i capelli lunghi, indossa una magliettina bianca con John Lennon stampato sopra, un paio di jeans *skinny* a vita alta che le fasciano un sedere perfetto e un paio di scarpe tacco dodici color Tiffany.

– È la mia vicina, faccio una piccola festa domenica a pranzo. Ti va di venire? – domanda lui senza la minima traccia d'imbarazzo nella voce.

Emily sta per dire di sí, poi si ricorda di essere morta – un particolare non irrilevante – e risponde con un no uguale ai tanti che, in passato, ha detto usando come scusa gli allenamenti.

– Io te lo consiglierei, – insiste Thomas, – perché è una delle ultime occasioni per vedere casa mia. È molto probabile che tra un paio di mesi non avrò piú i soldi per pagare l'affitto e dovrò lasciarla. Dài!

Emily lo guarda, non parla.

Lui solleva un sopracciglio. – Va bene, ho capito, ci devi pensare, – dice. Si alza, fa per andarsene, poi si blocca. – Senti, posso chiederti il numero di telefono o è troppo? – azzarda.

– Io... Io non ho il telefono, – balbetta lei rendendosi conto di dichiarare qualcosa difficile da credere.

– Non hai il telefono, capisco... Allora ti do il mio.

Fruga nelle tasche, tira fuori una penna, scrive il numero su uno scontrino e glielo porge. Infine le tende la mano per aiutarla ad alzarsi. Emily vorrebbe afferrarla, tirarsi su, magari farsi stringere. Invece resta immobile.

– Rimani qui? – chiede lui.

– Ancora un po', sí, – risponde la ragazza; sul suo viso non c'è piú traccia del sorriso di poco fa.

Thomas si allontana. Mentre attraversa, si gira a guardarla un'ultima volta.

Emily osserva la gente che cammina davanti a lei. Ognuno è immerso nei propri pensieri, nelle proprie faccende.

Faccende da vivi.

Un taxi con l'insegna accesa si ferma al semaforo davanti a una donna nera e un ragazzino bianco. I due salgono a bordo. Il tassista è un sikh col turbante, che parla con l'auricolare nella sua lingua incomprensibile per loro; sembra che da quella telefonata dipenda il destino del mondo.

– 1466 Broadway, – dice la donna.

L'autista parte senza neanche risponderle.

Il viaggio fino a Midtown continua cosí: l'uomo che urla nel microfono districandosi nel traffico e Daniel e Aretha che osservano la città scorrere accanto a loro.

– Puoi passare ogni giorno per la stessa via, e troverai sempre qualcosa di diverso. New York è cosí, – dice la donna.

– Per questo amavo i Donuts, – puntualizza il bambino.

– Cosa c'entrano i Donuts?

– Li fanno di talmente tanti colori che hai sempre l'impressione di mangiarne uno che non hai mai assaggiato prima.

Aretha lo stringe a sé. Daniel sente ancora di essere un figlio grazie a quella donna che è stata madre, perché essere genitori non è solo un fatto genetico, a volte basta un abbraccio carico di amore dato a un bambino che magari non ha il tuo sangue, ma ha bisogno di qualcuno in cui rifugiarsi.

Quarantunesima. Semaforo rosso: il taxi è fermo a bordo strada.

– Scendiamo qui, grazie. Quanto le dobbiamo? – chiede Aretha, e solo allora nota che il tassametro è spento. Il tassista pare non averla sentita. Poi tre cinesi si sbracciano e attraversano la strada di corsa in direzione del taxi. Aretha li vede arrivare dal suo lato.

– Esci, sbrigati, – dice a Daniel che apre la portiera e salta sul marciapiede seguito dalla donna. Intanto gli orientali si accomodano sui sedili posteriori e chiedono al tassista, che non ha mai smesso di parlare, di essere portati chissà dove.

Quando riparte col semaforo verde, il taxi ha la piccola insegna ancora accesa. Solo dopo una ventina di metri si spegne, comunicando al resto della città che il veicolo è occupato.

– Allora non ci ha visti? Ci ha portati qui per caso, – osserva Daniel.

– L'importante è che siamo nel posto giusto. Non avevo neanche i soldi per pagare. Ma se ci fossero serviti sono sicura che li avremmo trovati, – replica lei.

– Lo credo anch'io, – conclude Daniel. – Dove andiamo?

La poliziotta indica ToysЯus, il grande negozio di giocattoli. Il bambino s'illumina.

Vagano tra peluche, giochi di società, bambole, Lego, *action figures* di supereroi, e centinaia di altri articoli fino ad arrivare ai droni. Daniel ne prova uno in uno spazio apposito per il volo. Aretha è contenta, ha avuto una buona idea. Il drone viaggia tra spazi angusti compiendo evoluzioni, e li riprende con la sua piccola telecamera; i volti di Daniel e Aretha vengono proiettati sul monitor del telecomando.

– Ha detto «piccione», – se ne esce poi Daniel, per una strana associazione di idee con quel trabiccolo volante.

Aretha lo guarda interrogativa.

– Cosa?

– Napoleon ha detto «come un piccione», quindi lui vola?

– Chi? Non ti capisco.

– Tu la capivi sempre, tua figlia? – chiede allora il ragazzino, mentre compie una manovra con il drone, da destra a sinistra e poi su in alto.

– A volte sí, altre no, – risponde lei. Daniel riporta lo sguardo sul giocattolo, ma è chiaro che la risposta di Aretha non lo ha soddisfatto.

– Era difficile entrare nel suo mondo, – prosegue lei.

– Perché i miei non si sono accorti che soffrivo? – chiede ancora il bambino, e manovra il drone in modo da inquadrare Aretha: il viso che appare sul piccolo schermo è triste e pensieroso.

– Spesso bisogna dare una mano ai genitori, cercare un modo per farsi comprendere.

– Hanno detto che ero felice, come è possibile? – insiste Daniel. Ha intrapreso una strada dolorosa, e forse per questo comincia piano ad allontanarsi dalla donna, quasi si vergognasse di starle vicino mentre le pone domande cosí intime.

– Forse Napoleon ha ragione, a loro non frega nulla di me, – aggiunge, ormai fuori dal campo visivo di Aretha.

La donna afferra il drone che le vola accanto e parla guardando nella videocamera.

– Daniel. Se adesso, in questo preciso istante, andassi in ospedale, sai chi troveresti accanto a te? Sai chi ci sarà sempre, notte e giorno?

Il ragazzino la fissa nel monitor.

– I tuoi genitori. Capito, Daniel? Loro ci saranno sempre, – dice Aretha.

– E tu? – le chiede Daniel a bruciapelo. Per quanto la domanda sia scomoda e inaspettata Aretha non può che sorridere.

Daniel, dal reparto trenini, sorride anche lui.

«Se vuoi mangiare i cannoli siciliani a Manhattan devi andare da *Veniero's*. Sono come quelli di Palermo».

Era stato Salvatore a dirglielo, tanti anni prima.

L'uomo non l'ha mai scordato, e ora è seduto a un tavolo accanto alla vetrata che si affaccia sull'Undicesima Strada. Sono molti i consigli che ha ricevuto negli anni e di cui ha fatto tesoro. Le tante persone che ha incontrato gli hanno sempre lasciato qualcosa: una canzone, una frase, uno sguardo, un segreto, una memoria d'infanzia, una semplice parola particolarmente emozionante. E per non dimenticare lui annota tutto sulla sua agenda di cuoio. Pagine e pagine fitte di sensazioni associate a nomi. Col tempo tendiamo a scordare le cose, comprese quelle che in un determinato momento ci sembrano essenziali. Ma il tempo, per lui, ha un significato particolare. Come per un insegnante, i suoi corsi si ripetono pressoché uguali ogni sette giorni, e in quell'agenda sono raccolti gli appunti necessari a non sbagliare le lezioni. Perché il piú piccolo errore porta al fallimento.

L'uomo deve rimanere sempre concentrato. E un cannolo siciliano da *Veniero's* aiuta a raddrizzare una giornata iniziata male.

Tutta colpa di Napoleon, pensa per un attimo, ma quasi si pente di averlo fatto. Sa bene che la colpa è sua: con quel tipo qualcosa si è inceppato perché lui non riesce a entrarci in sintonia, o forse ci è entrato troppo.

La porta del locale si apre, e la donna dai capelli rossi entra con passo deciso. Indossa un vestito lungo a fiori e un paio di occhiali da sole viola con le lenti tonde, stile Janis Joplin. Ha un'aria diversa da quando è stata nella stanza dell'uomo l'ultima volta. Appare stanca e preoccupata, sembra una mamma convocata dal preside della scuola perché il figlio è stato sospeso.

– Che succede? – domanda sedendosi.

Lui ingurgita l'ultimo pezzo di cannolo e fa scivolare l'agenda verso di lei.

Lei legge qualcosa e la richiude.

– Ne sto perdendo uno, – dice l'uomo.

– Lo vedo, – commenta lei, sospirando preoccupata.

– Non riesco a gestirlo, santo Dio. Oggi ho perfino urlato.

– Che cos'ha di tanto speciale?

– Non lo so, mi mette in difficoltà.

– Tu in difficoltà? – dice la donna, incredula, mentre solleva gli occhiali e rivela due occhi azzurri con tracce di verde, un azzurro cangiante che in fondo all'iride racchiude due gocce d'ambra.

– Non lo voglio perdere.

– Smettila, accetta il fatto che prima o poi capiterà pure a te di perderne uno durante la settimana.

– Lo so che capiterà. Non lui, però.

– Perché non lui? – la donna si toglie gli occhiali e li appoggia sul tavolo.

L'uomo prende tempo, poi risponde con fatica.

– Perché dentro di lui c'è qualcosa di me.

– Dentro ognuno di loro c'è qualcosa di noi, – replica lei.

– Oggi, per la prima volta, mi ha fatto venire dei dubbi, – mormora l'uomo seguendo un suo filo logico. – E se in qualcuno, davvero, non ci fosse nulla da salvare?

– Che stai dicendo? – Il tono della donna è allarmato; con una mano inizia ad attorcigliarsi un riccio. – Devi pensare agli altri tre, o corri il rischio di perdere pure loro.

Lui abbassa lo sguardo, tace.

– Questo tizio è pericoloso per te, lascialo andare.

L'uomo alza le mani, come per tranquillizzarla, e parla con voce morbida, cercando di dissimulare il malessere. – Il problema non si pone, se n'è andato.

– Tornerà.

– Non credo.

Lei guarda al di là della vetrina, la sua attenzione si concentra sul lato opposto della strada.

– Ecco i miei, devo andare, – dice.

Anche l'uomo senza nome guarda fuori, sul marciapiede di fronte c'è un giovane segaligno con vestiti di diverse taglie piú grandi, i capelli lunghi e un berretto da baseball; accanto a lui, un distinto signore in giacca e cravatta con un ombrello nero che usa a mo' di bastone. Hanno l'espressione smarrita, come se fossero in attesa dell'autobus e avessero paura di sbagliare numero.

– È il loro primo giorno, – dice la donna alzandosi.

Lui li guarda con espressione tenera, protettiva. – Sono cosí fragili, all'inizio, – dice ripensando ai suoi e a quella notte di pioggia.

Lei sorride, infila gli occhiali e afferra il viso dell'uomo tra le mani in modo affettuoso.

– Non mangiare troppi cannoli, ti fanno male –. Attraversa la sala ed esce dal locale.

L'uomo la osserva raggiungere i *suoi due*.

Napoleon tornerà, la sua amica ne è sicura. E gli altri? Che cosa faranno nel loro giorno libero?

Azzanna il terzo cannolo, chiude gli occhi e prova a immaginarlo.

Aretha desiderava rivedere la sua vecchia casa. Gira la chiave lentamente, quasi non volesse disturbare.

Ad accogliere lei e Daniel è un appartamento vuoto e disordinato. In cucina la tavola è ancora apparecchiata: un piatto, un bicchiere, un tovagliolo.

Senza dire una parola, la donna apre le imposte della stanza per far entrare un po' di luce. Il loro sembra il sopralluogo di due sopravvissuti in un appartamento abbandonato di *The Walking Dead*, i cui abitanti sono scappati all'improvviso per non essere trasfomati in morti viventi. In realtà i morti viventi sono loro.

Daniel esamina il soggiorno: un divano davanti a un televisore Lcd fissato alla parete; a destra, sul ripiano di una credenza, una dozzina di cornici che custodiscono fotografie di una ragazzina in pigiama, in montagna, a scuola, che ride, accovacciata su uno skate, sul campo di basket, che salta nel sole, abbracciata ad Aretha. Il bambino passa un dito sul viso di Olivia, come se potesse percepire il soffio vitale che l'animava. Poi esplora quella casa sconosciuta. Entra in una camera: vestiti sparsi qua e là, un comodino accanto a un letto matrimoniale disfatto; c'è un buio opprimente. Si sposta nella stanza attigua, quella di Olivia.

Aretha intanto apre il frigorifero: è quasi vuoto, ci sono degli yogurt e una bottiglia di latte ancora chiusa. La prende, controlla la data di scadenza.

– Daniel? Daniel, ti va un po' di latte? – non riceve risposta. Ripone la bottiglia in frigo e richiude lo sportello. Le abitudini sono dure a morire. *Cosa cambierebbe, ormai, se lo lasciassi aperto?*

Daniel è piú a suo agio nella camera della figlia di Aretha: un letto singolo, una scrivania con alcuni libri ben impilati, un poster di Stephen Curry con la maglia dei Golden State Warriors. È un ambiente cristallizzato nel tempo; si percepisce ancora l'anima di chi l'ha abitato, ma solo come una pittura sbiadita sulle pareti.

Chissà se anche la mia stanza diventerà cosí, si chiede, poi si avvicina a una mensola: ci sono cinque pupazzetti Lego Basket. Ne prende uno, se lo rigira tra le mani; quel piccolo giocatore pare volergli confidare un importante segreto che solo lui può ascoltare.

Sente sospirare alle sue spalle. Rimane in silenzio alcuni secondi prima di parlare.

– Io lo so chi è quel signore che c'era nel tuo video, – dice senza voltarsi.

– Non era un signore, era un ragazzo, – precisa Aretha.

– Va be', è uguale…

– E chi sarebbe, sentiamo.

– Sono io –. Si gira; Aretha lo sta scrutando nella poca luce che giunge dal corridoio. – Hai capito? – continua. – Il ragazzo del video sono io.

– E come lo sai?

– Quello era il giardino sul retro di casa mia.

Aretha rimane interdetta, avvolta in quel silenzio innaturale: davanti a lei un bambino piombato nella sua vita nel giorno in cui lei aveva deciso di porvi fine. Nelle ultime ore ha agito spesso come una mamma, ma è proprio perché è stata una mamma che ha deciso di uccidersi. È confusa: perché ha accettato di seguire l'uomo prolungando una sofferenza che, grazie a quella pallottola, aveva spazzato via? Che cazzo di realtà è mai quella? È per una sorta di legge del contrappasso che le tocca di nuovo fare la madre? Sono pensieri strani, brutti, Aretha se ne accorge nell'attimo stesso in cui li formula. Daniel, in fin dei conti, è un bambino che ha deciso di suicidarsi, come può lei essere tanto insensibile? È un bambino senza nessuno in grado di capirlo; un bambino che ora è nella camera di sua figlia, morta invece senza aver espresso la volontà di morire; un bambino che gioca con un pupazzo Lego torcendogli le braccia, un pupazzo fra i preferiti di Olivia.

– La smetti con quel coso? Si rompe! – urla Aretha in tono aggressivo, lo stesso che avrebbe usato con un uomo armato durante una colluttazione. Poi gli strappa il pupazzetto dalle mani come avrebbe fatto con la pistola del malvivente. – Esci da questa stanza. Il fatto che ti abbia portato a casa mia non significa che puoi fare come ti pare.

Per Daniel quell'atteggiamento equivale a ricevere uno schiaffo in faccia, uno di quelli che ogni tanto gli rifilavano i bulli della scuola. È mortificato, non si aspettava una reazione simile; lascia la stanza a testa bassa.

Aretha si avvicina alla mensola, rimette a posto il gioco, risistema tutta la fila in modo nevrotico, come se ogni pupazzetto fosse nel posto sbagliato.

– Non ti hanno insegnato l'educazione? – continua come una mamma arrabbiata quando ha la luna storta. – Qui non ci devi entrare. Se non ti sta bene, puoi tornartene in hotel.

Cambia di nuovo la disposizione dei cinque pupazzi. Passa una mano sulla scrivania per togliere la polvere, liscia il letto rifatto in modo impeccabile ed esce dalla camera chiudendo la porta, come se dentro ci fosse qualcuno che dorme e non andasse svegliato.

Il soggiorno è deserto, la porta d'ingresso socchiusa: Daniel se n'è andato.

Una folla silenziosa entra alla spicciolata nella Grace Church sulla Broadway. Molti non si conoscono, altri si stringono la mano e si dànno pacche sulle spalle.

Le panche sono tutte occupate, alcune persone sono costrette a rimanere in piedi. Una bara ricoperta di fiori spiega la presenza di tanta gente.

Un uomo in giacca e cravatta raggiunge il pulpito dando il cambio a una donna. Si aggiusta il microfono e parla con voce commossa.

– Devo la vita a Napoleon. Come me, gliela devono centinaia di persone. Ci ha aiutato a comprendere il senso delle cose.

Tra gli ultimi che riescono a varcare la soglia della chiesa gremita c'è proprio lui, Napoleon. Rimane immobile nella navata centrale, quella in cui c'è la cassa con il suo corpo.

Eppure il mio corpo è qui, pensa d'istinto, una sensazione che ha già provato quando si è visto ripescare nell'East River.

Comincia ad avanzare lungo il corridoio, va incontro a sé stesso.

– ... solo che questa volta tutto ci sembra incomprensibile, – conclude l'oratore con la cravatta, scatenando un applauso.

Napoleon cammina lento, passa in rassegna i presenti: non riconosce nessuno.

I parenti sono avanti, dice una voce nella sua testa. Che poi, però, aggiunge: *Quali parenti?*

Lui aveva solo Greta. E ha deciso di abbandonarla.

Greta.

La vede alzarsi dalla prima fila, scintillante come sempre; indossa un tailleur scuro, sobrio ed elegante. Greta, che lui aveva scelto per la vita e alla quale aveva giurato amore eterno. Sa bene che il suo suicidio le si attaccherà come una sanguisuga; qualunque esistenza cercherà di ricostruirsi, qualunque uomo avrà accanto, qualunque figlio dovesse concepire, qualunque felicità sarà in grado di raggiungere, un cono d'ombra freddo la seguirà per sempre.

I tacchi della donna risuonano nel silenzio solenne della chiesa. Raggiunge il pulpito, prende il microfono. Parla.

– È vero, è incomprensibile. In questi giorni una domanda mi ha tormentata: potevo fare qualcosa?

I suoi occhi scorrono verso il centro della navata, verso la bara, verso Napoleon che è lí, ma lei non può vederlo.

– La risposta è sí. Io avrei potuto salvarlo. Avrei potuto riempire quel vuoto di cui non mi ero accorta. È stata colpa mia.

E se ne va.

Poche parole pronunciate con grazia e polso, senza strafare. Parole dirette, mirate, ponderate. Non per questo corrispondenti alla verità.

L'intera platea segue Greta che torna al suo posto; anche Napoleon. Sua moglie è sempre stata testarda, certa che qualsiasi sua convinzione fosse la verità assoluta. I loro litigi nascevano spesso da situazioni simili: lei sicura di una cosa, lui che provava a farle cambiare idea. Lei che lo invitava a non usare i trucchi della sua arte lavorativa.

Cosí la chiamava: arte lavorativa. Napoleon le è sempre stato grato per quell'espressione. Lo faceva sentire accettato. Greta credeva in lui, in quello che faceva.

E lui l'aveva tradita, col peggiore dei tradimenti.

Il prete invita i partecipanti ad alzarsi: l'organo attacca il *Preludio in Mi minore* di Chopin.

La folla si commuove, mentre una donna entra nella chiesa e percorre la navata. Napoleon non la sente arrivare, e si stupisce quando se la ritrova accanto: i capelli rossi ricci, un paio di occhiali da sole vintage che ricordano quelli di Janis Joplin e un vestito lungo a fiori del tutto inadeguato alla situazione.

La cosa che lo fa trasalire, però, è che non guarda l'altare, guarda lui. Gli si ferma accanto e sorride.

– Da questo momento sei libero, – gli dice.

Napoleon non si aspettava di incontrare qualcuno che potesse vederlo al suo funerale. Il resto dei presenti è intento a seguire la cerimonia, nessuno si accorge di loro.

– Tranquillo, non ci vede nessuno, – conferma lei. Legge nel pensiero, lo stesso giochetto dell'uomo.

Napoleon vorrebbe replicare qualcosa. Vorrebbe, ma non ci riesce. La donna gli prende la mano, si sfila una spilla da balia dal vestito e gli punge un polpastrello.

– Ahia! – urla Napoleon, e ritira di scatto il dito. Una goccia di sangue esce dalla ferita e si propaga sulla pelle. – Sei matta?

– Sei di nuovo vulnerabile. Ora puoi fare quello che vuoi, – risponde lei, poi gli porge un fazzoletto di carta e ripercorre la navata fino al portale; esce, senza farsi il segno della croce.

La musica termina, c'è un lungo applauso e la folla si alza in piedi; le campane della chiesa suonano.

Napoleon, ancora scosso da quanto appena accaduto, cerca la moglie con lo sguardo, ma non la trova. Si precipita fuori dalla chiesa, scappa dal suo funerale prestando però attenzione tra un incrocio e l'altro: non vuole finire sotto una macchina, adesso. Corre in modo forsennato, si ferma a prendere fiato, ricomincia a correre, finché non è sfiancato. Allora inizia a vagare senza meta, e in breve quella fuga acquista i contorni di una delle sue camminate scacciapensieri. È piú calmo, ma ha bisogno di tempo per capire cosa fare. Ha ancora tre giorni davanti, piú che sufficienti, nelle sue condizioni.

Quando si ritrova in Times Square – «il centro del mondo», lo chiamava suo nonno – è contento di essere lí, in mezzo alla massa ignara di turisti e lavoratori. Quella piazza significa vita, ed essere vivo significa avere ancora la possibilità di risolvere delle cose. Sta rivalutando questi sette giorni: se non li avesse avuti, non avrebbe mai saputo del senso di colpa di Greta.

Come se non fosse prevedibile, idiota, dice la voce nella sua testa. Chi si uccide, in fondo, è un codardo che ripete a sé stesso «andrà tutto bene senza di te», e se ne convince anche. Una vita in meno: perché qualcuno dovrebbe farsene una malattia?

Tante domande, poche risposte. Spesso sbagliate. Napoleon tenta di liberare la mente e si concentra sulle pubblicità.

Bud, Samsung, Football, Goody Orange…

Daniel!

Eccolo, il bambino ciccione della pubblicità, che pixellato cammina fiero in mezzo ad altri ragazzi bevendo la sua aranciata da una bottiglietta. Tutti lo salutano, tutti lo stimano, le ragazze gli sorridono. Malgrado la stazza è trattato come il piú fico della scuola. La fotografia è patinata, la musica incalzante e ritmata, e ogni cosa intorno a lui è «aspirazionale», una parola che Napoleon conosce bene.

Napoleon sorride e pensa che in vita avrebbe potuto aiutare Daniel.

Poi realizza che forse non è troppo tardi; chiude gli occhi e si sente vivo e al centro del mondo.

Se solo avesse girato lo sguardo verso il marciapiede opposto, Napoleon avrebbe scorto Daniel, apparentemente vivo in un mondo di vivi, consapevole di essere quasi morto, in coma per aver mangiato troppe ciambelle.

Anche lui ha seguito sul cartellone per l'ennesima volta lo spot, quello che lo ha reso famoso, che lo ha reso *malato*. Si dice che la fama porti la felicità; a Daniel ha portato solo la consapevolezza che la felicità non esiste. Forse la colpa è della vita stessa. Questa settimana inaspettata che sta trascorrendo glielo ha confermato: lui e il resto del gruppo dovrebbero essere alla ricerca di un senso piú profondo, di un qualcosa che li allontani dal desiderio della morte. Invece no. Quanto successo a casa di Aretha può significare una cosa sola: non esiste la possibilità di rimediare agli errori.

È impossibile migliorare, pensa Daniel mentre punta la stazione della metropolitana. *Ciò significa che anche i miei genitori continueranno a essere tali e quali a ciò che erano. Se tornassi, non cambierebbe nulla. Nulla. Mi aspetterebbero altri provini, e loro avrebbero comunque la smania di farmi diventare sempre piú famoso. Però io non voglio essere famoso. Voglio essere nessuno.*

– Nessuno! – urla alla città sotterranea, ma i passanti non se ne accorgono. E allora, già che c'è, supera i tornelli scavalcandoli sotto gli occhi della guardia. Essere quasi morti ha i suoi vantaggi. Arriva il treno, direzione Downtown.

Daniel entra nel vagone insieme a decine di altri passeggeri; i posti sono tutti occupati, tranne uno accanto a un barbone conciato piuttosto male e da cui la gente si tiene a distanza. Per lui va benissimo. Il senzatetto si volta di scatto verso il bambino: ha la faccia butterata, la barba lunga, i capillari rotti; un po' il freddo, un po' il vino. Puzza terribilmente, ma a Daniel non importa. I due si fissano e Daniel sorride, un gesto autentico che sente di voler compiere. L'altro invece rimane impassibile, dieci, venti secondi, mentre il convoglio viaggia nei tunnel, quindi si gira, guarda per un attimo dritto davanti a sé, chiude gli occhi.

Per terra, tra i piedi del poveretto, c'è un volantino. Daniel lo raccoglie: pubblicizza l'apertura di una nuova lavanderia sulla Madison. Il barbone indossa un vecchio gilet da pescatore; da una tasca gli spunta una penna. Daniel gliela sfila con accortezza, cercando di non farsi sentire, e inizia a scrivere sul retro del volantino. Il treno si ferma: molti scendono, molti salgono. Tra questi ultimi un ragazzo con la chitarra, che inizia a cantare *You Will Never Know* di Imany, una versione acustica accompagnata da una voce graffiante.

Sembra la colonna sonora giusta per Daniel che, usando le cosce come appoggio, butta giú i suoi pensieri.

Ciao mamma, ciao papà,

Giusy era la mia unica amica; rideva, e pure lei diceva che ero diventato doppio, «doppio» era un modo carino, gli altri che non gli importava di essere carini mi chiamavano ciccione di merda. Ha iniziato Mark Morales. E poi tutti gli altri. Mi prendevano a calci in culo, mi rubavano le cose e mi hanno pure pisciato sulla merenda che dicevano che ero una fogna e che tanto la mangiavo lo stesso. Io non lo volevo neanche fare quello spot, ma voi avete detto che era giusto, che quei soldi ci servivano… e io ho detto va bene. Non ho detto sí, ho detto va bene. Se andava bene per voi, andava bene per me. Ma per me non è andata bene, è andata piuttosto male. Una volta Bailey mi ha detto che gli facevo pena. Pure io mi faccio un po' pena. Anzi, tanta. E allora, mamma, ho deciso: voglio dormire, non mi svegliate piú.

Poi lo firma semplicemente «Daniel». Piega il foglio in quattro parti, lo ripone nella tasca interna della giacca e rimette la penna nel gilet del barbone.

– Grazie, – gli dice a voce alta, e quello, tra una russata e l'altra, bofonchia un «di nulla».

Daniel si regge ai sostegni e, in attesa della sua fermata, si lascia cullare dalla musica del cantante, uno che, in fin dei conti, sta provando a essere felice.

Non è facile essere felici, io non ce l'ho fatta, pensa, poi studia i passeggeri a uno a uno. Sono tutti piú grandi, tutti hanno superato l'inferno dei dodici anni. Beati loro.

Scende a St Nicholas Avenue e con calma si avvia verso la sua vecchia casa. Il giorno in cui sarebbero dovuti andare a Coney Island sta finendo. Ma si sa come sono gli adulti: promettono e non mantengono.

Chissà dove sono Napoleon ed Emily, si chiede Daniel inoltrandosi nel suo quartiere, una serie di casette che si susseguono l'una a ridosso dell'altra, separate solo da una striscia spelacchiata di giardino. Hanno un aspetto popolare, tipiche di un ceto basso che fatica ad arrivare alla fine del mese e può permettersi poco. Vi abitano perlopiú famiglie con prole che sono riuscite a estinguere il mutuo prima della crisi, un piccolo traguardo per chi, con il sacrificio di anni, oggi ha una casa di proprietà. Piccola, periferica, ma pur sempre a New York City.

Daniel entra in un giardinetto, gira intorno all'edificio e si ferma davanti alla porta sul retro. Bussa, piú per abitudine che per altro, e la sua speranza che non ci sia nessuno è suffragata.

Sono ancora in ospedale.

La chiave di emergenza è sotto un vaso: Daniel la prende, apre ed entra. La povertà del quartiere non trova corrispondenza all'interno della casa: un televisore sessanta pollici, un acquario, una poltrona Lazy Boy di pelle e una fontanella stile giapponese a led colorati dalla quale esce acqua senza sosta. Le scelte smodate di chi ha avuto entrate economiche improvvise e non è stato in grado di gestirle, oggetti spesso superflui che, ammucchiati insieme, contribuiscono a rendere l'ambiente pacchiano. La ricchezza generata dalla pubblicità.

Daniel è lí da pochi secondi e già non vede l'ora di andarsene. S'incammina deciso su per le scale, entra nella stanza dei genitori, apre un cassetto del comodino del padre e ci ficca la lettera.

Fatto. Si guarda intorno come per scattare un'ultima fotografia di quella stanza che non vedrà mai piú. All'improvviso si blocca: riapre il cassetto, riprende il suo messaggio e torna di corsa al piano terra, come un ladro che abbia fretta di abbandonare la casa in cui si è intrufolato. Spalanca gli sportelli della credenza in salone e comincia a frugare finché non trova una cartellina gialla: sulla copertina c'è l'etichetta della Goody Orange. Daniel la apre: il suo contratto come testimonial pubblicitario, l'inizio della fine. Mette il volantino ripiegato nella cartellina e la lascia in bella mostra sul tavolo.

Poi esce, chiude la porta, ripone la chiave sotto il vaso e se ne va.

Destinazione *Blue Moon Hotel.*

Aretha ha impiegato quasi tre ore per raggiungere il Trinity Church Cemetery di Riverside Drive, ma quel camminare le ha fatto bene. La rabbia è sparita, in compenso è salito il rimorso per aver trattato male Daniel. Se la vita era dura, e lei era stata già sconfitta in quella battaglia, questi supplementari paiono ancora piú difficili. E se la prima volta l'unica soluzione era stata farla finita, ora sa che in quattro giorni non si può acquisire il controllo delle proprie azioni ed emozioni.

Adesso, però, lungo l'Hudson River, mentre avanza tra le lapidi ai piedi degli alberi ancora in fiore, quanto è accaduto poco prima ha perso interesse. Un'anziana la precede di qualche metro a passo lento. Strascica i piedi come fosse afflitta da un dolore talmente grande da rendere troppo pesanti anche i gesti piú semplici. In mano ha due rose bianche a stelo lungo, che col nero della sua pelle risaltano ancora di piú. Aretha rimane alle sue spalle, è certa di non essere vista, eppure fa piano come se temesse di essere sentita. Le due seguono un tracciato di mattoni bianchi sfilando davanti alle lapidi. L'aria non è fredda e, se non fossero in un cimitero, la loro somiglierebbe a una piacevole passeggiata in un parco.

La strada comincia a inerpicarsi su per una piccola altura. Proseguono entrambe.

Aretha conosce bene quella collinetta, la prima volta che l'ha affrontata ci ha messo due ore per scalarla. A ogni metro si fermava, si concentrava su un profumo, un rumore, il ramo di un albero, un filo d'erba, una formica. Voleva registrare in modo indelebile nella memoria quel momento terribile e ogni particolare di quel sentiero che, per anni, avrebbe percorso almeno tre giorni la settimana.

Aretha raggiunge sua madre, quell'anziana signora che è arrivata di fronte a due lapidi: a sinistra ce n'è una con degli sbaffi verdi provocati dall'erba, il marmo scurito dalla pioggia, una lapide che è lí da un po' e fa risaltare il bianco accecante di quella interrata accanto, le stagioni non l'hanno ancora intaccata.

«Olivia Jackson, January 9th 2000 - October 27th 2016», «Aretha Jackson, April 2nd 1971 - March 27th 2018» le scritte sulle due lapidi.

Madre e figlia di nuovo insieme, i corpi sottoterra, l'anima di Aretha ancora in gioco, quella di Olivia persa chissà dove.

La donna mette con cura le rose nei due vasi a terra. Aretha la guarda con tenerezza. Vorrebbe abbracciarla, stringerla forte al petto e piangere insieme a lei. Vorrebbe parlarle, spiegarle il perché della sua scelta. Vorrebbe dirle cose che, per una ragione o per l'altra, ai genitori non si dicono mai, e finiscono per trasformarsi in un rimorso impossibile da sanare. Vorrebbe, ma si limita a osservare quella vecchia madre e nonna che ha trovato ancora la forza di spingersi fino lí.

– Ciao mamma, – sussurra.

– Ciao Aretha, – dice la donna con la voce strozzata.

Aretha ha un sussulto, poi nota che la madre ha lo sguardo fisso sulla sua lapide e capisce che stanno parlando da dimensioni diverse.

– Mi dispiace. Davvero, mi dispiace, – dice.

L'anziana sospira, chiude gli occhi, scuote la testa e infine mormora: – Non preoccuparti, figlia mia. All'inizio ero arrabbiata, ma adesso ho capito. Sto bene. Forse hai ragione tu, i genitori non dovrebbero sopravvivere ai figli. Ma non avertene a male se non ti raggiungo subito, se non faccio come te. Io ho voglia di restare qui. Il tempo è strano. Non è vero che un secondo dura un secondo. Un secondo dura quanto lo facciamo durare noi. E io voglio vivere come anni tutti i secondi che ho davanti, e tutti i ricordi di te e di Olivia.

Poi si china, accarezza le due lapidi e lentamente, mesta come è arrivata, lascia quella collina della disperazione. Lascia Aretha, invisibile agli occhi e alle orecchie, ma non al cuore.

Il sole è scomparso nel New Jersey, il vento si è alzato, e la poliziotta coraggiosa distrutta dal dolore capisce che è ora di rientrare.

– Ciao Olivia, amore mio, – dice, e se ne va.

All'età di tredici anni Emily partecipò ai trial del Tennessee, le gare propedeutiche al campionato nazionale. Era già una delle favorite nella categoria junior, e in virtú di precedenti punteggi in altre competizioni fu deciso che sarebbe stata l'ultima a esibirsi. Aspettò sei ore che arrivasse il suo turno, immobile sulle gradinate con l'allenatore. Non si mosse mai, neanche per fare pipí, stette lí a studiare le avversarie, una per una, perché sapeva che per eccellere non avrebbe mai dovuto convincersi di aver già imparato tutto. Quando si alzò aveva le gambe anchilosate, e dovette esercitarsi una decina di minuti per riattivare completamente la circolazione.

Poi gareggiò e arrivò seconda; tutti erano felici del risultato.

Nel tempo che ha trascorso seduta sullo scalino davanti casa di Thomas, le è tornata in mente quella giornata. Era un periodo esplosivo, tutto ciò che desiderava fare era allenarsi. Allenarsi per vincere, per diventare la numero uno. Ogni muscolo del corpo rispondeva ai suoi comandi in modo perfetto.

E adesso?

Adesso è ferma lí da chissà quanto tempo, perché non se la sente di camminare fino alla sedia a rotelle. È a una decina di metri da lei, ma non ce la fa. Significherebbe spostarsi in mezzo alla gente, arrancare, chiedere permesso, rischiare di essere urtata e rovinare a terra o, ancora peggio, essere aiutata.

Oppure no. Magari si potrebbe alzare e, fatto il primo passo traballante, ritroverebbe la sicurezza di mettere un piede dopo l'altro.

Forse nessuno si accorgerebbe di lei. Nessuno la notava mai, dopotutto.

E Thomas? Thomas l'ha notata, eccome: si è fermato con lei per un tempo che le è sembrato interminabile. Un tempo *fuori dal tempo*. Cosí bello come non ricordava di aver vissuto nell'ultimo periodo, fatto solo di dolore, rimorsi e solitudine.

Comincia a far freddo, Emily ha i brividi, si stringe il corpo tra le braccia, infine decide che deve riprendersi la sedia, la sua dannata carrozzina compagna di vita. Cosí si solleva, senza tentennamenti, cammina fino alle strisce e, quando arriva al semaforo, la scritta «Walk» viene sostituita da «Stop». Lei però cammina lo stesso, il passo incerto; le auto frenano d'improvviso, i conducenti suonano e le urlano contro. Emily continua imperterrita, nella mente solo la carrozzina, come fosse l'attrezzo su cui deve esibirsi, e lo spazio da percorrere per raggiungerla la pista con i giu dici attorno; i clacson sono applausi d'incoraggiamento.

Gli ultimi metri li fa a occhi chiusi.

La sedia, ribaltata, pare una scultura moderna che nessuno capisce; Emily la raddrizza, ci si lascia cadere sopra, sorride. Poi torna seria. Il lampo di volontà e vita che l'ha animata è subito scomparso. Si guarda attorno: è sola, non sa che fine abbiano fatto i suoi compagni, non sa nemmeno che fine farà lei. *Mancano tre giorni*.

Stavolta aspetta il verde e riattraversa: il *Blue Moon* è l'unico punto di riferimento che le è rimasto. La sedia però è instabile, le ruote a terra, i cerchi storti; ogni metro è uno scossone, uno sforzo per le sue braccia fuori allenamento e già stanche. Ma l'albergo è vicino, e il montacarichi l'aspetta per riportarla in camera.

Davanti all'hotel ci sono alcune auto parcheggiate: una è la station-wagon che li ha scarrozzati in giro in quei giorni, ma Emily non se ne accorge.

Dopo l'incontro con la sua amica e collega, l'uomo se n'è andato a zonzo per conto proprio; non ha voluto interferire in quella giornata che i quattro si sono costruiti, nei problemi che ciascuno di loro ha dovuto affrontare né nelle scelte che ne sono conseguite.

Solo che ora vedere Emily tanto in difficoltà gli fa stringere il cuore. Chissà quali prove ha dovuto sostenere, se la carrozzina è ridotta in quel modo. Basterebbe poco per aiutarla.

L'uomo si porta due dita alla bocca e fa come il gesto di soffiare in un palloncino. Le ruote si gonfiano, i cerchi si raddrizzano. Emily lancia un gridolino, è sorpresa, quasi spaventata, ma anche felice. Sa chi è l'artefice di quella magia, e per una volta non pensa al perché o al come: sa solo che è una gran fortuna ricevere una mano in una situazione del genere. Si guarda intorno, ma non vede nessuno; cosí punta il montacarichi e sale.

L'uomo è soddisfatto, uno dei pochi piaceri di quella giornata. Scende dall'auto, paga il parcheggio ed espone il tagliandino sul cruscotto. Sta per entrare nell'hotel quando, dirimpetto, attraverso la vetrina illuminata, vede Napoleon dentro una Cvs Pharmacy.

Il motivatore è davanti allo scaffale degli analgesici, in mano ha una confezione di Advil, ma non pare convinto; studia altre medicine come se si aspettasse che le scatole si mettessero a parlare e gli illustrassero i benefici di ciascun prodotto.

– Per il mal di testa è meglio questa, – dice l'uomo senza nome, appena dietro di lui. Una mano gli indica un flacone di Tylenol.

Napoleon non si gira.

– È troppo forte, mi fa venire il mal di stomaco, – si limita a rispondere.

– L'Advil è pieno di caffeina.

– È vero, ma fa effetto subito.

– Allora prova questa, ha il gastroprotettore, – replica l'uomo passandogli una boccetta senza nome.

Napoleon la prende, legge l'etichetta. – Ho deciso di restare, – mormora senza staccare gli occhi dalla confezione.

Tra i due scende un silenzio irreale e prolungato. Sembrano avversari in una partita a rubabandiera: nessuno che si prenda la briga di partire per timore di essere acchiappato.

Il vecchio non si aspettava quell'affermazione, Napoleon non si aspettava che il vecchio non reagisse.

È Napoleon a cedere: di solito non accadrebbe, ma ormai anche questa non vita volge al termine, non ha senso tenere il punto. Alza gli occhi verso l'uomo; è il primo sguardo che si scambiano dopo la lite del mattino. Anche l'uomo fa un passo verso la resa.

– Come mai hai cambiato idea? – gli domanda.

– Perché tu hai bisogno di me, – risponde Napoleon come se fosse una verità accertata.

– Io ho bisogno di te?

– Sí, altrimenti li perdi tutti.

– Sei presuntuoso.

– Anche tu.

Continuano a fissarsi, ma non si stanno solo perdonando, stanno suggellando un patto silenzioso. Qualcosa che riguarda entrambi.

– Tu resti perché per la prima volta stai dubitando, – dice l'uomo.

– Gli altri sono tornati? – chiede Napoleon evitando di rispondere.

– Come mai ti preoccupi per loro?

– È solo curiosità.

– Torneranno, – replica l'uomo ostentando sicurezza.

Napoleon non abbocca. – Ne sei sicuro?

– Sei tornato tu, torneranno anche loro.

Con questa frase la discussione finisce. L'uomo se ne va.

Napoleon rimane solo; guarda la boccetta da diverse angolazioni.

Poi la rimette sullo scaffale e prende l'Advil.

Giorno cinque

È una di quelle notti in cui le coperte sembrano sempre troppo corte: cerchi di rimettere al caldo un piede, ma nel farlo ti si scopre un fianco, tiri un po' piú su il lenzuolo e si denuda una spalla. L'aria nella stanza è fredda, la pelle rabbrividisce, cosí ti rannicchi, insegui un po' di tepore e stringi forte il cuscino che hai infilato tra le gambe, restando immobile perché l'altra parte del letto, quella vuota, è gelida. Il sonno è irrequieto, e a New York c'è sempre qualche generatore in funzione, un rumore continuo che ti fa compagnia e che piú cerchi di ignorare, piú sembra vicino. Un camion col rimorchio sobbalza su una buca che ancora non hanno riparato, qualcuno urla, una macchina taglia una curva e fa stridere le gomme.

Aretha li conosce bene i rumori della notte, di ore insonni ne ha passate tante, con gli occhi che si aprivano a intervalli per controllare la sveglia: le tre, le cinque, le sette. Quelle ore lei se le ricorda tutte, e nessuno gliele deve toccare.

Ma in questa nuova vita il tempo ha una velocità diversa, e oggi scorre particolarmente lento.

Si alza e si chiude in bagno. Una doccia veloce, vestiti puliti; esce dalla stanza. Prepara la colazione: accende la macchina del caffè e mentre l'acqua si scalda osserva il tavolo spoglio. La sala è vuota, oltre lei non c'è nessuno. Come a casa sua, come una settimana prima, la camera, la cucina, il soggiorno, tutto era vuoto, tutto era solo per lei. Da quando Olivia non c'è piú, tutto è diventato uno. Un piatto, un bicchiere, un cucchiaino, un caffè. Se resti solo puoi resettare ogni cosa. Puoi cantare ad alta voce senza imbarazzo, puoi urlare sapendo che nessuno può sentirti e piangere forte fino ad accorarti senza che qualcuno possa abbracciarti.

Ad Aretha questa solitudine faceva orrore, la faceva impazzire. Ma cosí è la vita. O meglio, cosí è la morte, che poi a pensarci bene è solo un attimo, un momento lungo pressappoco un secondo, che però dura un'eternità. È ciò che accade dopo a essere inaccettabile. Inaccettabile per chi resiste al tempo, per chi subisce, per chi resta solo.

Sola un cazzo!, pensa Aretha. *Ma dove sono finiti gli altri?* Allora comincia a fare rumore, parecchio rumore. Sbatte stoviglie e sportelli, sposta le sedie trascinandole sul pavimento. Vuole farli uscire dalle loro stanze.

Un uomo, una poliziotta, una paralitica e un bambino. Sembra una barzelletta, detta cosí, se ci pensa le viene quasi da ridere.

Passi cinquant'anni tra parenti che ricevi in dote e amici che ti scegli, ti senti realizzata nel lavoro, poi all'improvviso va tutto a rotoli; ti ammazzi per farla finita e ti ritrovi dentro una nuova vita a scadenza che non pensavi esistesse, assieme a persone che ti vengono imposte come compagne. Imposte da un vecchio senza nome che ne sa una piú del diavolo, e che per quanto ne sai potrebbe pure esserlo. Ancora quarantotto ore per scegliere se salvare il mondo, il tuo personale mondo. O finire o continuare. E se finisce, che cosa accade?

Quello che doveva succedere quando ciascuno di noi ha fatto quello che ha fatto. Ora siamo qui, però, quindi uscite fuori, cazzo.

Sbatte un altro bicchiere, lascia cadere un cucchiaio su un piatto. Accende il frullatore.

Dalla sua camera Emily sente quel frastuono e sorride. Non è l'unica a essere tornata in hotel, la sera prima.

È seduta sul letto, si abbottona la camicetta, poi, come se fosse paralizzata davvero, usando solo le braccia si siede sulla sedia a rotelle, quella che era ridotta a un mezzo rottame ma che *magicamente* è tornata nuova. Come sia potuto succedere è inutile domandarselo. Come è inutile domandarsi perché sia ancora viva dopo quel salto dal *Kimpton Ink48 Hotel*, perché abbia trovato *quel* giocattolo al mercatino dell'usato, perché Thomas possa vederla e altre persone no. Sono tanti i perché senza una risposta, un po' come nella sua *prima vita*: perché è caduta dalla trave? Perché si è finta paralitica? Perché ha smesso di lottare? Perché non ha chiesto aiuto?

Anche Emily ha dormito poco, la sua è stata una notte come quelle della vita precedente, quando non riusciva a prendere sonno e l'idea di un mattino capace di salvarla dall'oscurità e dai pensieri era in realtà un miraggio prodotto dal dolore. E se non hai niente da fare a parte stare in un letto, se i tuoi parenti sono a novecento miglia di distanza, se hai abbastanza soldi da permetterti di non lavorare, se Amazon e gli altri siti ti portano a casa tutto ciò di cui hai bisogno e le tue uniche amiche sono sparse per la nazione ad allenarsi nella disciplina che non ti ha permesso di essere la migliore, non ti rimane che leggere.

È così che Emily ha iniziato.

Leggere la distoglieva dalla realtà, la faceva sentire in viaggio verso il castello del conte Dracula e sotto l'occhio del Grande Fratello di Orwell. È stata la donna scopata da Bukowski e la figlia ribelle in *Pastorale americana* di

Roth. È stata tante persone, tante storie, tante vite, che però terminavano lasciandola sveglia a pensare a un futuro che non esisteva. *Che fine fanno i personaggi di un romanzo dopo che questo è finito?*, si chiedeva.

È un po' come se morissero, ha pensato spesso Emily.

L'onda lunga di quelle esistenze inventate si dissolveva a poco a poco, e l'unica vita che rimaneva in vita era la sua. Piatta, monotona, priva di emozioni. Un'esistenza minimalista, si sarebbe detto in letteratura: una protagonista che non sa che cazzo fare della propria esistenza, pagine su pagine di nulla, quotidianità che ti soffoca, poi il colpo di scena: lei sale sul tetto, si butta di sotto, muore.

Anzi no.

Non riesce neppure a morire. Si lascia convincere da un uomo senza nome a vivere ancora, e cosí un salto perfetto, da primo posto, un salto che ti spiaccica per terra senza scampo, si trasforma in un fallimento. Una seconda vita pronta per te – seconda, anche stavolta –, va' e fanne buon uso. Non importa se si porta dietro i retaggi della precedente: la sedia a rotelle, l'incapacità di lasciarsi andare, la paralisi.

La paralisi è solo nella tua testa, quante volte se l'è ripetuto senza ottenere però un risultato. Finché non è arrivato Napoleon, uno davvero bravo nel suo lavoro. Uno che ti spinge a superare i tuoi limiti... uno che ti spinge in mezzo alla strada e se non salti giú in tempo ti manda sotto un cazzo di pick-up con la musica black a cannone. Ma non si era detto che non si può morire una seconda volta? Non importa, l'istinto di sopravvivenza non accetta regole: agisce e basta. Terapia d'urto, e tutto passa.

Invece no.

Un ragazzo dagli occhi a cuore ti invita a casa sua, uno che non ti conosce, che non sa chi sei, uno con cui non avrebbe senso fingere.

Poi la notte in bianco, e un nuovo giorno: il quinto, per la precisione. Ti alzi, ti lavi, ti vesti e ti accorgi che non è cambiato nulla, sembra la solita, vecchia vita, con una differenza: non ci sono libri! Niente da leggere, in camera, neanche una cazzo di Bibbia.

Emily non ha pensato a comprare un libro durante le scorribande newyorkesi nella station-wagon, anche perché, se ti restano sette giorni da vivere, concentrarsi su un romanzo non è la cosa piú facile del mondo. Cosí il rumore delle stoviglie che giunge dalla sala, il rumore di qualcuno che sta apparecchiando è la musica piú dolce che possa sentire in quel momento. Perché, se è vero che quando si muore si muore soli, allora prima è meglio avere un po' di compagnia.

Ma sarà quello, il mio destino?, pensa. *Perché dovrei cambiare idea?*

Apre la porta della camera, esce in corridoio e spinge sulle ruote.

Anche Napoleon li ha sentiti, quei rumori. Sono il segnale che la lunga notte è finita. Ore trascorse alla finestra a fumare e a fissare il campetto da basket deserto. Se non fosse stato per il freddo e per il vento sarebbe sceso a fare due tiri a canestro, ma non vuole ammalarsi adesso che è arrivato alla fine; curioso preoccuparsi di un raffreddore per uno che ha programmato di saltare dentro un fiume gelido in piena notte.

Nell'attesa dell'alba ha provato a fare un bilancio della propria esistenza alla luce di quanto gli sta accadendo. Il risultato è stato un unico interrogativo, semplice e chiaro: chi non è in grado di salvare sé stesso può pretendere di salvare gli altri? Non ne è certo, eppure ce ne sono di persone che hanno avuto una seconda opportunità grazie al suo intervento.

Una seconda opportunità... pensa. *Forse sono qui per aiutare quello strano uomo a concedere seconde possibilità?*

Ma Napoleon è bravo solo con gli sconosciuti, deve esserci un distacco prima e dopo il *trattamento*. Le persone piú vicine a te, quelle che ti stanno piú a cuore, sono difficili da aiutare, perché con loro spesso non si riesce a essere franchi.

A Greta non ha mai rivelato i mostri che lo divoravano dall'interno, le ha sempre mostrato un Napoleon di facciata.

Ascoltarla pronunciare quelle parole in chiesa gli ha avvolto l'anima in una morsa di spine. Scappando dal proprio funerale si è detto che, se ha scelto di uccidersi, è anche colpa di sua moglie. Poi si è dato del codardo e si è maledetto per aver pensato un'assurdità simile. Greta lo spronava spesso a parlare, ma lui, che già parlava tanto per lavoro, si fingeva ogni volta sereno e tranquillo.

Durante la lunga passeggiata che la sera precedente lo ha riportato all'hotel, ha riflettuto che forse lui è come John Coffey, il gigante nero del *Miglio verde*: può liberare gli altri dal male solo assorbendolo lui stesso. Piú fa del bene, piú si ammala.

La conseguenza di tanti ragionamenti è un gran mal di testa, roba da ammazzarsi di nuovo, se non fosse per le sante pasticche di Advil; ne manda giú quattro in una volta e il suo pensiero va al gruppo: chissà se Emily è tornata, chissà se lo ha perdonato, chissà dove sono stati Daniel e Aretha. Una gran quantità di «chissà», tutti da appurare, poi i rumori dalla sala colazione: c'è qualcuno.

Meno male, pensa Napoleon. Si cambia d'abito e via. Meno due al termine.

Apre la porta della camera e si trova davanti la ginnasta sulla sua carrozzina fuoriserie. L'espressione della ragazza si indurisce, come se lo sfidasse: *Dài, forza, ora che sai tutto, sputtanami. Tanto non me ne frega un cazzo, ho poco da perdere, io.*

Napoleon non dirà nulla, custodirà il segreto di quella ragazza alla quale si è pure un po' affezionato. Gli viene quasi da ridere, però vuole tenere il punto.

– Buongiorno, – le dice, freddo.

Lei risponde distaccata con la stessa parola, un augurio di cortesia che si concederebbe anche a un perfetto sconosciuto.

– Prima tu, – fa lui con un gesto plateale del braccio.

– No, prima tu, – replica lei.

È una gara di resistenza, anche se ognuno coglie nello sguardo dell'altro il sentimento maturato, chissà come e chissà perché, durante quella convivenza forzata: la tenerezza. Non servirebbero parole per dirselo, basterebbe sciogliere il sorriso che entrambi stanno trattenendo con difficoltà. Ma le rispettive dignità hanno la meglio, finché Napoleon non afferra la sedia a rotelle e la spinge nella sala, in silenzio. Un gesto che sa di resa, ma allo stesso tempo d'amore. E per *l'amor che move il sole e l'altre stelle* muovere una carrozzina è un gioco da ragazzi.

Emily pare voler dire qualcosa, poi lascia perdere.

Quando arrivano in sala trovano la tavola apparecchiata, anzi imbandita, quasi ci fosse una nonna che si è alzata all'alba per preparare la colazione ai nipoti, facendo attenzione a che non mancasse niente.

La nonna in questione è una poliziotta nera che è stata mamma per diciassette anni, una donna che, anche quando prendeva servizio alle sei del mattino, non mancava mai di lasciare spremuta, caffellatte e pancake alla figlia ancora sotto le coperte. Gli anni passano, eppure certe cose sono per sempre. Per Aretha prendersi cura di quella strana famiglia è un po' come ritrovare una parte della sua Olivia. Napoleon è il fratello di successo che si è ammalato d'infelicità, Emily la cugina, famosa atleta che ha smesso di vincere, e Daniel il nipotino introverso e bullizzato che nessuno capisce. L'uomo senza nome potrebbe essere il vecchio zio eccentrico che non vedi da anni: lo hai lasciato che vendeva auto usate nel Maine e lo ritrovi che vive su una barca ormeggiata a San Diego dopo la morte della moglie. Una famiglia strampalata e affaticata: e che per questo merita una buona colazione.

Quando vede Emily e Napoleon non si trattiene dal sorridere; lo fa di cuore, i suoi rumori molesti hanno provocato l'effetto sperato. La ragazza le sorride di rimando, Napoleon, invece, resta serio.

– Tu, yogurt e frutta e tu, caffè nero bollente, giusto? – dice Aretha.

Emily ringrazia, Napoleon si limita a un gesto con il capo e a un grugnito: il suo modo di esprimere gratitudine. Si siedono uno accanto all'altra.

– Buongiorno, – dice una voce dietro di loro.

È il Brucaliffo, l'autista pazzo, lo spacciatore di Advil, l'uomo senza nome. – E cosí… siamo di nuovo al completo, – dice fissando Napoleon, che per tutta risposta ingolla un sorso di caffè e si guarda intorno come per mettere in discussione quell'affermazione.

– Quasi tutti, – precisa.

– Hai ragione. Aretha, va' a svegliare Daniel, – suggerisce l'uomo con gentilezza.

Lei lo guarda come se le avesse chiesto di cambiare la carta da parati dell'intero hotel. Dopo quanto è accaduto il giorno prima a casa sua, quella è l'ultima cosa che vorrebbe fare. Non perché provi ancora del risentimento, al contrario: non sa come affrontare quel ragazzino, a cui vuole ormai un bene dell'anima, senza soccombere ai sensi di colpa che già durante la notte l'hanno tormentata.

Ma l'uomo insiste con perentoria dolcezza: – Su, va' a svegliarlo.

Aretha guarda Emily, poi Napoleon: loro non possono sapere. Mette su un'espressione di circostanza e va a fare quello che una brava madre fa dopo aver sgridato i figli senza un valido motivo, magari solo perché presa da altre emozioni: scusarsi.

Bussa e apre la porta della stanza; dalla finestra filtrano spiragli di luce che dànno forma alle ombre. Intravede la sagoma di Daniel raggomitolato nel letto, dorme ancora profondamente. In un attimo il pensiero di Aretha va alla mamma di Daniel, che entrando nella stanza del figlio lo ha trovato addormentato; lo ha chiamato una, due, tre volte, ma lui non ha risposto, allora ha scostato le coperte e ha provato a sfiorarlo, a scrollarlo: niente. È quello l'attimo piú terribile, in cui ti rendi conto di essere davanti a qualcosa di piú grande del sonno. Il terrore si impadronisce della razionalità, cosí urli, e tuo marito accorre, e tu sei in preda al panico, ripeti che «è morto, è morto», e piangi e ti disperi e ti ficchi le unghie nella carne, vorresti compiere un gesto qualsiasi, purché metta fine a tanta sofferenza. Provi a tirarlo su, e quel peso tra le braccia lo ricorderai per sempre, il peso di una vita che dipendeva da te e che per un motivo che ignori sta scivolando via.

Aretha si siede sul bordo del letto e avvicina l'orecchio al viso di Daniel: russa appena, il suo fiato caldo le riscalda la pelle.

Scuote con leggerezza la spalla del bambino. Nessuna reazione. Allora con voce dolce, appena soffiata, dice: – Ehi. Ehi, sveglia.

– Mmh… altri cinque minuti, ma', – risponde Daniel, una frase che sa di liberazione.

– Ehi! – ripete Aretha.

Daniel apre gli occhi, è sorpreso: forse stava sognando, forse pensava di essere a casa o in ospedale. Forse si era dimenticato di questa pseudovita dopo la morte. Sbatte le palpebre, si ritrae quasi, poi il suo cervello ricapitola le cose e capisce dov'è, e che non ha nulla da temere.

– Dài, che è tardi, – insiste Aretha, la voce di chi sta per dire qualcosa d'importante e non vuole commettere errori.

Daniel si stropiccia gli occhi, sbadiglia, stiracchia le braccia; è ancora frastornato. Lei lo lascia fare, lo fissa un po' divertita, attende che si metta a sedere, poi dice: – Senti… – si ferma, esita. Non è facile trovare le parole giuste, capaci di restituire il senso esatto di ciò che si vuole esprimere e allo stesso tempo di soddisfare chi sta dall'altra parte. – Mi dispiace per ieri, Daniel, – conclude. Una frase semplice, ma che rende bene l'idea.

– Non importa, – mormora il bambino con un candore disarmante.

– Ero arrabbiata. Con me, non con te, – continua lei senza distogliere lo sguardo. Daniel sorride e ad Aretha sale un groppo in gola. Lei, madre senza figlia, lui, figlio senza genitori: quello che la vita ha tolto loro gliel'ha restituito in questa sorta di aldilà. Ciò che si sono portati dietro ha assunto qui un significato diverso, piú profondo. Tutto è amplificato.

Aretha infila una mano nella tasca e tira fuori il walkman preso al mercatino: lo porge a Daniel.

– Prendilo tu.

Lui non si fa pregare. È troppo giovane per averne mai provato uno.

– Il tuo *Fritto misto*, – dice sorridendo. La tensione è sciolta.

– Sai che cosa pensavo? Potremmo andarci oggi a Coney Island. Se ancora ti va…

E quello che era un sorriso tenero diventa di felicità.

– Pensi che di là saranno d'accordo? – domanda il bambino.

– Vestiti e glielo chiediamo, – risponde Aretha alzandosi dal letto.

A Daniel, pervaso dall'entusiasmo, bastano meno di cinque minuti per prepararsi.

Quando entrano nella sala, gli altri stanno finendo di mangiare. Nessuno parla: l'uomo scrive sulla sua agenda, Napoleon fissa la tazza del caffè, Emily spilucca guardando davanti a sé.

– Daniel avrebbe una proposta, – dice Aretha, spingendo con dolcezza il bambino al centro della sala.

Lui è restio; l'energia di poco prima sembra già svanita, come se vedere i suoi compagni immersi nei propri pensieri avesse annullato i suoi propositi di divertimento.

– Puoi dirlo tu? – sussurra ad Aretha.

– No, tu. Su, tranquillo, – lo rassicura lei.

E seppur non del tutto convinto, con l'imbarazzo piú in vista del coraggio, Daniel suggerisce la meta del giorno.

Emily rimane in silenzio, quasi l'idea di parlare per prima le sembri disdicevole.

Napoleon appoggia piano la tazza sul tavolo e parla, come un adulto qualsiasi che con leggerezza, con undici parole, distrugge il sogno di un bambino: – Veramente dovevamo andare ieri, oggi ci saranno di sicuro altri programmi.

Daniel replica con voce timida, appena accennata, ma tagliente quanto un bisturi: – Lo so, ma ieri tu hai preferito buttarti sotto la metro.

Silenzio.

L'uomo smette di scrivere.

Tre, quattro, cinque secondi. Poi Napoleon sbotta a ridere. Lo fa di cuore, e in un attimo contagia tutti. Nessuno ricorda piú l'ultima volta che ha riso cosí di gusto mettendo da parte problemi, pensieri, aspettative. E solo grazie a un bambino di dodici anni che non riesce a tacere la verità; la dice senza mezzi termini, fregandosene delle conseguenze.

– Facciamo cosí, – dice Napoleon riprendendo il controllo, – votiamo. Chi vuole andare?

Aretha solleva subito la mano, Emily la imita e lui si unisce a loro. Pure Daniel alza la mano entusiasta.

Lo scrivano senza nome si è rimesso a scrivere.

– Tu non voti? – gli chiede Napoleon.

– Io non ci sono, scusate, stamattina ho da fare.

I quattro abbassano le braccia e si guardano meravigliati: nessuno si aspettava una risposta simile.

– Se vuoi, portali tu, – aggiunge l'uomo, senza distogliere lo sguardo dall'agenda. Le sue parole si perdono nell'aria, ma pesano come macigni.

Napoleon gli lancia un'occhiata accusatoria, perfezionata negli anni passati sul palco a contatto con migliaia di persone.

– Okay, andiamo noi, – dice. – Abbiamo una promessa da mantenere, no?

È una maschera di tranquillità. Guarda gli amici e li sprona a muoversi, visto che Coney Island non è proprio dietro l'angolo: c'è almeno mezz'ora di strada.

L'uomo si limita a lanciargli le chiavi della macchina, continuando a scrivere. Napoleon osserva quello strano comportamento: è talmente fuori luogo che deve avere un significato preciso. – Bene, – annuisce.

L'uomo tira su tre dita a mo' di saluto e rimane solo con la sua agenda di cuoio.

Quando Napoleon avvia la vecchia station-wagon si gusta la bellezza di un gesto quotidiano che non compiva da un po'. Si immette nel traffico e un dubbio lo sorprende: – Secondo voi da fuori vedono una macchina vuota che sfila in mezzo al traffico?

Emily, accanto a lui, sorride.

– Per me oggi siamo visibili, – risponde convinta Aretha.

– L'importante è che non incontriamo i Ghostbusters, – dice il bambino divertito. C'è un bel clima, in fondo stanno andando al luna park.

– Metti un po' di musica, – dice Napoleon a Emily, restando concentrato sulla strada. Pensa a quella strana donna in chiesa che lo ha punto, come fosse un rito voodoo. *Sono di nuovo mortale, e gli altri? Lo sono anche loro?* Nel dubbio evita di superare, procede piano nella sua corsia, anche se in un angolino del suo cervello è certo che non potrebbe mai accadere loro nulla di male; è un po' come se fossero dentro un videogioco: le persone e i luoghi sono una sorta di scenografia con la quale possono interagire solo in parte.

Emily apre il cassettino del cruscotto e inizia a frugare.

– Non mi sembra il caso, – le dice Aretha.

– Cerco solo qualche cd… e poi, dài, sono curiosa.

Tira fuori uno stradario, una decina di vecchie multe e quattro cd.

Tina Turner, George Michael, quello della Fitzgerald e... Bryan Adams.

– Non vorrai mica mettere Bryan Adams? – chiede Aretha, come se si trattasse di canti gregoriani.

– Cos'hai contro Bryan Adams? – ribatte Napoleon. – È un grande.

– Chi è Bryan Adams? – domanda Daniel.

– Questo qui, – risponde Napoleon, e toglie dallo stereo i Red Hot Chili Peppers per far posto al rocker canadese.

Partono i primi accordi della chitarra elettrica; l'aria si riempie dell'energia di *Summer of '69*.

Napoleon tamburella sul volante imitando il proprietario dell'auto; anche Emily viene subito rapita dal ritmo. Daniel, dopo un inizio timido, si lascia coinvolgere e muove il corpo a tempo, facendo ballonzolare la ciccia.

–Vai, Daniel! – gli grida Napoleon osservandolo nello specchietto.

Aretha si porta una mano alla bocca, divertita. – Be', cazzo, non avrei mai creduto di ballare una canzone di Bryan Adams, – e parte anche lei.

I quattro sono scatenati, bruciano l'asfalto come un gruppo di amici spensierati in gita verso Coney Island: nessuno a cui rendere conto, nessun problema da risolvere. A parte il count-down che avanza, inesorabile; ma nessuno sembra preoccuparsene.

Proseguono cosí fino al Manhattan Bridge. Lí Napoleon si spegne di colpo, come se gli si fossero scaricate le pile. Torna serio, concentrato sulla strada. Emily se ne accorge e abbassa il volume.

– Ma come? Ora che mi aveva preso! – protesta Aretha, che ha ancora le mani in alto.

Anche Daniel si quieta, ma non capisce cosa stia succedendo.

Attraverso lo specchietto Aretha guarda Emily, che con gli occhi le indica Napoleon.

L'auto percorre la carreggiata in direzione Brooklyn che si snoda sopra il passaggio per i pedoni. Napoleon procede con calma, guardando verso il fiume che lo ha accolto. Sono proprio a metà del ponte, il punto che Napoleon aveva scelto.

– Chissà se ci sono ancora le mie cose, – dice a voce alta. – Smartphone, chiavi della macchina e portafogli; i feticci imprescindibili di ogni newyorkese che si rispetti.

– È da qui che sei saltato? – chiede Daniel.

– Sí, – risponde Napoleon.

Stringe forte il volante e chiude gli occhi.

Emily se ne accorge e lo richiama: – Ehi, Napoleon!

L'uomo sospira e li riapre.

– Scusate, è tutto okay –. Accenna anche un sorriso. – Via la tristezza, stiamo andando a divertirci.

In breve il clima torna quello di prima.

Emily ha ancora in mano le multe e i cd, ripone tutto nel cassettino; osserva lo stradario con curiosità, lo sfoglia. È del 1962...

– Secondo voi quanti anni ha quell'uomo? – chiede Daniel.

– Per me è vecchio vecchio, – ipotizza Aretha.

Emily rimette a posto lo stradario e nota un mazzo di vecchie penne stilografiche tenute insieme da un elastico. Le prende e le mostra al gruppo.

– Guardate qui.

– Chissà cosa scrive su quell'agenda... – si chiede Aretha.

– Secondo me disegna, tipo psicologo. Il mio lo faceva, – commenta Emily.

– Pure il mio, – dice Napoleon. Gli altri tre lo guardano stupiti.

– Tu andavi dallo strizzacervelli? – sbotta Aretha.

– Per un periodo. Poi ho smesso. Diceva le stesse cose che dicevo io, ma con un tono piú mesto, come se non ci credesse neppure lui.

– Il mio stava sempre zitto. E pure io stavo zitta, – ricorda Aretha. Ora sono sulla Belt Parkway.

– Che ci andavi a fare? – gli chiede Daniel, un po' preoccupato.

– Era obbligatorio, dopo quello che mi è successo. In polizia volevano essere sicuri che non facessi cazzate –. Il tono della donna sta tornando triste, Napoleon alza di nuovo il volume della musica. Alla loro destra si aprono il porto di Brooklyn e le acque della Lower Bay: Coney Island non è piú molto lontana.

– Ma come fa a esserci sempre, anche quando eravamo separati? – dice Daniel, dando voce a un quesito che tutti si sono posti piú di una volta.

– Semplice: vola, – replica Emily.

Daniel scrolla la testa.

– Userà il teletrasporto, – ipotizza Aretha.

– Voi, se poteste scegliere, preferireste volare o il teletrasporto? – domanda Daniel.

Emily e Aretha rispondono all'unisono: – Volare!

– Io il teletrasporto, è piú pratico, – dice Napoleon. – Tu, Daniel?

Il bambino guarda le palme che si susseguono lungo la strada e i gabbiani che costeggiano la carreggiata.

– Io volare, tutta la vita.

Nella sua mente c'è la sera di Halloween di quando aveva nove anni: desiderava un costume da Superman, ma la sua famiglia non se lo poteva permettere. Allora la madre comprò la stoffa e glielo cucí. Non venne bene, i colori erano diversi dall'originale, piú spenti, la *s* storta e la fattura grossolana. Daniel non disse nulla, ma si vergognava di indossarlo. Non voleva che i suoi genitori lo capissero così, invece di andare alla festa di Halloween, girò tutto il giorno per Manhattan come un Ciccio Superman che non avrebbe potuto volare neanche appeso a dei cavi invisibili. Adesso capisce che confezionare quel costume fu un gesto d'amore, un gesto così grande che non avrebbe avuto eguali negli anni a venire.

L'atmosfera è quella che tutti si aspettavano: bambini che schiamazzano e tirano i genitori per la mano perché ogni minuto è prezioso; coppiette innamorate che hanno preso un permesso dal lavoro per un giro sulle montagne russe; gruppi organizzati in gita; ragazzi che hanno saltato la scuola. Qualche senzatetto che osserva la felicità degli altri, un paio di poliziotti che vigilano e la Wonder Wheel, la grande ruota panoramica, che dà il benvenuto a Coney Island.

I quattro avanzano in fila, lenti, sembrano una versione rivisitata dei *Guerrieri della notte*. Gli adulti si guardano intorno indecisi, Daniel invece ha le idee chiare. Li trascina di giostra in giostra.

Vola seduto su un seggiolino rotante del Lynn's Trapeze, tenendosi stretto alle catene mezzo impaurito, ma giro dopo giro il suo viso si distende e a un certo punto riesce addirittura a guardare giú, verso Napoleon, Emily e Aretha. Ride, ora, e ogni volta che passa sopra di loro è come se la sua felicità infondesse nell'anima di ognuno una briciola in piú di vita.

Finalmente Daniel è quello che dovrebbe essere: un bambino allegro su una giostra, un bambino che si scrolla di dosso responsabilità e brutti pensieri e appare pronto a lanciarsi nel mondo con tutta la sua inesperienza, con il candore di chi, il mondo, deve ancora viverlo. Lui non ha mai avuto questa possibilità, lui è stato subito proiettato in un contesto di adulti fatto di psicosi e sensi di colpa, un contesto dove si può pure decidere che sperare non serve piú. Ma questo per un bambino non è giusto. Un bambino non dovrebbe mai scendere da una giostra, dovrebbe sempre avere un altro giro a disposizione.

– Sembra tutto cosí normale, – dice Emily.

– Cosa c'è di piú normale di un bambino che sta in coma e allo stesso tempo si diverte sulle giostre accompagnato da tre *walking dead*? – commenta caustico Napoleon.

– Dovremmo fare qualcosa in piú per lui, – continua la ginnasta.

– Non credo siamo le persone piú adatte, – replica il motivatore.

Aretha è accanto a loro, in silenzio; guarda i seggiolini; in passato hanno ospitato anche Olivia. Sospira e si avvicina al Trapeze, che comincia a rallentare.

Daniel scende a terra, barcolla un po', Aretha lo abbraccia chinandosi alla sua altezza.

– Tu hai figli? – domanda Emily a Napoleon.

– No, – risponde lui, – Greta li voleva, ma io no.

– Perché?

Napoleon fissa la sua amica in carrozzina.

– Per prenderti cura di qualcuno devi prima essere in grado di prenderti cura di te stesso.

Aretha e Daniel arrivano tenendosi per mano: il bambino è su di giri.

Da quel momento è tutto un «andiamo qui», «proviamo quello» che mette a dura prova la resistenza della piccola comitiva.

Un'ora dopo Napoleon ingoia due pillole per il mal di testa: le presenze nel parco sono aumentate a vista d'occhio e i bambini piú piccoli strillano e corrono ovunque. La musica non concede un attimo di tregua.

– Capito perché non volevo figli? – dice a un certo punto Napoleon a Emily, che sorride e scuote la testa.

– E quello? – domanda Daniel indicando una giostra con un grande braccio che solleva le persone in alto per poi farle precipitare a grandissima velocità, in una caduta libera controllata, e che evita lo schianto all'ultimo istante grazie a un meccanismo di rallentamento.

– Quello è il Kamikaze, – dice Napoleon.

– Facciamolo! – urla Daniel, e corre verso la biglietteria senza dare tempo a nessuno di controbattere. Un cartello dice che i bambini sotto il metro e quaranta devono essere accompagnati.

Daniel guarda i suoi amici carico di speranza.

Emily e Aretha guardano Napoleon.

– Mi fa paura, è troppo alto, – dice lui scuotendo la testa.

– Invece il Manhattan Bridge è basso, – è la pronta risposta di Aretha, che fa segno a Emily di indietreggiare.

Napoleon si ritrova isolato, come chi fa un passo avanti offrendosi volontario. Daniel raggiante gli corre incontro e lo abbraccia.

Il motivatore sospira, chiude gli occhi... quando li riapre è in cima alla giostra accanto al ragazzino che, teso, attende che il cestello ricada.

– Ancora non ho capito come sei riuscito a convincermi, – dice Napoleon. Sono sospesi, le gambe penzoloni nel vuoto.

– Anche il ponte faceva cosí paura? – chiede Daniel.

– Diciamo che l'acqua è piú invitante...

Il bambino respira a fondo, le sue mani stringono le bretelle di protezione cosí forte da diventare bianche.

Napoleon sbircia di sotto: le persone sembrano puntini in movimento. Al suo fianco altre persone appese, in ansia per l'imminente discesa.

Cosa volete saperne, voi, pensa in modo un po' maligno, e gli viene in mente che tutti quelli che tra poco urleranno piombando giú continueranno a vivere. Lui no, lui tra meno di due giorni non ci sarà piú.

Non sei migliore di loro, non sei migliore di nessuno.

Alza le spalle e facendolo alza anche le barre di protezione che lo tengono fermo al sedile. Prova a tirarle piú su e capisce che ancora non sono state bloccate: potrebbe liberarsi in un attimo e farla finita.

Si guarda il dito, quello che in chiesa sanguinava, quello punzecchiato dalla donna dai capelli rossi e gli occhi di ghiaccio.

Dài, codardo, che ci vuole? Un salto e via.

Tira un po' piú su la protezione, chiude gli occhi.

– Meno male che ci sei tu qui con me, – gli dice Daniel. È chiaramente spaventato, ma cerca di controllarsi.

Saltare adesso, davanti a lui, potrebbe avere conseguenze disastrose, pensa Napoleon in un lampo di buon senso.

Cosí rimette al loro posto le protezioni e sorride al bambino.

Sentono finalmente le chiusure serrarsi.

– Sei pronto? – gli domanda.

Daniel annuisce. Non fanno in tempo a dirsi altro che il Kamikaze li lascia cadere. Il grido che si alza dai presenti è lo stesso, senza dubbio, che si udirebbe su un aereo mentre sta precipitando.

Emily e Aretha osservano la scena sedute a un tavolino di *Nathan's*, dove preparano degli hot dog che non puoi perderti se vai a Coney Island. Aretha ne sta mangiando uno dal quale grondano ketchup e cipolle.

– Sicura che non lo vuoi? – chiede offrendolo per l'ennesima volta all'amica.

– Prendo subito un chilo, con uno di quelli, – dice la ginnasta.

Aretha la guarda e ride, continuando a masticare di gusto.

– Be', 'fanculo il peso. Non sai che ti perdi. Anzi, mi sa che lo sai, – e dà un altro morso.

– Quant'è che non ti fai una bella scopata?

– Scusa? – chiede Emily allibita.

– No, pensavo a quello che hai detto l'altra volta sul sesso. Mi hai sorpreso, per me è uno di quei due o tre motivi per cui uno potrebbe anche decidere di restare.

Emily guarda la sedia a rotelle come a dire: chi se la prende una in questo stato?

– Grazie, ma non fa per me, – dice poi, e beve un sorso d'acqua dalla bottiglietta, un gesto che Aretha interpreta come dettato dal nervosismo. Ha imparato un sacco di cose facendo la poliziotta: anni di interrogatori l'hanno resa sensibile alle bugie, ai cambi di umore, alla tensione mascherata. È brava a interpretare il linguaggio del corpo. *Ora è a disagio, probabilmente si toccherà i capelli o qualcosa del genere*, pensa. Ed ecco che Emily comincia a tirarsi le pellicine delle unghie.

– Comunque tu hai l'aria di una che trombava poco anche prima di finire sulla sedia a rotelle.

– Piú che altro trombavo male, – replica la ragazza aprendosi un po'. – Per un motivo o per un altro finivo sempre con uomini impegnati. Si vede che era il mio destino essere seconda in tutto.

– Punti di vista. Mio marito mi ha mollato per l'amante, ha preferito la seconda. Comunque, se decidi di riprendere, ti consiglio i poliziotti, sono i migliori, – le confida Aretha con orgoglio.

– Sí?

– Certo, si impegnano come matti perché sanno che ogni volta potrebbe essere l'ultima, – e scoppia a ridere di gusto. Nella sua mente si affollano immagini veloci di alcuni colleghi con i quali c'è stato qualcosa in piú di una birra al pub. Sono situazioni che funzionano sul momento, ma difficilmente il giorno dopo si accenna a quanto è accaduto. È una sorta di codice deontologico: si va a letto insieme per necessità fisica, o magari per paura della morte, i sentimenti non c'entrano.

– E dei disoccupati che mi dici? – la butta là Emily.

– Uhm… sí, non male… Quanto meno hanno tempo da dedicarti.

Adesso ridono entrambe. A Emily tornano in mente Thomas e il suo tatuaggio «Today». Ma *quell'*oggi è già passato, e l'oggi che sta vivendo finirà presto. Le rimane solo qualche giorno, prima che il suo personalissimo mondo finisca.

Napoleon e il piccolo Daniel si avvicinano al tavolo dove sono sedute le due donne: la loro andatura è traballante.

Aretha dà un ultimo morso al panino. – Prendetene uno anche voi, sono formidabili.

Daniel scuote la testa.

– De… devo vomitare, – balbetta Napoleon, e si dirige verso un bagno pubblico.

– Fa sul serio? – chiede Emily.

– Scherza, gli scappa solo la pipí. Ma è stato terrificante.

– E ora? Finiti i divertimenti? – gli domanda Aretha.

– Ora vorrei fare qualcosa di piú tranquillo, – replica il bambino.

– Tipo?

Daniel si guarda intorno: – Venite! – esorta le due, che non possono fare altro che seguirlo.

Si ritrovano cosí al tiro a segno; i bersagli sono delle bottigliette di aranciata. Daniel, con la pistola in mano, sembra un piccolo cecchino.

Spara con rabbia, come se davanti a sé avesse i responsabili dei suoi problemi, quelli che lo hanno portato a desiderare di farla finita. Ma alla fine i morti sono due su venti. Vince cosí solo un banale portachiavi.

– La grinta c'è, è la mira che ti manca, – gli dice Aretha.

– Speravo di far meglio… volevo quello, come premio, – e indica un peluche gigante di Pluto.

– Per quello ci vogliono venti punti, – precisa il tizio coi capelli bianchi dietro il bancone.

Daniel riafferra la pistola e la passa ad Aretha.

– Me lo prendi tu?

La donna impugna l'arma, poi si irrigidisce: averla in mano le fa rivivere strane sensazioni.

– Dài, passiamo a un altro gioco, – dice Emily, percependo il disagio dell'amica.

Intanto Napoleon li raggiunge. – Scommetto dieci dollari che ne sbagli almeno uno.

– In effetti sono un po' arrugginita, – ribatte Aretha.

– Venti, – rilancia Napoleon.

Punta nell'orgoglio, Aretha accetta. Indossa gli occhiali protettivi, carica l'arma e prende la mira.

Uno, due, quattro, dieci… ogni sparo è un centro, ogni bottiglietta caduta è il viso di qualcuno che ha incontrato, magari arrestato, e a cui avrebbe voluto far male ma non ha potuto. Pedofili, violenti, assassini: certi reati non li ha mai tollerati. Alcuni furti invece li ha anche capiti, soprattutto quelli di chi agiva per necessità.

Tredici, quindici, diciotto…

Emily e Daniel osservano la performance a bocca aperta.

Diciannove… rimane in piedi una sola bottiglietta. Lo sguardo di Aretha è duro, le sue braccia tese, in lei non c'è traccia di tensione.

Preme il grilletto: venti.

L'uomo dietro il banco la guarda sbigottito, mentre Emily e Daniel la festeggiano come se avesse appena vinto la medaglia d'oro alle olimpiadi.

Aretha si toglie gli occhiali, Napoleon le dà una pacca sulla spalla. – Sai ancora fare il tuo lavoro, – gli dice. – Appena trovo venti dollari te li do.

Poi si sente un grido di gioia: è Daniel, tiene fra le braccia il suo Pluto gigante. – Quand'ero piccolo scambiavo sempre Pippo con Pluto, – dice coccolando il peluche.

Il bambino ha avuto le ore di divertimento che desiderava, adesso il gruppo può lasciare il luna park e incamminarsi verso la spiaggia.

Napoleon veniva spesso a Coney Island con Greta. Lei amava le montagne russe, lui non c'è mai salito, l'ha sempre aspettata giú.

Quante cose si è precluso durante la vita? Quante ne ha precluse alla persona che amava? Lei gli ha chiesto spesso di ballare insieme, di fare un corso, ma lui non ha mai voluto. Quegli zii del Massachusetts che non andavano mai a trovare. Saltare una domenica la partita degli Yankees? Impossibile. I fiori sul davanzale del balcone? Sceglili tu, non mi interessano, uno vale l'altro. Tende tortora o avana? Sono solo tende.

Dunque, quali erano le cose imprescindibili a cui non poteva rinunciare? La realtà è che niente era importante per Napoleon, a parte il suo lavoro.

Quante bugie. Non cattive, certo, bugie bianche. Lui si ripeteva: «Sono a fin di bene». Ma perché, allora, con tutto il bene che cercava di creare attorno a sé, ha deciso di saltare giú da un ponte? Ancora una bugia, l'ultima: non prendo la macchina, oggi torno a piedi. E lei a casa ad aspettarlo nonostante l'ora tarda. Napoleon si domanda come possa essersi sentita Greta quando ha appreso la notizia. Prova a immaginarlo, poi scaccia via l'idea con la stessa velocità con cui è apparsa. Troppo codardo. Meglio non pensare e attendere la nuova fine.

Anche Aretha è stata diverse volte a Coney Island, ma a differenza di Napoleon ha provato tutte le giostre, ha mangiato schifezze e ha comprato ogni sorta di gadget scemo o di oggetto inutile. L'ha fatto per Olivia, sempre e solo per lei. Olivia amava gli sballottamenti a cento all'ora, amava entrare con la madre sul tronco a rotaie e correre giú in picchiata verso la cascata d'acqua. Bagnarsi, urlare e ridere di quanto aveva urlato e di quanto si era bagnata.

Per questo lei oggi non è voluta salire sul Kamikaze con Daniel: non ha voluto intaccare il ricordo di quei giorni felici. Ora è tutto diverso: ha il sorriso pieno di rughe, le gambe gonfie, il peso del sonno arretrato, e nel cuore ha ferite impossibili da suturare. Può vestirsi a strati, indossare abiti piú scuri, ma la sera si accorge comunque di quella macchia all'altezza del petto, una macchia che, stranamente, si vede meglio quando è notte. E a volte la notte sembra non finire mai, è un'eclisse perenne che la divora. E in quei casi non le rimane che sparare, perché di sperare ormai ha smesso, per sempre.

Emily con la sua carrozzina è in coda al gruppo, le braccia forti che spingono, il capo chino e pieno di pensieri.

Non era mai stata a Coney Island prima di oggi, in realtà non è mai stata al luna park in vita sua, però ha vissuto quasi tutta la propria esistenza volteggiando in aria come accade nella maggior parte dei giochi che oggi hanno ridato il sorriso a Daniel. Il suo tempo era scandito dal programma di allenamento, dalle convocazioni, dai viaggi per le gare, dalle ansie e dall'adrenalina; dalle notti insonni per il timore di sbagliare. La sua piú grande paura è sempre stata quella di non potersi piú guardare allo specchio per la vergogna di non aver dato il massimo. Quando cadde e le diagnosticarono una possibile paralisi evitò di specchiarsi per mesi: sapeva che non sarebbe riuscita a perdonarsi. Aveva sudato per volare via e ora si ritrovava seduta con due ruote sotto il culo, senza nessuna alternativa se non quella di lottare, stavolta solo per tornare al punto di partenza. Era stanca, aveva paura di non farcela. Ritrovarsi in quelle condizioni per lei era un segno: non si può combattere tutta la vita.

Quando ti arrendi e alzi lo sguardo oltre il lavandino, ti vedi riflessa, non ti riconosci neanche, ma sai che la fase del perdono ormai è passata, è iniziata quella del disprezzo. E il biasimo cresce giorno dopo giorno finché non ce la fai piú a sorreggerlo. Dentro di te sai che stai mentendo, ma è piú facile che lottare per la verità. Oggi era il suo «primo» Coney Island, però la carrozzina le ha impedito di essere come gli altri. La carrozzina resta la sua corazza, la scusa che le è servita per raggiungere il tetto dal quale ha buttato giú la sua vita.

– Ecco l'Atlantico, – grida Daniel.

Sulle lunghissime spiagge non c'è quasi nessuno, solo qualche temerario in piedi sulla battigia che si lascia sferzare dal vento. I quattro proseguono costeggiando una serie di campi da beach volley deserti; tutti tranne uno, in cui sei ragazzi hanno appena fatto il loro ingresso.

Daniel appiccica il suo muso e quello di Pluto alla recinzione.

– Facciamo una partita? – chiede agli amici.

I tre adulti si guardano, Emily allarga le braccia, Aretha e Napoleon si scambiano strane smorfie come a dire: «Non mi sembra il caso».

– E dài, dài… solo una partita, – insiste il bambino.

– Non sei stanco? – tenta Napoleon, ma Daniel neanche lo ascolta.

– Ehi... possiamo giocare? – grida ai ragazzi al di là della rete.

Loro si girano, li squadrano un po' increduli: sono troppo improbabili per essersi offerti di giocare.

– Ma chi, scusa? – chiede un ragazzo sui diciotto anni con i capelli biondi a caschetto come Nick Carter dei Backstreet Boys da giovane.

– Noi, – risponde Daniel e con la mano libera indica un uomo di mezza età, una donna nera ultraquarantenne e una ragazza su una sedia a rotelle. Per non parlare di lui, dodici anni, in sovrappeso e con in mano un pupazzo di Pluto.

– Voi? – domanda un secondo ragazzo butterato, alto e magro come un lampione, i capelli che gli nascondono gli occhi.

– Sí, noi. Siamo forti, eh, – dice Daniel.

Napoleon apprezza quegli incisi motivazionali che servono a darsi un tono, a credere in sé stessi, a spazzare i pregiudizi... *Ma a tutto c'è un limite*, pensa.

– Sí, sí, certo. Ma siete solo quattro, – interviene un altro ragazzo, anche lui sovrappeso come Daniel ma piú alto di almeno quaranta centimetri.

– Peccato, – conclude quello che somiglia a Nick Carter per liquidarli. Fa per dar loro le spalle, ma una voce lo blocca.

– Ci sono anche io.

I quattro sopravvissuti si voltano: è lui, l'uomo senza nome, e quel giorno anche senza station-wagon. Per qualche ora se ne erano quasi dimenticati. Eppure ognuno di loro, in cuor proprio, è felice che lui sia lí.

I sei ragazzi in campo, invece, hanno in viso un'espressione traducibile in un «che palle...»

– Mi spiace, ma bisogna essere in sei, – si appresta a

dire il cicciottello, che probabilmente è anche il padrone della palla.

L'uomo senza nome si avvicina a Daniel, gli prende dalle mani il grosso pupazzo di Pluto, entra in campo e lo posiziona proprio in mezzo, come fosse il ricevitore designato.

– Il sesto è lui. Dài, cominciamo! A meno che non abbiate paura...

Nick Carter guarda gli amici come a dire «questi sono pazzi, – e rassegnato acconsente, perché ha capito che non c'è alternativa.

– Okay. Un set secco, a quindici!

Daniel corre in campo, mentre Aretha rompe gli indugi. – Perché no? – mormora tra i denti, ed entra nel rettangolo di sabbia togliendosi le scarpe.

– Mi sa che mi devi dare una mano, se no non ce la faccio, – dice Emily a Napoleon che, senza ribattere, si piazza dietro la sedia a rotelle e la spinge nell'angolo sinistro del campo, prima di prendere posto sotto rete accanto all'artefice di quella follia.

– Bravo, anche io ogni tanto lasciavo i miei da soli. Li aiuta a fare gruppo, – gli sussurra prima di iniziare la partita.

La risposta lo spiazza: – Io mica l'ho fatto per loro, l'ho fatto per te –. È una provocazione bella e buona, ma non c'è tempo per una replica, perché Emily sta già battendo. – Palla! – urla, e la partita ha inizio.

Batte da sotto, una palombella morbida, senza troppe pretese, che è facile preda degli avversari: cicciottello in bagher, Nick Carter alza e il tipo segaligno con cappello rovesciato in testa schiaccia: uno a zero. Si dànno il cinque. Due minuti e sono sul sei a zero, però non sembrano fortissimi: mancano di tecnica, sono tutta grinta e furbizia.

Napoleon li ha studiati un po'. Hanno tirato due volte su Emily che non ha potuto arrivarci, una su Daniel a pallonetto, una su Pluto. Ma se a loro piace vincere facile, a lui non piace perdere.

Guarda i compagni, già un po' scoraggiati, e compie un gesto da grande motivatore: si arrotola le maniche della camicia.

Anche l'uomo decide di intervenire. – Forza ragazzi! – li incita con entusiasmo.

– Sí, cazzo! – esclama Aretha nello stupore generale.

Non c'è spazio per le distrazioni, in ballo c'è molto piú di una partita. C'è il loro essere gruppo, il loro essere ormai una famiglia che deve raggiungere un obiettivo comune: restare a galla, tutti sulla stessa barca. Cambiano i turni di battuta: l'uomo senza nome, Napoleon, poi anche Daniel ne butta di là una. Emily recupera due palle allungandosi, Aretha prova qualche muro e uno gli riesce.

Dieci a quattro: perdono ancora, ma un minimo di reazione c'è stato. Il sole scalda il campo, e con i vestiti addosso i cinque non sono di certo avvantaggiati: i ragazzi dall'altra parte hanno pantaloni corti. Solo che piú il sudore si impadronisce dei loro corpi, piú lo squinternato quintetto si carica. Hanno preso confidenza con la sabbia, le posizioni, le traiettorie e anche i punti deboli degli avversari. Napoleon piazza addirittura un paio di schiacciate su alzata perfetta dell'uomo senza nome. La palla viaggia da un campo all'altro. Risultato: dodici a sette per gli altri.

Daniel ha il fiatone; guarda Aretha: anche lei sta chiedendo troppo al suo fisico. Napoleon è allo stremo; Emily è tesa e arrabbiata per non poter fare di piú. Ora alla battuta c'è il loro aggregatore: servirebbe un miracolo. E avviene. Cinque battute, cinque ace, strane traiettorie, veloci ed imprendibili, che cambiano direzione all'ultimo lasciando gli avversari a bocca aperta. I nostri non si fanno domande, l'uomo li ha abituati a stranezze ben diverse. Dodici pari. L'adrenalina è a mille. Napoleon è tornato a fare ciò che l'ha reso celebre: tirar fuori il meglio dalle persone. Incoraggia i compagni uno a uno.

– Non mollare proprio ora, non te lo perdoneresti mai! – urla a Daniel.

Tredici a dodici per i ragazzi, poi proprio Napoleon azzecca una schiacciata: tredici pari.

Batte Aretha, l'altra squadra risponde, sembra punto, invece Emily si tuffa con tutta la carrozzina; rovina a terra, ma col braccio teso salva la palla e Daniel, spalle alla rete, inventa un bagher rovesciato che si conficca sulla linea di fondo.

Quattordici a tredici, gli avversari sono storditi.

– Questo è il match point, – urla Napoleon piú gasato che mai. I compagni rispondono con versi da guerrieri maori.

Batte Emily, una palla semplice che rispediscono su Daniel. Il bambino la manda direttamente nell'altra metà del campo e di primo acchito Nick Carter si inventa una schiacciata formidabile pronta da picchiare a terra. Il ragazzo sta già esultando quando Napoleon si tuffa e a mano aperta recupera la palla, che si impenna e diventa un assist formidabile per l'uomo. Quello prende la rincorsa, un terzo tempo perfetto, con l'aggiunta che… vola, letteralmente. La sua è un'elevazione assurda, a cui nessuno può credere. Ma la cosa piú stupefacente è la perfezione della schiacciata: potenza e precisione da piú di tre metri d'altezza, un effetto speciale da film Marvel.

Quindici a tredici, punto partita incontro.

Gli avversari, increduli, parlottano tra di loro, recuperano il pallone e abbandonano il campo. Non hanno capito bene cosa sia accaduto e come abbiano fatto a perdere, ma nessuno si arrischia a chiedere spiegazioni.

I cinque, rimasti soli, si abbracciano come se avessero appena sconfitto il nemico nella campagna di Russia. Rialzano e stringono anche Pluto, che una schiacciata aveva rovesciato nella sabbia. Nessuno sa cosa dire. Quando una cosa ti procura emozioni tanto forti, è meglio tacere e godere di quello che offrono i sensi: amici sudati dopo la battaglia, il tremolio del mare che sembra suggerire un bagno rinfrescante e le labbra secche bisognose d'acqua.

– Andiamo, – è l'unica cosa che riesce a dire l'uomo, il volto disteso come chi non pensa al futuro.

Stanco ma felice, il gruppo cammina sulla promenade. Il lungomare è piú affollato rispetto al mattino: famiglie, coppiette, bambini, artisti di strada e chioschi per lo street-food. Un uomo vestito in stile country suona la chitarra assieme a un altro che con un megafono fa *beatbox*. Il risultato è un'assordante ballata moderna che richiama gente a fiotti.

– Hai barato? – domanda a bruciapelo Daniel all'uomo, distratto dalla musica.

– Io? No, – risponde quello con un sorriso malizioso.

– Sí, ha barato, – dice Emily.

– Vi dico di no.

– Giura, – gli fa Daniel.

– No, non giuro, – dice l'uomo, che cammina tra il bambino e la ragazza.

– Okay, ti credo. Ma sai volare? E dimmelo, dài… – butta lí Daniel per l'ennesima volta.

L'uomo sorride, scuote la testa e non risponde.

– Almeno dimmi come ti chiami! – insiste il bambino, e tutti tendono le orecchie, perché quella è una curiosità che si portano dietro da cinque giorni.

– Vieni, attraversiamo – dice l'uomo cambiando discorso e prendendo la mano destra di Daniel. Aretha, che è accanto a loro, d'istinto gli prende la sinistra.

La vetrina del drugstore dall'altro lato della strada riflette un'immagine che ha qualcosa di idilliaco. Quei tre sembrano una delle tante famiglie a passeggio per Coney Island: madre, padre e figlio in cerca di divertimento. Daniel se ne accorge e il quadretto, che si ingrandisce a ogni passo, spazza via la curiosità circa l'identità dell'uomo. Sorride un po' amaro, riflette che se dovesse cercare nella memoria una situazione simile accaduta coi suoi genitori probabilmente non la troverebbe. Eppure è una delle poche, semplici cose che ha sempre desiderato per essere felice. O almeno per provare a esserlo. Solo che non gliene è mai stata data l'opportunità, imprigionato com'era in stupide regole votate al successo, che piú si consolidava piú lo allontanava dal senso stesso della vita.

– Ma finita questa settimana io mi ricorderò di voi? – chiede con una tenerezza che per un attimo rallenta la camminata di Aretha. – Perché io non voglio perdervi.

Aretha guarda l'uomo: non sembra aver colto, oppure fa finta di niente. Dietro di loro, Emily e Napoleon parlottano; non hanno sentito la domanda.

Sul marciapiede, al sicuro, l'uomo lascia la mano del bambino. Aretha si ferma, e mette le mani sulle spalle di Daniel.

– Ci ricorderemo tutti di tutto, – dice sforzandosi di sembrare sicura.

– Mmh… mi sa che non è vero, – replica il ragazzo dubbioso.

Aretha gli restituisce un sorriso poco convinto: non riesce a essere falsa con lui. Il problema è che non sa nemmeno ancora cosa sarà di lei l'indomani. E anche se lo sapesse, non avrebbe comunque la risposta alla domanda di

Daniel. Perciò ha optato per la soluzione meno dolorosa: una bugia che doni speranza. Soprattutto a lei.

Lo stringe forte, lo prende di nuovo per mano e insieme raggiungono i tre amici che ormai sono diversi metri piú avanti.

Il tramonto è imminente. Una luce rossa che a poco a poco passa al blu cangiante e comincia a scivolare verso tonalità piú scure fino a diventare nera.

La fida station-wagon è ormai a una ventina di metri.

I quattro sono assorti, la felicità provata a Coney Island potrebbe durare poco piú di quarantotto ore e perdersi nei meandri delle cose mai accadute.

Davanti alle macchine parcheggiate un ragazzo si agita sorridente nel viavai di persone che percorre il viale. Avrà circa trent'anni, i capelli lunghi raccolti in una coda, jeans neri sopra un paio di Reebok, una maglietta con Kurt Cobain, l'aria simpatica di chi ha qualcosa da dire al mondo e non si vergogna a farlo. Ai suoi piedi ha sistemato un cartello con su scritto «Abbracci gratis».

Qualcuno rallenta, legge, nessuno si lascia abbracciare.

Daniel si ferma incuriosito e gli altri con lui. Sono già incappati in scene del genere per le vie di New York, ma ognuno di loro è sempre stato troppo impegnato per perderci dietro anche un solo secondo di riflessione. Una persona, uno sconosciuto che dona abbracci a chi ne ha bisogno. Forse perché ne ha bisogno anche lui. E in modo cortese chiede un aiuto, pensando di darne a sua volta. Napoleon è molto colpito: in fin dei conti è un po' quello che ha fatto lui per oltre vent'anni, donare abbracci a chi ne aveva bisogno, ai prescelti che volevano riappropriarsi delle loro vite. Con una differenza, però: Napoleon chiedeva in cambio soldi e non ha mai valutato la forza che gli tornava indietro, spontanea e amplificata, da quelle braccia strette attorno al suo corpo. Ne aveva bisogno anche lui, ma non ha mai voluto ammetterlo. E l'unico abbraccio che ha ricevuto, alla fine, è stato quello gelido delle acque dell'East River. Pensa a tutto questo, Napoleon, come pensa che forse dovrebbe avvicinarsi al ragazzo e abbracciarlo, abbracciarlo e ringraziarlo per avergli rivelato la verità che ha sempre nascosto a sé stesso.

Dovrei farlo, sí, si dice. Ma non lo fa.

Lo fa Daniel, invece.

I passanti osservano lo spettacolo divertiti; qualcuno si ferma, come per i concerti improvvisati sotto la metro, molti tirano dritto.

Sia Emily sia Aretha sono intenerite da quello che sta accadendo, ma è la ginnasta la prima a lasciarsi andare. Ora c'è lei tra le braccia del ragazzo, che china la schiena e stringendola socchiude le palpebre. Aretha fa per muoversi, ma viene anticipata da una coppia di ragazzi con ingombranti zaini sulle spalle. Poi si fanno avanti una vecchia signora, un uomo da solo che parla al cellulare, due ragazze con gli occhiali da sole, un tipo corpulento, sudato, che cammina sottobraccio a un uomo anziano, che pare non capire bene cosa stia succedendo. L'abbraccio di Daniel ha causato una reazione a catena che non sembra volersi arrestare: adesso sono decine le persone in attesa di questo contatto imprevisto.

Napoleon si gira verso l'uomo senza nome con uno sguardo accusatorio, come se lo ritenesse responsabile di quel siparietto.

– Questa volta no, – dice lui sornione.

Napoleon non è convinto. *Ma in fondo*, riflette, *se è un trucco, è un trucco efficace.* Pure lui avrebbe potuto concepirlo.

Il gruppo si rimette in cammino e raggiunge la station-wagon coi fascioni in legno, la macchina che hanno cominciato ad amare come un vascello fantasma in grado di portarli in giro, alla ricerca delle emozioni necessarie per ridare senso a una vita intera.

Sono di nuovo sulla Belt Parkway, a ridosso dell'oceano. La radio passa *Tiny Dancer*, la versione di Tim McGraw.

Appagati dal tempo speciale che hanno trascorso, i quattro vanno incontro alla notte, chiedendosi se riserverà loro altre sorprese.

– Domani è il nostro sesto giorno, – esclama Daniel all'improvviso.

Una frase all'apparenza ingenua capace di aprire una voragine in ognuno dei presenti. Sono consapevoli che è così, ma si sono sforzati di non pensarci. Il rischio è una caduta di umore dalla quale probabilmente sarebbe impossibile riprendersi.

Mentre i fari delle auto che procedono in senso opposto feriscono l'abitacolo illuminando i loro volti stanchi, Napoleon prova a cambiare discorso: – Cosa prevede il programma per domani? Stupiscici, – dice all'uomo alla guida.

– Potete chiedere quello che volete.

– Che significa? – domanda Emily.

– Quello che ho detto: chiedete una cosa che volete e io la realizzo.

– *Qualsiasi* cosa? – ripete Daniel, come se avesse in mente un'idea precisa.

– Niente richieste bizzarre.

– Volare è bizzarro? – replica il bambino, già senza speranza nella voce.

– Molto bizzarro.

In lontananza si staglia il Manhattan Bridge col suo carosello di luci.

Daniel assume la posa tipica di un pensatore, con una mano a sorreggere il mento, e rilancia. – Allora... Vorrei stare un po' con i miei genitori.

L'uomo alla guida ha un'esitazione che non sfugge a Napoleon. – Si può fare. Puoi andarli a trovare, – risponde poi.

– Da solo? – domanda Daniel un po' sorpreso.

– Sí.

Il bambino non se l'aspettava, e annuisce soddisfatto.

– E tu, Emily? – dice l'uomo.

La ragazza è confusa. La sua mente affoga nei pensieri ricordando l'immagine di un tatuaggio e le parole di Aretha mentre mangiava l'hot dog.

– Io vorrei... un vestito, – risponde infine. – Un bel vestito. Niente di appariscente. Semplice, ma elegante. Rosso.

Aretha la guarda di sottecchi: sorride.

– Vai a casa tua e lo troverai, è già lí, – dice l'uomo.

– Sono cosí prevedibile?

– Sono io che sono veloce, – replica l'uomo ammiccando, poi pone la stessa domanda ad Aretha.

– Visto che sai tutto... – lo canzona lei.

– Devi dirmelo, però.

– Voglio un colloquio con te. In privato, – la sua voce è dura, seria.

L'uomo pare soppesare la richiesta per un attimo, quindi acconsente. Infine interroga Napoleon.

– Io sono a posto cosí, – risponde il motivatore.

– Non desideri nulla?

– No, – ribadisce lui, gli occhi fissi sulla strada. Poi ci ripensa. – Anzi, sí.

Sono fermi, il traffico è congestionato. Nell'abitacolo attendono che Napoleon prosegua.

– Un panino con *pastrami*, senape, paprika e cipolla, – ecco la richiesta di Napoleon.

Sul sedile posteriore, Aretha, Emily e Daniel sono perplessi.

L'uomo sorride. – Si può fare.

Napoleon sembra appagato e la station-wagon scivola tra le auto incolonnate lasciandosi il Manhattan Bridge sulla sinistra.

Lo sguardo del motivatore, se qualcuno potesse vederlo nel buio dell'auto, è indecifrabile: commozione, rimpianto, rabbia, paura. Chiude gli occhi.

Mezz'ora dopo, mentre addenta il panino, ha ancora gli occhi chiusi: il suo desiderio personale è stato realizzato e condiviso.

Sono seduti sul prato del John Street Park; davanti, le luci di Manhattan che si irradiano in tutto il loro splendore. Mangiano in rigoroso silenzio: insalata, pomodoro, formaggio, senape piccante, l'immancabile salsa di cipolla caramellata e quella carne di manzo kāshēr che val bene un ultimo desiderio. Morso dopo morso si godono ogni boccone, un momento sospeso dal tempo che li rinvigorisce, facendo ritrovare loro i sensi perduti.

Napoleon finisce il panino, si pulisce la bocca e sospira, poi beve un sorso di birra e si sdraia sull'erba. L'uomo prende la bottiglia, beve anche lui e la passa ad Aretha, che la finisce.

Il piú lento è Daniel che forse ha tra le mani il panino piú grande della sua vita.

– Grazie per oggi. Mi sono divertito, – esclama con la bocca piena e le labbra impiastricciate.

– Anche noi, – gli fa eco Emily, leccando via la salsa dalle dita.

Napoleon osserva le mille luci di New York: il pensiero di Greta è ancora vivo, ma cerca di allontanarlo, non gli fa bene. Si fruga nella tasca della giacca e prende il portasigarette, quello comprato al mercatino. Lo apre. Tira fuori una delle due canne. L'accende.

Aretha gli piazza addosso gli occhi. Forse il suo senso

del dovere di poliziotta è ancora vivo. Napoleon fa un paio di tiri guardando altrove.

Lei allora porta le mani ai fianchi e dice, in tono piccato: – Be'... la facciamo girare o no?

Napoleon ride e le passa la canna. La poliziotta fa un tiro lunghissimo, tiene il fumo nei polmoni e lo soffia via con lentezza, quindi si volta verso l'uomo. – Vuoi?

– Perché no.

L'uomo prende la canna e aspira: come al solito i cerchi di fumo che gli escono dalla bocca sono perfetti; si innestano l'uno dentro l'altro salendo nell'aria, paiono non doversi sfaldare mai.

Daniel li indica come fossero bolle di sapone, poi indica la canna e azzarda un «posso»?

Il no di Aretha risuona lungo tutto il fiume.

Ridono. Emily ne approfitta per sfilare la canna dalle mani del vecchio uomo. – Ecco, questa è un'altra delle cose fiche che potresti perderti, – dice a Daniel; mentre espira, pensa al suo dolce finale per questi sette giorni: il vestito rosso per un party.

Mentre sono lí in contemplazione, impegnati a godersi la serata, Napoleon se ne esce con una domanda improvvisa. – Tu sai che fine fanno le persone che salvi? – chiede all'uomo. – Perché io non so cosa succede, dopo, alla maggior parte di quelli che vengono da me. Non so se incontrarmi è servito loro a qualcosa o se dopo stanno peggio di prima. Non so se sono felici oppure no.

– Neanche io lo so, – risponde l'uomo. – Ma forse non è cosí importante.

È una risposta schietta che meraviglia un po' tutti. L'uomo senza nome sa di avere gli occhi puntati addosso, e si gioca la sua carta.

– Sapete quante persone felici ci sono a Manhattan? – chiede.

Silenzio. Nessuno capisce quella che sembra una provocazione.

– Intendo in questo preciso istante, – continua l'uomo e indica davanti a sé. – Di tutte le persone che abitano laggiú, quante sono *realmente* felici?

Il suo sembra un monologo teatrale collaudato negli anni e interpretato ad arte; fa una pausa scenica di grande impatto, una pausa che contribuisce ad amplificare l'attesa per qualcosa che, si percepisce, sta arrivando.

L'uomo scorre una mano lungo lo skyline, e le migliaia di luci che illuminavano la città svaniscono.

Manhattan è al buio. I ragazzi rimangono sbalorditi davanti a quello che sembra un effetto speciale da premio Oscar. O una grande magia.

– E adesso accendiamo una luce per ogni persona felice in questo preciso momento, okay?

Daniel fa di sí con la testa, deciso, come se gli avessero detto che dal suo assenso dipendesse il destino del mondo.

L'uomo si concede un'altra piccola pausa, passa di nuovo la mano davanti alla città e nel buio si illumina una finestra al piano alto di un grattacielo, poi un'altra, un'altra, e un'altra ancora. Dieci, cento, duecento luci. Alla fine, però, sono forse appena un decimo di quelle che l'uomo ha spento.

– Oddio, sarà la canna... – esclama Emily.

– Io non ho fumato... – dice Daniel.

Allora l'uomo comincia a contare con le dita.

Due, tre, quattro, cinque... Sono passati appena cinque secondi e guardate: il numero è già cambiato.

C'è uno show in pieno svolgimento: alcune luci si spengono, altre si accendono, si creano costellazioni sempre diverse.

– Io non posso garantirvi che sarete felici. Un giorno sarete la lucina accesa, un giorno quella spenta, l'unica cosa davvero importante è che abbiate nostalgia della felicità. Solo cosí vi verrà voglia di cercarla, – conclude l'uomo.

Mentre sono ancora tutti incollati a quella «prima visione» esclusiva, piano piano, come se l'incantesimo stesse svanendo, le luci di Manhattan tornano alla normalità.

– È incredibile, mi sono emozionato, – dice Daniel. – E ora mi scappa la pipí.

– Falla lí dietro, – gli suggerisce Napoleon indicando un pilone di cemento.

– Mi accompagnate? Ho paura... – chiede il bambino. L'uomo e Napoleon si alzano in contemporanea.

I tre raggiungono un angoletto seminascosto sotto il ponte, vicino alla riva del fiume. Napoleon si guarda intorno, visualizza irrimediabilmente il proprio cadavere ripescato nell'East River. Prova a togliersi quell'immagine dalla testa. – Ne approfitto anche io, – dice.

– A questo punto... – aggiunge l'uomo.

Ora sono tutti e tre schierati, tre soldatini su uno sfondo di grattacieli.

Daniel rimane immobile, non si sbottona neppure i pantaloni.

– Be'? Che c'è? – gli chiede l'uomo.

– Mi vergogno.

– Come, ti vergogni? – s'inserisce Napoleon.

– Mi vedono.

– Ci siamo solo noi, – lo riprende l'uomo.

– Mi vedete voi...

L'uomo ha capito, sbuffa e ripassa la mano davanti alla città; ogni luce di quella parte di New York si spegne: oscurità totale.

Finalmente Daniel si decide.

L'uomo finisce e va dalle donne.

– Sai a cosa pensavo? – fa il bambino.

– Non dirmi che ora è troppo buio, – lo ammonisce Napoleon.

– No, a chi di noi si salverà, – risponde Daniel, e torna dagli altri mentre tutte le luci si riaccendono.

Napoleon rimane da solo sulla riva del fiume con lo stesso interrogativo che lo assilla.

Giorno sei

Ogni volta è come morire di nuovo, pensa l'uomo senza nome, mentre dalla finestra della sua camera osserva il campetto da basket vuoto.

Le vite che intercetta sono film di cui non esiste una sceneggiatura, appena una sorta di canovaccio degli eventi. Solo dopo un po' si comincia a capire il genere di storia che sta per cominciare: sicuramente drammatica, eppure spesso nasconde sprazzi di commedia. C'è stato qualche thriller, qualche horror, ma perlopiú si tratta di noir esistenziali che potrebbero concorrere al Sundance Film Festival. Il vero valore è nel finale, sempre diverso. A volte prevedibile, a volte in grado di ribaltare completamente la situazione di partenza. Nella sua mente si affollano i nomi e le facce, si accavallano le speranze, le tragedie, e anche gli sprazzi di felicità ritrovata. Se facesse una carrellata dei protagonisti, i visi si susseguirebbero come in uno spot della Apple: un miscuglio di etnie, generi, età e provenienze. Ma i visi non sarebbero sorridenti, esprimerebbero paura, rabbia, ansia, incertezza, preoccupazione, malinconia, tristezza, stati d'animo che non compariranno mai in nessuna pubblicità.

Chiude gli occhi, pesca un ricordo.

San Francisco, il Golden Gate avvolto dalla nebbia in una fredda mattina di ottobre, un corpo che cade senza urlare, inghiottito dalla bruma, un volo che sembra un atto necessario e l'impatto che nessuno vede e nessuno sente. Eppure avviene.

La sua memoria è piena di immagini del genere.

Qualche tiro a canestro sovente è la migliore soluzione per sfogare la tensione. Ma ancora no, è troppo presto. Guarda l'orologio: le sette e tre minuti del mattino.

Quattro colpi alla porta in rapida successione, una fretta insolita che sa di dover rispettare. L'uomo apre.

Aretha entra nella stanza senza salutare né chiedere permesso. – Ti ho portato il caffè, cosí non perdiamo tempo.

Lui lo prende, ci soffia sopra e si siede sul bordo del letto.

La poliziotta resta in piedi. – Dov'è mia figlia? – Il tono è lo stesso che ha usato centinaia di volte durante gli interrogatori, un modo di fare domande che non ammette altra risposta se non la verità.

L'uomo prende un sorso di caffè e la fissa.

Anche Aretha beve, cerca di darsi forza. – Tu lo sai, vero? – incalza. – È l'unico motivo per cui sono rimasta –. La sua voce è ancora salda ma, dietro quella maschera di risolutezza, un leggero tremolio della mano rivela l'ansia. L'uomo se ne accorge e continua a tacere.

È difficile affrontare un discorso simile con un uomo che ancora non hai capito chi, *o cosa*, sia. Soprattutto se ti rimane un solo giorno prima della fine.

È come quando arrivi al termine di un viaggio: hai sempre l'impressione che avresti potuto fare di piú, utilizzare meglio il tempo. E ora che il tempo è quasi finito, quel poco che rimane Aretha non vuole perderlo, e tenta il tutto per tutto.

– Dimmi almeno se c'è un posto dove esiste ancora, in qualche modo, in qualche forma…

L'altro continua a fissarla, Aretha capisce che non la sta mettendo alla prova né vuole mentirle: in quello sguardo stanco c'è tutto l'amore che si può dare a una donna che chiede notizie di sua figlia adolescente morta.

L'uomo le dice che sí, esiste ancora, e lei comincia a vedere dei puntini luminosi, come quando ci si piega sulle ginocchia e ci si rialza di scatto e all'improvviso il mondo sembra una saponetta bagnata che non si riesce ad afferrare. Aretha barcolla, i puntini luminosi si muovono davanti ai suoi occhi come i flash di decine di fotografi: Olivia esiste ancora.

Le parole, purtroppo, non si possono fotografare, ma il viso di Aretha sí, e renderebbe l'idea del suo stato d'animo: oltre al turbamento i suoi lineamenti trasmettono sorpresa, perché ci sperava, ma non se l'aspettava.

E men che meno si aspettava la proposta successiva.

– Vuoi che ti porti da lei? – le domanda l'uomo.

Aretha appoggia la tazza sulla scrivania e con la scusa di quel gesto si sorregge al ripiano. Risponde di sí, senza esitare.

– Andiamo, – le dice l'uomo.

È una mattina fredda, l'aria quasi ghiaccia le mani e la punta del naso. Quando Aretha era piccola sua madre si era inventata una sorta di cappuccio di lana che si legava dietro le orecchie come una mascherina da chirurgo. La costringeva a indossarlo ogni volta che usciva per giocare; lei ubbidiva, ma sulle scale se lo toglieva e se lo ficcava in tasca. Poi lo rimetteva prima di rientrare. Aretha oggi darebbe tutto il poco che possiede per averlo.

Entrano nella fida station-wagon; i vetri sono appannati. L'uomo accende il motore e gira la manopola del riscaldamento, indirizzando la ventola verso il parabrezza. Dalla radio parte: *Father and Son*. Cat Stevens racconta di un genitore, delle tante volte che ha pianto tenendosi tutto dentro. Quel tipo sembra avere la colonna sonora adatta a ogni situazione. Aretha lo scruta interrogativa, lui fa finta di niente e parte.

La poliziotta è impaziente per ciò che sta per accadere. Sospira: un altro cimitero non potrebbe sopportarlo.

Neanche per incontrare Olivia?

Guarda l'uomo, poi la strada davanti a sé, infine fuori dal finestrino. Si chiede quanto sia lontano il posto dove stanno andando, e cosa proverà rivedendo Olivia. E se fosse un luogo magnifico e le fosse data l'opportunità di rimanerci? Senza dubbio accetterebbe, confermerebbe il suicidio come fosse un modulo da rispedire in caso di voltura della luce. Lei la luce non la vede da quando sua figlia non risplende piú, quindi che senso avrebbe tornare alla vita e soffrire?

La zona che stanno attraversando le è familiare. L'uomo rallenta, accosta, inserisce il freno a mano, spegne la macchina e incrocia le braccia. – Siamo arrivati, – dice soddisfatto.

– Qui c'è casa mia, – risponde Aretha delusa. Non capisce.

– Sí, e lí abita Timothy, – aggiunge l'uomo, indicando una palazzina a tre piani. – Te lo ricordi, no? Andavano a scuola insieme. Tua figlia era pazza di lui.

Aretha è sconcertata: vorrebbe chiedere, urlare, piangere, scendere e correre dentro casa, perché Olivia potrebbe essere lí che l'aspetta. È cosí che funziona? Invece rimane zitta in attesa di istruzioni.

– Be', che è questa faccia, non lo sapevi? – prosegue lui, guardandosi intorno come alla ricerca di qualcosa. – Lí le hai insegnato ad andare in bicicletta, – dice poi, puntando il dito verso un giardinetto pubblico con qualche gioco e un paio di panchine.

La donna torna con i ricordi a quando Olivia aveva quattro anni e pedalava avanti e indietro lungo quel viale sulla bicicletta con le rotelle, e intanto rideva e la chiamava. Poi un giorno avevano deciso di toglierle, le rotelle, e per un po' lei aveva dovuto sorreggerla perché non cadesse. Ma Olivia le gridava lasciami, lasciami andare da sola mamma, sono grande.

– E quel lampione, quello accanto alla tua finestra, – continua l'uomo. – Quante notti ti ha tenuto compagnia mentre aspettavi che tua figlia tornasse?

È vero. Aretha non andava a dormire finché Olivia non rientrava. La figlia non sgarrava mai di un minuto. All'orario stabilito attraversava la strada con la sua andatura morbida, ogni passo come se rimbalzasse leggera nell'aria; poi il rumore della chiave nella toppa e la sua voce: «Mamma, sono tornata!»

Aretha ha gli occhi lucidi, ma non vuole piangere: si concentra ancor piú sui ricordi, sulla magica atmosfera che la sta avvolgendo all'interno di quell'auto.

L'uomo indica un albero al centro di un'aiuola. – Da lí si è lanciata. Dodici punti sul mento. Aveva nove anni.

Aretha rivive la scena: lei che la soccorre, la prende tra le braccia, le tampona il sangue sul viso e la porta al pronto soccorso. Dopo, passato il pericolo, una bella risata.

– Ecco vedi... – osserva l'uomo.

– Cosa?

– Hai sorriso.

Lei scuote la testa, come a negare che sia possibile sorridere ricordando una figlia morta, ma lui insiste: – Non te ne sei accorta, ma hai sorriso. Olivia sta qui... – le dice sfiorandole le fossette ai lati della bocca. – Sta con te. Magari non sempre te ne accorgerai, magari sarà solo per un istante, ma questo sorriso riapparirà proprio grazie a lei. E sarà piú forte di qualunque dolore, se solo saprai coglierlo.

Aretha sorride ancora, stavolta non si cura di nasconderlo: si lascia andare, libera le emozioni che in vita ha represso e che tante volte sono esplose, lasciandola vuota e inerme. Quelle stesse emozioni che un momento dopo erano già pronte a esplodere di nuovo. E quando non hanno trovato piú una valvola di sfogo hanno trovato la pistola d'ordinanza.

– Ecco, lo vedi? Lo stai facendo ancora. Tienila con te, Aretha, non farla scomparire. Non cancellerai il dolore, gli darai un senso, gli farai spazio accanto ai ricordi.

Quelle parole piene di umanità colpiscono la poliziotta nel profondo. È consapevole che l'uomo sta facendo tutto questo per salvarla. Eppure la pancia non le permette di mentire.

– Non mi basta, mi dispiace.

Le lacrime cominciano a scorrerle sul viso. Lui l'abbraccia, come farebbe un padre per consolare una figlia col cuore infranto, la figlia che ha perso il sapore della leggerezza e dimenticato la felicità.

Aretha, la poliziotta senza paura capace di tenere testa a criminali incalliti, la donna che ha cresciuto da sola una figlia senza mai perdersi d'animo, è crollata.

– Sei una madre, non mollare, – le sussurra l'uomo.

– Non lo sono piú.

Quelle parole sono pesanti come un'ancora che scende in fondo al mare.

Daniel si è stupito nel trovare la sala della colazione vuota: quel sesto giorno, l'ultimo prima della decisione, avrebbe voluto cominciarlo insieme ai suoi amici. Ha pensato che fossero ancora a letto e si è chiesto come sia possibile dormire quando sai che di lí a breve tutto finirà. Per sempre, questa volta, perché è sicuro che non ci sarà un altro livello: è come con la PlayStation quando hai una sola vita rimasta e pochi colpi ancora da sparare.

Ha mangiato una fetta di ciambellone, bevuto un sorso di succo d'arancia ed è uscito. Il Lenox Hill Hospital non è proprio vicinissimo, ma non se n'è fatto un problema. È salito su un taxi libero, fermo a un semaforo rosso, che è ripartito e dopo un po' ha accostato sulla Settantacinquesima. Daniel non ha dovuto comunicare l'indirizzo, non ha dovuto dire niente, sapeva che, in qualche modo, sarebbe arrivato a destinazione. Ormai non si stupisce di nulla, non gli interessa scoprire come sia possibile, né gli interessa piú conoscere il nome dell'uomo che gli ha regalato quei giorni, o scoprire se possa volare o no. Adesso gli interessa solo incontrare suo padre e sua madre.

Vedere Napoleon, Aretha ed Emily cercare di rimettere insieme i cocci delle loro esistenze lo ha fatto riflettere. Lui, in fondo, una vita vera non l'ha mai avuta; ha vissuto quei pochi anni in balia dei genitori, non ha mai potuto scegliere. Ma forse è ancora in tempo per cambiare le cose e, tutto sommato, decine di tacchini per il giorno del Ringraziamento e altrettanti regali per Natale non sono proprio da buttar via. Prima, però, vuole capire. Per questo ora è lí, quasi uno spettatore della propria esistenza, pronto a osservare come è cambiato l'amore dei suoi genitori in questa settimana. Un amore che probabilmente hanno sempre nutrito nei suoi confronti, seppure a modo loro.

Quarto piano, la porta della camera è socchiusa. Entra.

I macchinari da moderno Frankenstein lo tengono sotto controllo; ogni *bip*, un secondo in piú di vita persa. Sua madre ha in mano un asciugamano bagnato e gli pulisce con delicatezza le guance. Ha il viso stanco, il viso di chi torna a casa sfinito e si accascia sul letto senza avere neanche la forza di spogliarsi e gettarsi nella doccia, il viso di chi nel buio si alza di scatto fuggendo da un incubo e si guarda intorno come se una buona notizia fosse lí, accanto al letto, in attesa di essere ascoltata, per poi accorgersi che è ancora notte, un'altra notte che non passa mai e che consuma sempre di piú le speranze.

Il padre è seduto sulla poltroncina, stesso posto dell'ultima volta: ha in mano il cellulare, lo guarda in modo distratto, spegne lo schermo e lo fa scivolare nella tasca della camicia.

– Non è stata colpa nostra, – dice sottovoce alla moglie, come rispondendo a una domanda che gli era stata posta tempo prima e a cui aveva dimenticato di replicare.

La donna continua a pulire il viso del Daniel in coma, ignorando l'affermazione.

Il padre si alza.

– Oh, hai capito? – il tono è piú alto. – Non potevamo accorgercene –. Ma la madre non reagisce, nel suo sguardo c'è una pietà che trascende ogni provocazione.

Lui le si avvicina, le prende la faccia tra le mani e la gira verso di sé, non in maniera brusca, ma neanche troppo delicata. Lo fa come se fosse un'azione necessaria, come se fosse l'unico modo per essere ascoltato.

– Capito? – ripete. Pronuncia solo questa parola, perché essere capiti è un modo per essere perdonati.

Lei annuisce, l'espressione che torna amorevole quando riporta l'attenzione sul corpo inerme del Daniel addormentato.

Il Daniel sveglio osserva, l'animo confuso. Il motivo principale per cui ha deciso di compiere quel gesto estremo è che i suoi genitori non lo comprendevano. Ma forse era lui che non riusciva a farsi comprendere, non riusciva a dire loro cosa fosse veramente importante nella sua vita. Aveva solo dodici anni, *ha* solo dodici anni. Non è facile spiegare certe cose a quell'età.

– Comunque appena si sveglia parliamo con lui. Deve sapere che gli stiamo vicino, – continua il padre, quasi fosse giunto a un'importante decisione dopo aver rimuginato per giorni.

– Sentito, amore? Ti stiamo vicino, – bisbiglia la madre al figlio, stavolta accogliendo le parole del marito.

Daniel li osserva: sembrano due naufraghi impazziti su un fazzoletto di terra in mezzo all'oceano, in attesa di una nave che non passerà mai.

– Staremo piú attenti. Anche a quelli dell'agenzia pubblicitaria diremo di andarci piano. Sono loro che hanno esagerato, – precisa il padre.

– Potremmo mandarlo da uno psicologo, – aggiunge la madre; la sua voce manifesta l'insicurezza di chi ha già avanzato in passato quella proposta e teme la reazione del marito.

– Sí, sí, va bene, – risponde l'uomo. – Per me sono soldi buttati, ma se serve lo facciamo.

Daniel non crede alle proprie orecchie.

Ancora non hanno capito, pensa, poi urla: – Non me ne faccio niente dello psicologo, – ma nessuno può sentirlo.

– Un sacco di ragazzini famosi ci vanno, – dice il padre, e quell'espressione, «famoso», fa montare la collera nel bambino.

– Io non voglio essere famoso! – grida Daniel al vento, in questo dialogo impossibile.

– La pubblicità è stata solo l'inizio, proveremo con il cinema, magari gli piace di piú, – continua il padre in un delirio che sembra inarrestabile.

Daniel avanza di scatto verso i genitori: un gesto che ha un qualcosa di rabbioso, sembra quasi voglia picchiarli.

– Allora non avete capito niente, niente!

– E per quei bulli potremmo cambiare scuola, – insiste la madre in tono placido.

– Ma ce ne sarebbero altri pronti a prendermi a calci, e poi altri ancora, – dice Daniel.

Infine la sentenza del padre: – La scuola non gli servirà piú.

– Papà, stai zitto! Stai zitto, ti prego, – urla ancora Daniel con quanto fiato, dolore e cattiveria ha in corpo.

– Ma deve studiare, – dice sua madre.

– Studierà a casa.

– A casa?

– Sí, gli paghiamo un professore privato, tanto a lui non piaceva andare a scuola. La odiava.

Daniel scuote la testa. – Non è vero, la scuola mi piace, sono quelli che mi picchiano a non piacermi.

– Andiamo un attimo al bar, ho fame, – dice il padre, come rinfrancato dal futuro che ha appena dipinto per il figlio. I problemi sono risolti, ora il loro piccolo bambino ciccione si deve solo svegliare.

La madre annuisce, dà un bacio sulla fronte al figlio nel letto e prende il cappotto. Daniel rabbrividisce, gli occhi gli si riempiono di lacrime.

– Comunque gli farò io da manager, – conclude il padre aprendo la porta. – Meglio tenere alla larga profittatori che rubano solo soldi.

– Amore, hai sentito, pensa a tutto papà, – dice la madre voltandosi verso il Daniel in coma. Quelle parole colpiscono il Daniel, che è davanti a lei, in pieno volto.

– Tu devi svegliarti però, capito? – ordina il padre in tono bonario, neanche si stesse raccomandando per una stupidaggine qualunque, tipo rimettere il tappo al dentifricio dopo essersi lavato i denti.

Daniel comincia a tremare. Non può sopportare tutto questo, non può vedere le persone che dovrebbero amarlo di piú al mondo trattarlo come una scimmia da circo, come una gallina dalle uova d'oro. Non può accettare quella brutta copia dell'amore genitoriale.

– Mamma, papà, smettetela! – La sua voce è carica di scoramento.

I due genitori escono dalla stanza. Mentre si allontanano, il padre fa ancora in tempo a sentenziare: – Sta a vedere se quelli non trovano un sostituto per lo spot.

Daniel replica con una parola che gli viene dal cuore: – Vaffanculo! – La disperazione, con un rapido *clic*, si è tramutata in rabbia.

Il bambino ripensa agli ultimi sei giorni con i nuovi amici, a quanto amore ha visto transitare tra di loro, e si convince che i suoi genitori non saranno mai in grado di amarlo come vorrebbe lui. Non gli resta che confermare la scelta della settimana precedente. Magari ci saranno altre vite, altri mondi, non può saperlo. Di sicuro non saranno peggiori.

Il suo sguardo va alla macchina che lo tiene in vita; l'unico suono che emette è un fastidioso *bip* che pare dire: «Daniel è ancora qui, non preoccupatevi». *Col cazzo*, pensa. Con gesti rabbiosi spegne tutto e strappa i fili, lasciandoli appesi al suo corpo come i tentacoli di una medusa; scaraventa in terra ciò che gli capita a tiro, senza un ordine preciso, senza un disegno. Il monitor comincia a emettere suoni di allarme, un nuovo *bip*, piú acuto, si sostituisce ai precedenti.

Daniel osserva sé stesso sdraiato e ignaro e non prova alcuna pietà, anzi è contento, poi un suono continuo accompagna la linea piatta: l'emergenza è massima, i segnali d'allarme si fanno sempre piú intensi.

Esce dalla stanza e si avvia lungo il corridoio; due infermieri gli sfrecciano accanto, uno a destra e uno a sinistra.

L'avete voluto voi, pensa allontanandosi in direzione delle scale.

Proprio in quel momento vede il padre e la madre, insieme a un dottore in camice verde, che corrono nella sua direzione.

Si ferma e piazza il suo sguardo sul viso dei genitori. Sembrano precipitarsi verso di lui per abbracciare quel figlio adorato che finalmente sta bene. Daniel sorride, allarga le braccia per accoglierli, chiude gli occhi... e sente l'aria spostarsi al loro passaggio: vanno dal figlio che sta per morire, lo sapeva, ma è come se avesse voluto dargli un'ultima occasione.

– Non mi meritate, – dice, e con passo fiero lascia l'ospedale.

L'uomo senza nome è seduto a un tavolino e sorseggia un succo di pomodoro condito, una bevanda che ordina quando sa che la giornata si preannuncia difficile. La chiama «la bevanda del penultimo giorno», perché va sempre a finire cosí: lui seduto in un posto dimenticato da Dio ad attendere qualcuno che vuole farsi dimenticare dal mondo.

Ci sono dei luoghi, a New York, dove puoi sentirti invisibile senza bisogno di esserlo veramente. Il *Lincoln Restaurant* è uno di questi. Lí nessuno si accorge di lui, come nessuno si accorge del cinese con le cuffie rosa pelose seduto alla sua destra, o del cinquantenne tatuato poco piú distante, con la barba hipster e il giubbotto di jeans smanicato da motociclista: lí ognuno è ciò che vuole essere, avvolto dai propri sogni o dai propri demoni.

Il gusto pungente del pomodoro lo tiene sveglio e pimpante. Sfoglia l'agenda che porta sempre con sé, la memoria cartacea delle sue imprese, ma soprattutto delle sue emozioni. Quando hai a che fare con tante anime finisci per sovrapporle l'una all'altra, mentre è bene ricordare che ognuna è diversa. A volte capitano delle matrici comuni, persone che si differenziano per pochissimi particolari: c'è chi le chiama anime gemelle, in realtà è semplicemente il caso associato alla legge dei grandi numeri. Le cifre sono solo dieci e per quante combinazioni si riescano a fare, molti numeri finiscono per assomigliarsi e differiscono magari solo di una cifra. La stessa cosa accade con gli esseri umani. Affinità, le chiamano. Sentimentali, intellettuali, emotive o spirituali. In realtà si tratta solo numeri.

L'uomo scrive per ricordare, ma soprattutto per non ripetere gli errori commessi in passato. Anche se spesso non basta conoscere le soluzioni per non sbagliare.

Accade lo stesso.

Ogni volta se ne rammarica, ma non ha mai il tempo di approfondire, perché il *ricambio* è continuo e l'animo umano è in perenne mutazione. Non può salvare tutti, ma una piccola parte di loro sí: quelli che riesce a convincere a trascorrere sette giorni insieme a lui. E spesso se ne compiace. Frequentando la disperazione si diventa piú ricettivi e allora, come diceva Hemingway, quando suona la campana, suona anche per me, perché partecipo al dolore del mondo.

Adesso però la campanella che suona è quella d'acciaio posta davanti all'ingresso del locale: ogni nuovo avventore è annunciato da un tintinnio. L'uomo alza gli occhi e vede Napoleon. Chiude l'agenda, ripone la penna e lo aspetta. È qui per lui.

Il motivatore appare trafelato, come se avesse battuto tutti i locali del quartiere prima di scovare quello giusto.

– Per i prossimi suicidi ti consiglio un cazzo di cellulare, – dice.

– M'hai trovato, no? – risponde l'uomo, e gli fa cenno di sedersi.

Napoleon si accomoda; è vestito come sempre: maglietta blu sotto un completo scuro. Guarda negli occhi la sua guida, l'uomo che ha provato a strapparlo alla morte e ancora non sa se c'è riuscito. Sa di essere stato un *cliente* scomodo e a tratti distruttivo, ma se fosse stato un tipo facile non sarebbe finito su quel ponte. E sa che in questa appendice di mondo ogni decisione è carica di conseguenze, come quella dell'ultimo desiderio, che il giorno prima sembrava non interessargli.

– Ci ho ripensato, voglio una cosa, – dice.

– Ti ascolto, – risponde l'uomo, e beve un sorso del suo succo di pomodoro.

– Voglio evitare un dolore sbagliato.

– Spiegati meglio, – lo invita l'altro, e pare sinceramente curioso.

Napoleon chiude gli occhi, *Sono vivo?*, li riapre, scuote la testa, sospira, poi trova il coraggio.

– Voglio dire a mia moglie che non è stata colpa sua. Che il mio male è invisibile e lei non poteva accorgersene.

– Non si può, mi spiace, – replica l'uomo senza la minima esitazione.

– Perché? Hai detto che potevamo chiedere…

– Perché sarebbe inutile.

Napoleon scuote la testa, non capisce. L'uomo cerca di essere piú chiaro.

– Questa notte torniamo indietro di una settimana e tutto ricomincia, le azioni che compirai ora non rimarranno. Scomparirà ogni cosa. Però, se vuoi, posso fartela incontrare –. Parla come se stesse offrendo il premio di consolazione al concorrente di un gioco a quiz che è appena stato eliminato.

– Perché, se non posso parlarle? L'ho già vista, due volte.

– Per capirla, – risponde l'uomo deciso.

– Non c'è niente da capire. È solo un dolore che non dovrebbe provare, – dice Napoleon, riprendendo un concetto base delle sue performance.

Il «dolore sbagliato» è quello che molti fra quanti assistevano ai suoi show si addossavano perché non erano stati capaci di reagire in certe situazioni: la malattia di una madre, la fine di un amore, il suicidio di una persona cara. E Napoleon cercava sempre di scardinare questo senso di colpa latente che porta solo disperazione. Perdonare sé stessi è il primo passo per rinascere.

– Sei proprio sicuro di non volerla vedere?

– Sí.

– Allora vattene! – gli urla contro l'uomo, e per Napoleon è come ricevere uno schiaffo. Non si aspettava una reazione simile. Non si spiega il motivo di quello scatto d'ira cosí fuori luogo. Fin lí l'uomo ha fatto di tutto per esaudire i loro desideri, e ha creato situazioni emotive di facile appiglio per animi in subbuglio. Li ha sottratti alla morte promettendo salvezza, ma allora… *Che razza di strategia è questa?*, si chiede, ancora una volta paragonando il lavoro dell'uomo al suo.

Poi di nuovo quel suono: il tintinnio che annuncia l'arrivo di un cliente.

L'uomo emette un sospiro silenzioso e con un cenno del capo indica la porta. Napoleon si volta; un raggio di sole lo acceca per un attimo, poi la vede. Anzi, *li* vede: Greta e il suo amico Paul.

Si gira di nuovo verso l'uomo, interdetto.

– Va' via, se non te la senti, – gli dice quello, piú calmo, ma ormai è tardi.

Napoleon intuisce cosa sta per succedere: la moglie e il suo accompagnatore si siedono l'una di fronte all'altro al loro tavolo, convinti che sia vuoto. Il cameriere lascia i menu e Paul ne porge uno a Greta.

– Non ho fame, grazie, – dice lei.

A chi potesse osservarli tutti insieme sembrerebbero quattro amici che si sono dati appuntamento in un locale. In realtà possono interagire solo a due a due.

La mente di Napoleon produce milioni di domande. *Com'è possibile che siano qui? Perché non possono vederci? Quel succo di pomodoro è invisibile? Avranno già fatto sesso? E se stesse pensando pure lei di suicidarsi?* Un miscuglio di sentimenti e sensazioni che salgono dallo stomaco e gli si conficcano in gola. Deglutisce, guarda Greta. *È cosí bella*, pensa, vorrebbe baciarla, abbracciarla, sussurrarle verità che non le ha confessato. Vorrebbe salire con lei sulle montagne russe, pattinare sul lago ghiacciato di Central Park, ballare i balli che non hanno ballato mai, un passo dopo l'altro, orma su orma, tutta la notte senza fermarsi.

– Prendi qualcosa, devi mangiare, – insiste Paul, e interrompe quella sequenza di immagini incantate: un passato che non è stato tale e un futuro che non lo sarà mai.

A meno che.

– Voglio del vino, – dice Greta, girando la testa come in cerca del cameriere.

Il suo sguardo si posa su Napoleon: uno scintillio riverbera nell'anonimo spazio del bistrot, e per un momento lui ha l'impressione che la moglie possa vederlo.

– Ehi, – dice, in un modo che lei ha sempre amato, con una voce dolce che significava «dammi attenzione, sto per dirti qualcosa d'importante».

Ma Greta non lo sente, non può. Si volta verso Paul, che le chiede: – Non voglio metterti fretta, ma... ci hai pensato?

Lei scrolla le spalle, sembra non voler aggiungere nulla.

– Vuoi andare via? – chiede l'uomo a Napoleon.

Lui fa segno di no.

Scrollare le spalle è tipico di Greta. Napoleon rievoca le tante cene in cui la moglie parlava e lui era come sintonizzato su un'altra stazione, almeno finché arrivava la fatidica domanda: «Secondo te?» La sua reazione, di uno che è colto alla sprovvista, determinava quel gesto di dissenso.

Ripensa all'ultima volta che è stato con lei in un ristorante, la sera dell'inizio del tour, due settimane prima di saltare dal ponte. Come al solito non ricorda i discorsi, ma una frase sí, con precisione: «Abbiamo bisogno di passare insieme qualche giorno, solo tu e io».

Lui aveva annuito e alzato la mano per ordinare una seconda bottiglia di Sauvignon, dopo essersi scolato la prima praticamente da solo.

Forse avrebbe dovuto ascoltarla.

Le parole di Paul lo riportano al presente. – Dammi retta, Greta, è quello che ti serve. Un cambio radicale.

– Non mi ci vedo a Los Angeles, – risponde lei, gli occhi stanchi di chi da giorni cerca risposte senza trovarle.

Napoleon fissa l'uomo, il suo sguardo dice: «Ricordi che ti avevo detto sulla scala antincendio? Avevo ragione». Ma il fatto di aver azzeccato la previsione non gli regala alcuna contentezza, anzi gli procura un senso di vuoto. È ancora in grado di capire Greta, di conoscere in anticipo le sue intenzioni, e in un angolo remoto della sua mente pensa che, se è saltato da un ponte in piena notte, un po' è anche colpa di sua moglie. Lui non le avrebbe mai permesso di uccidersi, avrebbe intuito in anticipo le sue intenzioni, e avrebbe trovato il modo di scongiurare l'evento. Lei non ne è stata capace. Ma non è facile entrare nei pensieri di un uomo che per trent'anni ha scardinato le difese psichiche degli altri.

Il ladro che riesce ad aprire ogni cassaforte ne possiede di certo una inespugnabile.

– Perché no? – replica Paul, ordinando due bicchieri di vino.

– Sono una newyorkese. E poi Napoleon amava questa città, – è la risposta di Greta.

Sentire il proprio nome pronunciato dalla moglie gli scioglie il cuore; lui, che negli ultimi tempi ha ignorato le piccole cose, ora si concentra sull'inflessione della voce, sulla postura del corpo, sui movimenti degli occhi, quasi quei particolari fossero la dote da portarsi dietro: non un essere umano nella sua totalità, ma tanti brandelli con i quali ricucire piú di una Greta. Perché le persone cambiano negli anni, non sono mai uguali a sé stesse, e quando le perdiamo cerchiamo di accorpare piú versioni per crearne una sola da ricordare. La migliore, il *best of*. Anche se non è quella vera, ma quella che vorremmo.

– Sí, lui amava tantissimo New York, per questo te ne devi andare, almeno per un po', – insiste Paul.

Poi arriva la frase che Napoleon non si aspettava. Spera di aver compreso male, si dice che è colpa di quella fastidiosa campanella sulla porta, delle stoviglie sbattute sul bancone, della musica di sottofondo, delle chiacchiere degli altri clienti. *Sí, di sicuro ho capito male*, si ripete, ma dentro di sé sa che non è cosí, perché quando il cameriere ha portato i due bicchieri di vino lei ha pronunciato proprio quelle parole: – Voglio che suo figlio cresca qui. Almeno questo glielo devo.

Napoleon rimane senza fiato.

Ieri Emily gli ha chiesto se aveva figli. «Greta avrebbe voluto, ma io non ero d'accordo», le ha risposto lui.

E adesso? Cos'è accaduto?

– Dimmi che non è vero! – grida all'uomo, mentre Paul continua a blandire sua moglie.

– Non gli devi niente, Greta.

Posso avere un cazzo di whisky?, prova a urlare Napoleon a un cameriere che non può sentirlo.

– Se gli avessi detto subito che ero incinta, non si sarebbe buttato, – continua Greta; una coltellata nel cuore che Napoleon non tenta nemmeno di schivare.

– Non puoi saperlo, – replica Paul, continuando la sua opera di convincimento.

Ma Greta ne è sicura, glielo dice chiaro e tondo, e i suoi occhi diventano due bacinelle dalle quali tracimano lacrime che a stento trattiene sulle palpebre.

Anche Napoleon si commuove e cerca di prenderle la mano tra le sue, per consolarla, anche se non è sicuro di poterlo fare, ma Paul lo precede.

– Perché non me lo hai detto? – è l'unica cosa che riesce a sussurrare a Greta, mentre lei fissa Paul con uno sguardo prossimo alla disperazione. In un film sarebbe il momento in cui i due si baciano, annullando il rispettivo dolore.

Napoleon attende che accada, invece la moglie risponde alla sua domanda silenziosa.

– Non so perché ho aspettato. Volevo che finisse il tour, volevo trovare il momento giusto...

Paul assume un'espressione comprensiva; le sue mani non smettono di accarezzare quella di Greta.

– Perché... – Greta distoglie lo sguardo da Paul e incrocia quello di Napoleon: i due si scrutano per alcuni secondi, anche se lei non può saperlo, gli occhi incerti che paiono specchiarsi.

– Perché lui non lo voleva, – conclude lei, senza piú essere in grado di fermare le lacrime, che le disegnano la sofferenza sulle guance. Poi libera la mano dalla stretta di Paul e si asciuga il viso.

– Devi smetterla di farti del male, – le dice l'amico.

– Lo so, ma ci vuole tempo, – mormora lei, cercando di ritrovare un barlume di compostezza. Alza il calice di vino bianco e tenta un sorriso che esce fuori sbilenco eppure autentico in modo sconcertante.

Napoleon lo fotografa come il primo sorriso del dopo, quello che si butta il dolore alle spalle, quello che dà il via a un futuro ancora da scrivere. Poi si rivolge all'uomo senza nome.

– Dimmi solo una cosa: lei deciderà di tenerlo?
– Lo sai già…
– È il ragazzo che ho visto nel video del drive-in? È quello mio figlio?
– Sí, – risponde l'uomo senza esitazione.

Emily è stata l'ultima ad alzarsi. E ha trovato l'hotel vuoto. Ha provato a bussare alle camere, niente. Di nuovo sola. Le sembra di essere tornata indietro nel tempo, a una di quelle giornate in cui la prospettiva piú eccitante era quella di leggere un libro sdraiata sul divano: nessun amico nei dintorni, i genitori nel Tennessee e i buoni propositi di riprendere una vita normale sepolti chissà dove.

Sul tavolo della colazione ha trovato del caffè ormai freddo e l'ha bevuto cosí. Anche a casa, negli ultimi tempi, si era abituata a cibarsi degli avanzi del giorno precedente, dopo anni passati tenendosi a stecchetto, attenta a ogni singolo ingrediente, a ogni caloria di troppo. L'esercizio fisico, ossessione di una vita, è ormai un ricordo sbiadito.

In quell'hotel ai confini di Manhattan è iniziato il suo penultimo giorno, ma già i segnali non sono tra i piú confortanti; il gruppo si è diradato, probabilmente ognuno sta inseguendo i propri demoni nella speranza di sconfiggerli prima della resa dei conti.

E lei? Contro chi dovrà combattere per convincersi a riconsiderare la propria scelta?

In quei giorni ha camminato, cosa che non accadeva da anni. Napoleon ha svolto bene il proprio lavoro anche in questo strano mondo alternativo, spronandola perfino piú del dovuto. Ora vuole provare a fare qualcosa da sola, per questo ha chiesto il vestito. Lo indosserà e andrà a quella festa, sulle proprie gambe, a casa del ragazzo che le ha insegnato una bella parola che ormai si è insediata nella sua mente: «relativizzare». Sorride, inclina la testa, poi spinge la carrozzina davanti a uno specchio e si guarda: finalmente non si addossa colpe né si abbandona a recriminazioni.

È una splendida mattina di sole ed Emily Walsh è pronta per essere protagonista.

Non aveva mai preso in considerazione l'idea di rimettere piede nella sua vecchia casa; l'ultima volta ne era uscita senza neanche preoccuparsi di chiudere la porta, e poco meno di un'ora dopo era volata giú dal tetto di un palazzo. Adesso è di nuovo lí. Le tende tirate lasciano filtrare a stento la luce. Si guarda intorno, c'è un gran disordine: vestiti sparsi un po' ovunque, bicchieri sporchi, bottiglie vuote e rimasugli di pasti frugali e preconfezionati; sul pavimento alcune confezioni di take-away cinese e qualche cartone di pizza; sopra a un tavolo delle riviste di sport gettate alla rinfusa. E una pila di libri: in cima, *Anime alla deriva*, di Richard Mason. Sulle pareti stampe moderne e foto che la ritraggono in gara. Talvolta è sul podio: secondo o terzo gradino, rigorosamente. Accanto alla libreria, appeso a una stampella, un bellissimo vestito rosso protetto da una busta di cellophane. Emily sorride. Si avvicina con la sedia a rotelle e allunga le braccia per prenderlo: non ci arriva. Sbuffa, per abitudine si guarda intorno alla ricerca di qualcosa con cui arpionarlo. Poi si ricorda che quel vestito è per qualcuno che non si aspetta di vederla arrivare in carrozzina. Fa per tirarsi su ma ci ripensa, mette le mani sulle ruote della sedia e indietreggia fino al lato opposto della stanza. Adesso è pronta.

Si alza.

I primi passi sono malfermi, i successivi sembrano riacquistare la memoria perduta. Raggiunge il vestito, lo afferra e lo appoggia sul letto. Si spoglia, rimane in mutande e reggiseno, indossa il vestito dalla testa, se lo sistema sulle spalle e va davanti allo specchio: le arriva poco sopra il ginocchio; la lavorazione è semplice, con dei dettagli in pizzo lungo l'orlo; la particolare tonalità riscalda il suo incarnato chiaro. Le cade addosso morbido, ma allo stesso tempo esalta le sue curve, donandole un'eleganza sensuale. Si guarda e si riguarda: erano anni che non si vedeva cosí bella. Non ha mai avuto un vestito rosso, forse non l'ha mai nemmeno desiderato; quando l'uomo le ha detto di scegliere è stato il suo inconscio a rispondere per lei. Quel colore sa di voglia di conquista, sa di apparizione che si imprime nella memoria, sa di urlo a squarciagola, di celebrazione della vita. È un vestito che sembra dire: «Io ci sono».

Come Iron Man con la sua armatura, Emily scende le scale del palazzo con una forza e una determinazione che aveva dimenticato di possedere. Un passo alla volta, senza fretta. E infine sbuca sul marciapiede, in quel mondo che negli ultimi anni ha osservato da un'altezza differente. Ora è come gli altri: nessun autocompatimento, nessun vittimismo. Alza una mano, un taxi si ferma: Emily è uno schianto, il tassista la fa accomodare e non le toglie gli occhi di dosso dallo specchietto retrovisore. Lei se ne accorge e invece di arrabbiarsi sorride: quel vestito funziona, lei funziona.

Si è truccata, ha raccolto i capelli, ha messo lo smalto sulle unghie, rosso anch'esso: una Cenerentola a Manhattan che a mezzanotte, oltre la scarpetta, rischia di perdere qualcosa di molto piú prezioso.

Il suicidio, l'uomo senza nome, i suoi amici: ha dimenticato tutto, è diventata una semplice ventenne che si fa bella per un ragazzo a cui spera di strappare un pezzo di cuore. Soprattutto, ha dimenticato la sua sedia, rimasta a vegliare la casa vuota.

Nel sole pigro dell'ora di pranzo attraversa la città in macchina. Alla radio passano *Sugar* dei Maroon 5, perché il ritorno alla vita deve essere il piú dolce possibile. Basta piangersi addosso, la trave di colmo è ancora lassú, è ora di tornare a calpestarla.

Il taxi rallenta e si ferma davanti a casa di Thomas.

– Siamo arrivati signorina, – dice il tassista, sempre fissandola nello specchietto.

Emily guarda dal finestrino: il party è iniziato; un capannello di gente chiacchiera sulle scale del palazzo, proprio dove lei e Thomas hanno trascorso qualche ora in armonia seduti l'uno accanto all'altra. Alcuni hanno un bicchiere in mano, altri fumano, alcuni sono in piedi, altri seduti. Attraverso una grande finestra si vede l'interno dell'appartamento: ci sono una ventina di persone, sembrano divertirsi tutti, mentre attutita arriva la musica degli Oasis. L'atmosfera è rilassata, il clima piacevole; di Thomas, però, nessuna traccia.

– Aspetti un momento, per favore, – dice Emily, che aveva già una mano sulla maniglia, pronta a scendere e a rituffarsi nella vita. Sulle proprie gambe.

Tutte quelle persone la intimoriscono, non è come l'altra volta, quando erano lei e Thomas da soli. Le viene in mente la KeyArena di Seattle. Aveva undici anni, era solo un'esibizione, ma sugli spalti ci saranno state almeno cinquemila persone e a lei tremavano le gambe, e non voleva uscire dagli spogliatoi. Fu una delle sue prime gare importanti, e fu un successo, arrivò seconda.

Anche adesso le tremano le gambe. Si ripete che è perché non le usa da troppo tempo, in fondo quella gente non la conosce, e non sa neanche se potranno vederla. *E se anche Thomas non fosse in grado di vederla?* No, l'uomo senza nome le ha fatto trovare il vestito, non le giocherebbe mai uno scherzo simile. La crudeltà non abita in lui. *Ma se non fosse lui a decidere le regole?*

Poi vede Thomas al di là della finestra e i pensieri si arrestano.

Il ragazzo si avvicina a una coppia di amici appena entrati in casa per salutarli. Indossa una maglietta grigia con i bottoni sul petto; le maniche tirate su scoprono quella scritta, «Today», che le è rimasta tanto impressa nella memoria.

Apre la portiera e le viene in mente che deve pagare la corsa, ma non ha soldi; il tassista però non le chiede nulla, quasi fosse un attore scritturato per quella parte. Come in *The Truman Show*: tutti sanno tutto, con la differenza che anche i protagonisti qui ne sono al corrente.

Mi sto facendo troppi problemi, vado.

Ha appena appoggiato un piede in terra quando vede una ragazza, la stessa bionda tacco dodici che aveva incrociato il giorno in cui era seduta sui gradini, avvicinarsi a Thomas con un paio di bicchieri di vino. I due brindano, lei dice qualcosa, lui risponde, lei ribatte, lui le sussurra una frase all'orecchio, lei scoppia a ridere, lui anche; poi bevono entrambi e continuano a parlare.

Emily è ferma, una gamba dentro e una fuori dal taxi, sconcertata: quella tizia dal fisico mozzafiato indossa un vestito rosso. Muovendosi come al rallentatore, la ginnasta rientra nell'abitacolo. Non sa se essere piú delusa o arrabbiata per ciò che ha visto. Ma cosa si era messa in testa? Che per salire sul gradino piú alto del podio bastasse una chiacchiera di mezz'ora? *Sei un'eterna seconda, Emily, e questa cazzo di condizione te la sei portata anche in questo aldilà troppo simile alla vita*. Una immagina il paradiso come un luogo dove non ci sono piú sofferenze, ma forse quelli come lei possono aspirare solo al purgatorio, o all'inferno. Allora tanto vale smettere di sognare e abbandonarsi all'oblio. Questi sono i pensieri che le ronzano nella testa. Lancia un'ultima occhiata ai due piccioncini. – Relativizza questo, – dice a voce alta, e mostra il medio; un gesto cattivo che non le appartiene, ma che forse è il simbolo che tutto sta finendo.

Si rivolge al tassista: – Torniamo...

La portiera posteriore si apre facendola trasalire.

È un uomo, l'uomo senza nome, l'aggregatore, il proprietario della station-wagon; sale in taxi e le si siede accanto.

– Perché non vai? – chiede benevolo.

Lei gira di nuovo la testa verso la finestra, dove i due ragazzi continuano a parlare.

– Lui le sorride, – risponde rassegnata.

– A te sorriderà di piú.

– Non mi interessa.

– Ti ha invitato, vuole rivederti, – insiste lui.

Thomas è allegro; la ragazza gli sistema i capelli con un gesto fintamente casuale.

– Stanno bene insieme, – mormora Emily.

– Non stanno insieme, – precisa l'uomo che tutto sa.

– Ci manca poco.

– Non aver paura di farti male. A volte nella vita le capriole riescono.

– Non nella mia –. Emily fa un lungo sospiro come a ricacciare in corpo qualcosa che non vuole sfogare lí, in quel taxi, davanti a quei due sconosciuti.

L'uomo smette di insistere, abbassa lo sguardo e scende deluso dall'auto senza aggiungere altro.

La portiera si richiude. Thomas e la tipa non sono piú davanti alla finestra, e nella testa di Emily inizia un film che lei cerca di interrompere subito dopo le prime scene.

– Mi riporterebbe dove mi ha presa? – dice al tassista.

L'uomo pare attraversato dallo stesso senso di sconforto della ragazza, ma ubbidisce, in silenzio.

A dieci anni una maestra elementare trovò Emily in lacrime perché una sua compagna di classe le aveva risposto male. Non cercò di consolarla, le disse semplicemente: «Abituati, ti porterai la sofferenza appiccicata addosso per sempre, accade cosí alle persone sensibili». Lei non l'ha mai dimenticato. Pochi mesi dopo, quell'insegnante se ne andò per un male fulminante; fu il primo incontro di Emily con la morte. Anche i suoi compagni erano dispiaciuti per la cosa, ma all'ora di ricreazione corsero lo stesso a giocare in cortile. Lei no. Si ammalò, stette una settimana a casa con la febbre e per giorni ebbe sempre lo stesso incubo: lei che cadeva dalla trave di colmo del granaio. Poi le passò, perché a dieci anni tutto passa, ma quelle parole le rimasero addosso come un tatuaggio.

Il taxi è in viaggio; l'uomo ha spento la radio come se dovesse rispettare quella strana forma di lutto.

Emily chiude gli occhi e inizia a piangere; le lacrime precipitano dagli zigomi sopra il suo vestito rosso.

Pensa che, per quanto ce la possa mettere tutta, niente potrà mai cambiare. Ora l'unica cosa che le interessa è riabbracciare la sua sedia a rotelle, la sola compagna in grado di farla sentire indispensabile.

Si domanda se ai suoi amici quella giornata stia andando meglio. Pensa a Napoleon e ad Aretha, che in fondo una vita l'hanno avuta, e se dovessero decidere di declinare l'offerta avrebbero meno rimpianti. Ma Daniel? Lui ha solo dodici anni: dovrebbe tornare indietro e provarci, a quell'età è ancora tutto da scrivere.

Perché, a vent'anni no?

Si nega una risposta sincera e torna con la mente a Daniel. La sofferenza di quel bambino è contagiosa e amplifica la sua. Immagina che il sentimento d'amore che prova per lui percorra le Avenue e le Strade di New York e centri il bersaglio. Si concentra come se la cosa fosse davvero possibile, dopotutto in quello strano mondo ne ha viste accadere, di cose incredibili.

Proprio nello stesso momento Daniel si trova dentro un vagone della metro in procinto di fermarsi a una stazione: avverte un brivido lungo la schiena e si guarda intorno un po' impaurito.

Ricorda un film in cui una sensazione del genere ti colpiva quando un'oca passava sulla tua tomba. Forse è il segnale che il Daniel in coma è morto? Magari un'oca ha transitato sul fazzoletto di prato destinato ad accogliere le sue spoglie mortali?

Il treno si ferma, le porte si aprono e l'uomo che sta tentando di salvarli da sette giorni entra nella carrozza. Punta il posto vicino al bambino e si siede.

– Perché cavolo mi ci hai fatto andare? – gli dice Daniel arrabbiato saltando i convenevoli, neanche fosse la cosa piú naturale del mondo incontrarsi sulla metro di New York in mezzo a migliaia di persone. – Dovevi impedirmelo, – aggiunge.

– Ora sai come difenderti, – gli spiega l'uomo.

– Difendermi dai miei genitori? – domanda Daniel smarrito.

L'uomo annuisce e continua con la spiegazione di quel concetto decisamente difficile per un bambino di dodici anni.

– Da piccoli cresciamo con l'idea che l'amore dei genitori sia buono, buono e basta. Ma non è sempre cosí, a volte, per mille motivi, anche loro possono sbagliare, farci del male. Mi comprendi?

– Sí. Forse.

– È terribile da dire, lo so, però capita di doversi proteggere da quell'amore... distorto.

L'uomo fa fatica a pronunciare quelle parole, ma cerca di essere il piú chiaro possibile.

Daniel pare riflettere, poi, con la voce piena di speranza, chiede: – Posso rimanere con te?

– Con me no, ma al posto mio ci saranno tante altre persone. Te le ho fatte vedere.

– E mi vorranno bene? – domanda il ragazzino, quasi stesse chiedendo che fine faccia il personaggio della fiaba che gli stanno raccontando.

– Alcune sí, altre no. È inutile mentirti.

Daniel apprezza quella sincerità. Con la bocca fa una smorfia che significa: sono abituato ad ascoltare bugie, quindi grazie. Ha solo dodici anni ma gli eventi lo hanno costretto a maturare in fretta.

– Se resto posso continuare a essere invisibile? – domanda facendo un po' il finto tonto.

L'uomo gli sorride.

Daniel lo fissa; nessun capriccio, stavolta, solo lo sguardo fiero di un piccolo adulto che deve compiere una grande scelta.

– Andiamo, – dice l'altro.

Daniel alza lo sguardo, non è la loro fermata, ma poco importa; qualsiasi cosa quell'uomo abbia in mente se la farà andare bene.

Il convoglio rallenta, le porte si aprono.

Scendono loro due e una donnona nera, corpulenta, che mentre cammina ballonzolando si fa aria con un ventaglio. Ha un'andatura fiacca e sparisce in quell'apertura sul muro che indica l'uscita.

Il treno riparte, imbocca la galleria e viene risucchiato dal buio.

L'uomo si guarda intorno come una spia in territorio ostile, non c'è nessuno, sono soli sulla banchina.

– Dammi la mano, – dice al bambino.

Daniel non capisce, si guarda intorno anche lui, ha un pizzico di apprensione, la sensazione che stia per accadere qualcosa di brutto.

Cosí stringe la mano al vecchio e già questo tocco gli infonde sicurezza.

Lo osserva, sta per fare una delle sue domande, poi lo vede chiudere gli occhi e concentrarsi come se dovesse ascoltare un suono lontano.

Daniel ha un singulto, fa vagare lo sguardo impaurito perché la sua mente registra una situazione che non ha mai vissuto: il terreno gli sta cedendo sotto i piedi, non poggia piú con tutta la pianta ma solo con le punte, si stanno staccando da terra come se qualcuno li sollevasse dall'alto. Ma non c'è nessuno, non ci sono fili: stanno levitando, di pochi centimetri, ma stanno levitando. Guarda l'uomo in preda alla meraviglia, poi si volta verso il resto della banchina: sono ancora loro due, nessun altro.

– Sto volando!

Non ha bisogno di un costume da Superman, né di superpoteri che derivano da chissà cosa, gli bastano l'amore di quell'uomo che conosce appena e una sua stretta di mano, un semplice gesto, come l'abbraccio del giorno prima. E non c'è kryptonite che tenga, i sentimenti non possono essere disinnescati: si propagano come un'onda inarrestabile.

L'uomo è ancora concentrato. Adesso non stanno solo salendo in alto ma si stanno spostando verso lo spazio occupato poco prima dal convoglio.

Sono a due metri di altezza e come astronauti senza gravità si muovono nell'aria.

Le mani strette sono il contatto che permette la magia. Si mettono in posizione, i volti diretti verso il tunnel, quasi volessero inseguire quel treno che si è dileguato.

E partono, come un'automobile ingolfata che all'improvviso prende velocità: prima lenti, poi piú rapidi, tracciano una traiettoria sopra i binari.

È il momento piú bello della vita di Daniel, di tutte le vite, contando i nuovi giorni. Staccato da quel mondo che sembrava averlo rifiutato, si libra nell'aria come nel film *Superman* che ha visto decine di volte.

E non urla piú di gioia, non dice nulla perché quegli attimi se li vuole vivere nella loro essenza piú profonda.

Arrivano all'entrata del tunnel, rallentano, una piroetta e tornano indietro, stavolta piú veloce, accelerano come un'astronave di *Star Wars*.

E quando raggiungono il punto di partenza atterrano, una manovra da shuttle programmata al millesimo.

I piedi dei due toccano terra e i fari del nuovo treno bucano l'aria.

Il vecchio e il bambino, ancora le mani strette l'una nell'altra, si scambiano un'occhiata come farebbero un padre e un figlio.

Non servono altre parole.

Il treno si ferma, salgono a bordo, e Daniel non pensa a dove sia diretto in quel momento, non pensa neanche al tizio con l'armonica che suona *When the Saints Go Marching In* o alla piccola baby gang di periferia che dal fondo del vagone scruta il resto dei passeggeri in cerca di una vittima. Non pensa alla coppia punk che si bacia, né al ciccione che con la sua mole prende due posti, né a quello che succederà l'indomani. 'Fanculo tutto: l'importante era volare.

Arriva il momento.

La sera cala su New York e sono di nuovo tutti al *Blue Moon Hotel*. Non ci sarà nessun check-out ufficiale, gli extra erano inclusi.

«Ci vediamo giú tra dieci minuti», ha detto l'uomo, ed è salito sul montacarichi.

I quattro sono nelle loro stanze.

Daniel si affretta a leggere il suo fumetto per sapere come va a finire.

Aretha torna a essere una poliziotta con la divisa d'ordinanza, e vedersi allo specchio fa crescere in lei un po' di nostalgia per il passato. Aveva quasi dimenticato cosa significasse far parte del Nypd.

Pure Emily è già vestita come quel giorno di pioggia battente in cui è salita sul tetto di un albergo; sta ripiegando con cura il vestito rosso dentro una scatola. La rabbia le aveva suggerito di ridurlo in mille pezzi, ma è pur sempre un capo splendido, potrebbe essere utile a qualcun'altra.

Napoleon è pronto anche lui: il suo abito è un po' sgualcito, ma tutto sommato può andare. È il primo a lasciare la stanza e a scendere di sotto; si accende una sigaretta e prova a fare i cerchi di fumo. Niente, gli occorrerebbe piú tempo per imparare.

Ecco arrivare i suoi compagni. Tra poco dovranno prendere una decisione definitiva. Nessuno di loro ha un'idea precisa di cosa succederà. Nessuno di loro ha un'idea precisa su nulla. Ma sanno che non li aspetta un modulo a risposta multipla in cui indicare il gradimento, da altamente soddisfatto a totalmente deluso. Gli è stato detto di scendere e sono scesi: Aretha per mano con Daniel, Emily con la sua carrozzina; Napoleon corre ad aiutarla.

Adesso sono davanti all'albergo.

Aretha si china e abbraccia Daniel, lui ricambia con tutta la forza che ha.

Emily, da seduta, stringe la mano di Napoleon.

Napoleon dà una carezza al bambino sulla testa e Aretha stringe a sé la ginnasta.

C'è emozione, ma non ci sono lacrime, ognuno cerca di resistere per non contagiare l'altro. Si scambiano occhiate lunghe e profonde che nascondono paura. Forse toccherebbe a Napoleon dire qualcosa, ma non ci riesce. Rimangono zitti, nessuno vuole rompere quell'atmosfera carica d'amore con parole inutili.

Un tuono scuote l'aria.

Le prime gocce. I quattro alzano la testa al cielo mentre la pioggia cresce subito d'intensità.

Una barbona, quella barbona, attraversa la strada cantando I say a little prayer e va a sedersi accanto all'ingresso dell'hotel cercando riparo.

Un secondo tuono.

L'uomo alla guida della station-wagon dà una lunga sgasata al motore e accende i fari.

I quattro salgono.

Un fulmine squarcia il cielo.

La luce.

Poi il buio.

E si ricomincia. Da una settimana prima.

Giorno sette

Alcuni dicono che non esiste il brutto tempo, ma solo tipi di tempo diversi.

La pioggia è uno di questi.

C'è chi la ama, chi si sente protetto e chi adora sentirla sulle finestre. Per alcuni purifica l'anima, per altri ripulisce la mente. Per tanti stare sotto la pioggia è solo un modo per prendersi una polmonite.

Oggi a Manhattan ne cade parecchia.

La settimana è finita e l'uomo ha fatto tutto quanto era in suo potere.

Ora è nel campetto sotto il *Blue Moon Hotel*; contro la luce dei lampioni si vede l'acqua che sferza il cielo. Tenta un tiro da tre: ferro. La palla torna indietro e atterra in una delle tante pozzanghere che si sono formate. L'uomo la riprende, la fa rimbalzare e tira di nuovo: tabellone, ancora ferro, mezzo giro, fuori. Lui non perde fiducia, palleggia sul cemento bagnato. *Questa va dentro*, pensa. Niente. Riprova: una, due, tre volte. Con violenza, con rabbia.

Odia quelle ore di attesa e di incertezza. Vorrebbe essere accanto a loro, prenderli per mano, scuoterli, parlargli, urlare.

Ma non può fare piú nulla.

La settimana è finita anche per lui. Ora loro solo liberi.

Liberi di rivivere quell'ultimo giorno come vogliono, con i tempi che sentono e la consapevolezza di quel che potrà essere.

E lui può solo attendere.

Sotto la pioggia.

– Ti offro un bel caffè e magari domani diventa oggi, – dice Mason ad Aretha, che non vuole parlare di quanto è accaduto nella casa dove hanno effettuato l'arresto. Uno scroscio d'acqua piú forte investe il parabrezza e viene spazzato dai tergicristalli.

La poliziotta chiude gli occhi; non è la prima volta che le accade di scambiare una bambina per Olivia, o meglio, di immaginare che sia Olivia.

Arrivano alla centrale, tra la Centoduesima e la Terza Avenue, a due passi da East Harlem. Mason scende, entra per prendere i due caffè; di solito tocca ad Aretha, ma lei resta in auto: oggi lo fa lui.

Davanti all'ingresso ci sono tre macchine con i lampeggianti accesi che disegnano giochi di luce, sembrano farfalle impazzite sui muri dei palazzi. Un paio di agenti chiacchierano appoggiati ai cofani; fa freddo, ma almeno ha smesso di piovere.

Mason inserisce due dollari e cinquanta nel distributore del caffè; canticchia nervoso. È preoccupato per Aretha, il dramma che l'ha colpita ha già rischiato di farle perdere la testa piú volte. Da qualche giorno, poi, è stranamente assente, triste come forse non è stata mai. Pensa che dovrebbe parlarle, ma lui non è bravo con le parole, allora le sta vicino, la protegge, quello lo sa far bene.

Esce dalla centrale, in mano regge le due *coffee cup* fumanti.

Quel tratto di mondo è silenzioso, i movimenti della gente in strada rilassati.

Aretha è in attesa, ma non del caffè. Ha la pistola appoggiata sulle ginocchia, la sfiora con la mano, la impugna, la stringe.

Mason si dirige verso l'auto; nota di aver lasciato la portiera mezza aperta. Qualcuno dice qualcosa alle sue spalle, lui risponde con una risata. Porta il bicchiere alla bocca, beve un sorso e alza la testa come per controllare il cielo.

Un botto scuote l'aria.

Mason sobbalza: quel tuono non preannuncia certo una schiarita. Entra nella macchina, allunga il caffè ad Aretha e vede la pistola. Il poliziotto contrae il corpo.

– Tutto okay? – chiede calmo, ma è pronto a scattare, perché la situazione è strana, il suo sesto senso sbaglia di rado.

– Che ci fai con quella? – insiste indicando l'arma.

Aretha sembra essere da un'altra parte. Poi, all'improvviso, sbatte le palpebre e fissa il compagno; appare quasi sorpresa di trovarsi lí, di trovare lui.

Abbassa gli occhi sulla pistola, esita un secondo, quindi la infila nella fondina e strappa i bicchieri a Mason.

– Andiamo! – esclama con impeto ritrovato.

– Dove?!

– Parti, veloce! – urla Aretha, mentre digita un nome su un palmare alla ricerca dell'indirizzo giusto. – Di corsa, dài!

Mason riconosce la donna che ha accanto da anni, quella a cui tante volte ha affidato la propria vita; pareva fuggita chissà dove, ma ora eccola di nuovo, con tutta la sua grinta.

Avrebbe tante domande da farle, ma si limita a obbedire.

Ingrana la retromarcia, accende la sirena e con uno stridio di gomme che trasforma le pozzanghere silenti in piccoli tsunami si immette nelle strade notturne di Manhattan.

Tra i grattacieli si è insinuato un vento freddo che disturba i loschi traffici sotto le impalcature dei palazzi in perenne ristrutturazione. Le fronde dei radi alberi beccheggiano impazzite. Le finestre tremano. Anche quella nella cucina della casa di Daniel, dove la madre del ragazzino sta finendo di sparecchiare la tavola. Una cena frugale, quasi una colazione: uova e bacon, pane tostato, latte e succo d'arancia. Piú l'immancabile Coca-Cola che il figlio beve da quando ha cinque anni, una bomba a mano di zuccheri che deve gestire per via del diabete, ma che non manca mai.

La donna controlla le imposte; ha ricominciato a piovere. Dal soggiorno la voce di un presentatore sta tessendo le lodi di un bambino capace di cantare come Michael Bolton: applausi; parte la pubblicità.

– Vediamo se ci sei tu, Daniel, – grida il padre, alla perenne ricerca dello spot della Goody Orange. Nel frigo ce n'è una dozzina di bottigliette, ma Daniel non la tocca piú. Non per un problema di salute o di linea, semplicemente perché la odia, vorrebbe che l'azienda fallisse. Ma la bibita continua a vendere grazie a lui, che soffre, mentre i suoi ignari genitori gongolano al pensiero di nuovi guadagni.

Daniel attraversa il soggiorno senza che il padre, rapito dallo schermo, se ne accorga; entra in cucina, la madre sta finendo di rassettare. Apre il frigo e tira un fuori un vassoio di Donuts colorate con la glassa: cioccolato, cioccolato bianco, fragola, vaniglia, pistacchio; con le stelline, con gli Smarties, con gli zuccherini. Cosí, tutte insieme, somigliano a un quadro di Afremov.

Ne offre una alla madre, che sorride.

– No, grazie tesoro, sono per te.

Lui alza le spalle come a dire okay e se ne va col vassoio.

In tv è il turno del piccolo Michael Jackson: si chiama Erick e ha sette anni, ma esegue il Moonwalk come se lo studiasse da trenta.

Il ragazzino entra in camera, richiude la porta e si siede sopra il letto contemplando le ciambelle. Sulla parete alle sue spalle, un poster dei Simpson: la famiglia stretta sul divano a vedere la tv. Poco piú in là una foto della Freedom Tower; Daniel ha sempre desiderato prendere i suoi famosi ascensori supersonici e salire fino all'osservatorio per contemplare le persone di sotto, ridotte a puntini in movimento, ma non ce l'hanno mai portato.

Pensa che tra le cose che si perderà c'è pure questa, e di sicuro non immagina che in quel momento, in un altro ascensore super veloce, quello del *Kimpton Ink48 Hotel*, una giovane coppia di fidanzati si bacia con passione incurante di Emily, che è lí accanto sulla sua sedia a rotelle. La ragazza li osserva e si rende conto di detestarli. Non sono amanti, non sono clandestini, percepisce tra loro un amore sincero e libero da impacci, quello che lei non ha mai avuto. Sono, l'uno per l'altra, due numeri uno.

All'undicesimo piano la coppia scende, lei invece prosegue fino all'ultimo. Ma la sua destinazione non è il *roof top*, dove ci sono i divani e il bar. Lei sale sulla terrazza di copertura, quella spoglia che accoglie la cisterna dell'acqua e i motori dei condizionatori; tutto intorno un parapetto di cemento alto poco piú di un metro. Emily adesso se ne sta lí, con la pioggia che crea una cortina di cristallo tra i suoi occhi e l'orizzonte: una moltitudine di grattacieli che si stagliano verso il cielo, un vento freddo che si impossessa delle membra e le fa rabbrividire, dalla città i suoni attutiti di altre storie, di altre vite che si compiono e che lei non conoscerà mai.

Nessuna protezione, nessun riparo, ma finalmente al di sopra di tutti.

Anche sopra quell'auto della polizia che sfreccia, in una corsa contro il tempo, tra le strade della città, direzione Upper Manhattan.

Quando si è ritrovata accanto a Mason, per Aretha è stato come risvegliarsi dopo un sogno, nell'esatto momento in cui le immagini sfuggono; alcuni particolari restano ma non riesci a metterli a fuoco, allora sbatti gli occhi, ti riabitui alla realtà, capisci dove sei, e ricordi a cosa pensavi prima di addormentarti.

Daniel: il nome le rimbombava nel cervello.

«Ma finita questa settimana io mi ricorderò di voi?» aveva chiesto quel bambino teneramente.

E lei aveva detto di sí, senza saperlo.

Ma era vero, cazzo! Altro che spararsi in testa, ora aveva qualcosa di piú importante da fare. Per questo ha chiesto a Mason di partire a razzo, in una corsa contro il tempo di cui lei ignora le scadenze, ma con la certezza di dover fare il prima possibile.

Mason ha corso senza sapere bene perché, fidandosi di lei, bruciando una dozzina di semafori e mezza Manhattan in meno di venti minuti, e ora eccoli che inchiodano, come se avessero appena seminato il diavolo, davanti a una viletta bifamiliare di Sugar Hill.

Aretha salta fuori dall'auto.

La madre di Daniel è ancora in cucina. Sente un colpo e sussulta; per un attimo pensa a un tuono, poi capisce che no, non può essere, il rumore è diverso. Posa lo straccio sul lavandino e va in soggiorno.

– Victor sei tu? Victor, – la porta è spalancata; dal divano spunta la testa addormentata del marito. Alla tv ci sono le previsioni del tempo: fenomeni temporaleschi in forte aumento durante la notte.

La donna è perplessa: forse quella vecchia porta ha ceduto alla pressione del vento, che stasera tira forte.

La poliziotta è già al piano di sopra; entra nella camera di Daniel, a colpo sicuro, come se avesse sempre saputo dov'è, e lo trova sul letto, l'aria stanca e gli occhi socchiusi. Il vassoio di Donuts vuoto.

– Cazzo, cazzo, Daniel... Dove è l'insulina?

Aretha è in preda al panico. *È troppo tardi*, pensa, e la sua mente corre all'immagine di Olivia stesa sul campo di basket, a lei che le tiene la testa e la chiama, che grida, che cerca di rianimarla. Ricorda la sirena dell'ambulanza: ci aveva messo poco ad arrivare, ma non era questione di tempo, non c'era niente da fare.

Per Daniel non è cosí, lui può avere un destino diverso.

Aretha rovista dappertutto in cerca della medicina; Daniel non si muove, sbatte solo gli occhi lentamente, come se si stesse spegnendo.

La poliziotta fruga nell'armadio, butta in aria i vestiti, lancia oggetti dalle mensole, dal comodino.

– Dov'è? Dimmi dove è! – grida, e sente il cuore batterle come quella sera al campo da basket. La voce si sta rompendo, non può perdere anche lui.

Si guarda intorno in preda al terrore, non sente neanche i passi sulle scale; qualcuno sta salendo.

Ha quasi perso ogni speranza quando Daniel si alza dal letto, le si avvicina, le blocca le mani e con calma apre un cassetto.

– Ferma... ferma, – le dice. – L'insulina è qui e i Donuts sono là, – indica la finestra.

Lei non capisce, il bambino allora la invita ad affacciarsi e a guardare di sotto: sparse sul prato ci sono tutte le ciambelle, sembrano strani fiori colorati senza petali.

Aretha lo tira su di peso, lo stringe cosí forte da togliergli il fiato.

Lo rimette giú, si china, lo fissa negli occhi.

– Hai visto che non ci siamo persi?

Ora è Daniel che le si aggrappa al collo.

In quell'istante compaiono i genitori del bambino, le facce impaurite, incredule: loro figlio sta abbracciando una poliziotta.

– Ma cosa... – prova a dire la madre, ma Aretha prende Daniel per mano ed esce dalla stanza.

– Daniel! – esclama il padre.

– Va tutto bene, – risponde lui, – torno presto.

L'uomo azzarda un gesto per fermarli; Aretha si gira di scatto e porta la mano libera alla fondina.

– Non ti conviene, – sibila, e quelle parole suonano come una vera minaccia.

La volante sfreccia di nuovo per Manhattan con Daniel seduto dietro. Mason lo guarda nello specchietto, perplesso e anche un po' preoccupato. Vorrebbe fare mille domande ad Aretha, a cominciare da «Chi è questo ragazzino?», ma sa che può fidarsi, glielo dicono gli occhi della compagna, gli stessi che aveva prima della tragedia, quelli che non sono mai arretrati davanti a nulla, quelli forti di cui si è sempre servito come se fossero i suoi. Quindi va, guida verso quell'hotel di Hell's Kitchen che lei gli ha implorato di raggiungere nel minor tempo possibile.

Daniel ha il naso attaccato al finestrino: gli sembra di essere in un film, altro che pubblicità. La macchina è un proiettile che solca le strade e tinge di rosso e azzurro la notte umida di pioggia, diretta al *Kimpton Ink48 Hotel*.

E la pioggia riprende a cadere, impietosa, sorretta dal vento, un ulteriore ostacolo alla salvezza.

Aumenta anche sul campetto da basket, dove il vecchio uomo tira ancora a canestro con foga insospettabile. È bagnato come se fosse caduto nell'Hudson, ma continua a palleggiare, poi lancia la palla, con furia: tabellone e fuori. Si toglie la giacca, la getta a terra facendola finire in una pozzanghera, rimane in camicia. Recupera il pallone accanto alla rete, se lo rigira tra le mani, due rimbalzi, e parte un altro tiro dalla distanza.

Le gocce colpiscono il volto di Emily come spilli, ricordandole che è viva, lassú, anche se sola: una costante della sua esistenza. È ancora seduta sulla sua sedia, l'altra volta aveva sbrigato la pratica in pochi minuti, oggi no, oggi ha bisogno di tempo. Ha gli occhi rossi e le lacrime sono finite da un pezzo. Si asciuga il viso e si tira su in piedi. Lo fa con decisione, senza tentennamenti. Abbandona la sedia spingendola indietro, si allontana da lei, crea finalmente una distanza da quell'oggetto: non ne ha piú bisogno.

Si dirige al parapetto e ci sale sopra. Il vuoto sotto di lei e una striscia di cemento larga non piú di trenta centimetri dove restare in equilibrio. Tutto il passato le crolla addosso: i suoi genitori, il fienile, la trave di colmo, la palestra della scuola, le prime gare, i successi, le delusioni, la caduta. Il risveglio. Le sue gambe ferme.

Alza gli occhi al cielo, respira la pioggia: ora non le fa piú male, adesso sembra accarezzarla. Dalla strada i rumori arrivano attutiti. Camion, auto, sirene delle polizia. E lei lassú.

Non si dimentica come si cammina su un filo, la vita non te lo permette, anzi, te lo ricorda in continuazione.

Con la punta del piede destro si sfila la scarpa sinistra, poi ripete l'operazione con l'altro piede. Si mette di lato rispetto al parapetto, allinea le gambe, una davanti, una dietro: quella striscia di cemento scuro è diventata la trave dei suoi successi e dei suoi fallimenti.

Chiude gli occhi.

È di nuovo in un palazzetto dello sport, la folla che inneggia al suo ingresso in pedana, la voce dall'altoparlante che chiama Emily Walsh, gli applausi, poi il silenzio: l'esibizione ha inizio.

Ha lo sguardo concentrato, un'espressione serena. Sorride.

Apre gli occhi.

Arretra appena, sembra prendere una piccola rincorsa e parte.

Come il giorno che ha posto fine alla sua carriera.

Lo stesso esercizio.

Ma in palio, oggi, non c'è il gradino piú alto del podio, bensí qualcosa di molto piú prezioso.

Qualche passo in perfetto equilibrio su quei trenta centimetri, una ruota eseguita magistralmente.

Alcuni movimenti armoniosi, una seconda ruota.

Aretha e Daniel escono trafelati sul terrazzo e la vedono: Emily è su un muretto a venti metri da loro, volteggia tra le luci di Manhattan come una farfalla bagnata che ha perso la polverina sulle ali, ma continua a librarsi in aria con una grazia e una leggiadria innate. Danza leggera e gentile fino a spiccare l'ultimo salto, quello piú difficile, quello conclusivo: quello che potrebbe costarle la vita.

O la va o la spacca.

La ragazza sembra volare davvero. Alla sua destra il vuoto: uno, due, tre ribaltate, senza alcuna rete di protezione. E poi giú.

Aretha si copre gli occhi con le mani.

– No! – urla Daniel.

Emily atterra sul pavimento del tetto, sana e salva, i piedi perfettamente allineati.

Fa un inchino, alza il mento come a ringraziare il pubblico, e si accorge che un pubblico c'è davvero. Il respiro le muore in gola, la pioggia continua a scendere incessante: loro non l'hanno mai vista in piedi. Sorride. Aretha e Daniel fanno altrettanto, e applaudono al salto perfetto.

Emily corre verso di loro, si uniscono in un abbraccio che non lascia spazio alle parole; un fulmine illumina il mondo, pare un flash partito per immortalarli in quella stretta.

Quello stesso fulmine sembrava voler bruciare la città: una scarica di energia ramificata che ha invaso il cielo sopra il Manhattan Bridge e dipinto il buio di luce. Napoleon è di nuovo lí, seduto all'esterno del ponte dopo aver scavalcato le putrelle.

È di nuovo lí, proprio come una settimana fa, con i piedi che penzolano nel vuoto, i vestiti fradici, l'animo ingombro e lo sguardo fisso alla Statua della Libertà.

È lí, immobile da chissà quanto, con la confidenza che un vecchio pensionato ha con la sua panchina preferita.

Stavolta non ha sussultato alla vista del fulmine, stavolta ha meno paura.

Pensa ai sette giorni trascorsi, a Emily, ad Aretha, a Daniel. Al suo corpo ripescato, al funerale. A Coney Island, al panino al pastrami... a tutto. Si è riportato indietro ogni cosa. Pensa a Greta che è incinta. Aspetta un figlio, suo figlio. È stato l'uomo, quello che ha fatto il possibile per salvarli, a farglielo scoprire.

I pensieri non vogliono fermarsi.

Poi sente i passi affrettati sul ponte, lungo la corsia pedonale.

L'uomo senza nome è fradicio, indossa solo la camicia. Porta le mani alle ginocchia, riprende fiato.

– Cosa devo fare? – urla all'indirizzo di Napoleon, che non si gira; non è stupito della sua presenza.

L'uomo prende un lungo respiro.

– Cosa devo fare per salvarti? – Basta giochi e psicologia, glielo chiede direttamente.

Napoleon non dà segno di voler rispondere, inizia a dondolare le gambe come se fosse su un'altalena.

– Le mie parole non hanno funzionato, usiamo le tue, – lo incalza l'uomo.

– Intanto dovresti chiamarmi per nome… – risponde Napoleon, un timido, primo segnale che lascia ben sperare.

– Okay Na-po-le-on… poi cosa devo dire? – scandisce l'uomo in un modo troppo teatrale.

– Piú morbido, piú caldo. Devi usare il diaframma, – precisa il motivatore voltandosi.

I due si guardano, saranno a tre metri di distanza, hanno gli occhi pieni di pietà: un messaggio che li accomuna ma con significati diversi.

Ti prego lasciati aiutare. Ti prego lasciami andare.

Due suppliche che al momento appaiono entrambe inascoltate.

– Ora dovresti avvicinarti e prendermi il viso tra le mani, – continua Napoleon, come un maestro ferito che non ha piú nulla da insegnare ma cerca, ancora, con le ultime energie, di tramandare il proprio sapere.

L'uomo fa per muoversi, Napoleon alza un braccio e gli mostra il palmo aperto: lo blocca, non deve avvicinarsi oltre. L'uomo obbedisce a quell'ordine muto.

– Poi dovresti essere rassicurante, emozionato, empatico… – aggiunge il motivatore, quasi stesse passando in rassegna le tecniche sperimentate in una lunga carriera. Gli occhi gli si inumidiscono, l'uomo se ne accorge.

– … e dovresti sforzarti di capire perché io lo stia facendo… – prosegue Napoleon, poi tace e scruta l'uomo, come se gli stesse concedendo del tempo per trovare la risposta giusta.

Ma non c'è nessuna risposta nello sguardo del proprietario della station-wagon abbandonata con la portiera aperta all'imbocco della zona pedonale, a un chilometro da lí.

E allora tenta con una provocazione: – Spiegamelo tu.

Napoleon rovescia il viso al cielo, stringe le palpebre per via della pioggia, tira su con il naso e risponde.

– È semplice: tutto nella vita ci spinge a farla finita, – dice in un tono che ha una sfumatura di arrendevolezza. – Il mondo è un luogo estenuante. Sei stanco semplicemente perché ci vivi. Sei stanco di non riuscire ad amare abbastanza, di non dare abbastanza, di non avere abbastanza. Questa… – e indica il vuoto sotto di lui, – dovrebbe essere la morte naturale di una persona. La lettera di addio non dovrebbe scriverla chi se ne va, ma chi resta: loro dovrebbero darci delle spiegazioni.

Non c'è esitazione nella voce di Napoleon, e piú parla, piú allontana la sensazione di speranza. Si passa la lingua sulle labbra, assapora la pioggia come un'ultima comunione con ciò che offre la Natura.

– Avrai un figlio. Non cambia niente? – mormora l'uomo.

– Cambia tutto. Sei stato bravo, fino a quel momento sei riuscito pure a farmi dubitare. È dopo aver scoperto del bambino che ho deciso.

Il vecchio scuote la testa, ha compreso di aver giocato una carta sbagliata.

– Sembra assurdo, lo so, – dice Napoleon, – ma se vedessi questo figlio nascere, non avrei piú il coraggio di farlo. Se lo vedessi nascere, la mia vita diventerebbe una gabbia senza piú alcuna via di fuga –. Guarda il fiume, una chiatta naviga sotto di lui, squarciando il buio dell'abisso e lanciando nell'aria il suo segnale cupo. – Te l'ho detto, quelli come me devi lasciarli andare.

– No, sono proprio quelli come te che non posso lasciar

andare –. Ora è l'uomo ad aprirsi come non ha mai fatto in quei giorni passati insieme. – Tanto tempo fa anche io mi svegliavo come se fosse morta mia figlia, come se fossi finito su una sedia a rotelle, come se mi fossero successe tutte le cose piú brutte del mondo, ma in realtà non mi era successo nulla. Avevo solo un enorme buco al centro dello stomaco.

Napoleon ascolta.

L'uomo butta fuori tutta l'aria dai polmoni e riprende fiato.

– E anche io non ho voluto dare retta a… a uno che ce l'ha messa tutta per salvarmi. Ero convinto che questa fosse l'unica via di fuga. L'uscita di emergenza. Avevo scelto il Golden Gate, un altro grande classico.

Napoleon si gira verso di lui, per la prima volta la sua faccia esprime sorpresa.

– Eppure, adesso, quel pezzo di vita che non ho vissuto non sai come mi manca, darei qualunque cosa per riavere quei sette giorni e compiere la scelta giusta: te l'ho detto che siamo simili.

Napoleon comincia a piangere, un pianto che non appena gli bagna le guance trasforma lo stupore di poco prima in una smorfia di disperazione. Studia i lineamenti di quello che a tutti gli effetti può considerare il suo ultimo, nuovo amico con un misto di benevolenza e dispiacere, poi ruota la testa come se avesse male al collo, riporta lo sguardo davanti a sé e chiude gli occhi, come spesso ha fatto nella vita, quel gesto semplice che gli aveva insegnato il nonno per sentirsi vivo.

– Non siamo simili, siamo uguali, – dice.

Poi si lascia cadere all'indietro, nel vuoto.

L'angelo crolla in ginocchio, il suo urlo si mischia al ruggito del tuono che copre il rumore della caduta.

Nessun tonfo, un addio silenzioso senza clamore.

Dietro l'uomo, Aretha, Emily e Daniel arrivano di corsa. Non hanno bisogno di chiedere. Mason ha guidato piú veloce che poteva, si è fidato ancora una volta, non ha fatto domande, neanche quando ha visto Emily salire a bordo; speravano di fare in tempo, speravano nel lieto fine.

Invece no.

Napoleon ha scelto di morire.

A nulla sono valsi i discorsi e i momenti passati insieme. A nulla sono valsi i sette giorni. O forse sí, sono serviti a renderlo sicuro della sua scelta.

L'uomo guarda giú in preda allo sconforto.

I quattro sono zuppi di quella triste pioggia che non accenna a diminuire.

Aretha abbraccia Daniel, che stringe a sé anche Emily. C'è amore in quel legame, un amore ritrovato che mancava a tutti. Un amore incompleto, senza Napoleon.

– Sono diventato troppo pesante per volare, – dice l'uomo.

Il primo giorno

La morte ti cambia la vita, pare un ossimoro, ma è la realtà: quando conosci il mondo senza di te, quando divieni spettatore e puoi permetterti di giudicare col giusto distacco, capisci che vivere non è cosí difficile come sembrava, e tutto sommato ci si può provare.

Daniel ha solo dodici anni e ha deciso di provarci.

Cammina per il corridoio della scuola con indosso il chiodo, quello trovato al mercatino. C'è sempre una seconda possibilità, sembra dire con la sua andatura baldanzosa.

Sfila davanti a un gruppetto di ragazzi. In passato lo hanno spintonato, gli hanno tirato l'acqua, gli hanno strappato i libri dalle mani facendoli volare in aria. Una volta lui ha provato a reagire, ed è stato ancora peggio: solo l'intervento di un professore ha evitato che soffocasse per delle pagine di quaderno che gli avevano ficcato in gola. I responsabili, però, non sono mai stati puniti e anche per questo la sua mente si è ammalata.

Quel bullo di Bailey gli dà una spallata. Daniel indurisce il petto, non indietreggia, prosegue come se nulla fosse. Finalmente sta mettendo a frutto i suoi chili di troppo. Sorride. Due ragazzini che hanno assistito alla scena rimangono basiti.

– Ehi, ciccione! – urla il primo.

– Ecco l'aranciata che cammina, – fa il secondo.

Daniel non smette di sorridere. Niente lo tocca piú, loro

non sanno quanto è diventato forte. E non hanno idea di quanto possa essere eccezionale ciò che la vita ti riserva.

Tira fuori dallo zaino il walkman che gli ha regalato Aretha, indossa le cuffie, spinge «Play» e riprende a camminare a testa alta.

Sta ascoltando il suo primo *Fritto misto*, *Get Lucky* dei Daft Punk, e adesso ha quasi l'impressione di volare di nuovo, leggero come non è mai stato. Perché la musica lo mette di buonumore, ma prima di morire non lo sapeva.

Infila le mani in tasca e trova dei pezzi di carta. Li tira fuori: sono due biglietti per la prima di *Star Wars*.

Sul suo viso si legge la felicità, ma anche un pizzico di nostalgia.

Va dritto da Giusy Myers, che sta riponendo i libri nell'armadietto, e la invita al cinema. Mentre lei sorride e accetta, Daniel pensa che Giusy è bella e non porta neanche l'apparecchio.

Emily guarda fuori dal finestrino.

Non piove, è una bella giornata di sole; se potesse unire ancora le gocce di pioggia com'era solita fare disegnerebbe una freccia, un segnale che indica di andare avanti, sempre e comunque.

L'auto percorre lentamente la strada del *Blue Moon Hotel*; il posto dove era parcheggiata la station-wagon è vuoto. Emily sorride.

Taxi, vestito nuovo, una festa alla quale non vuole mancare: oggi è *quel* giorno, quello che l'ha fatta dubitare piú di tutti, quello che poteva risollevarla e che invece l'ha quasi annientata.

Certo, la prima volta era stata invitata, conosceva Thomas, sarebbe stato sufficiente mettere giú ancora una gamba dal taxi ed entrare in quella casa. Ma non l'ha fatto. La vita però le ha insegnato che c'è sempre una seconda possibilità, anzi, è stata la morte a insegnarglielo.

Il taxi accosta.

– Siamo arrivati, signorina, – dice il conducente, scrutandola dallo specchietto.

Stavolta Emily non ha un vestito rosso ma a fiori, una composizione che sa di primavera e di rinascita, un capo sobrio eppure elegante. Ripensandoci, il rosso a pranzo sarebbe stato un tantino fuori luogo. *Anche la bionda, però, ne indossava uno rosso*, pensa. *Appunto*, è la risposta che si dà.

Il party è iniziato; un gruppo di gente è accalcato sulle scale della palazzina, proprio dove lei e Thomas hanno conversato in armonia. Qualcuno ha un bicchiere in mano, qualcuno fuma, alcuni sono in piedi, altri seduti. Attraverso una grande finestra si vede l'interno dell'appartamento: c'è una ventina di persone che sembrano divertirsi. Attutita, arriva la musica degli OneRepublic: niente Oasis, oggi. *Piccoli sfasamenti temporali*, pensa. L'atmosfera è sempre rilassata, il clima piacevole; del padrone di casa, per il momento, nessuna traccia.

Nell'occasione precedente non era sicura di chi potesse vederla e chi no; oggi invece non ha dubbi, dovrà attraversare quella piccola folla che probabilmente le appiccicherà gli occhi addosso: è tornata nel mondo.

Eccolo, Thomas, dietro la vetrata. Il tatuaggio «Today» sempre in bella mostra. Ed ecco la bionda, che si avvicina a lui con due calici di vino. Hanno entrambi i visi distesi, brindano. Lei dice qualcosa, lui risponde, lei ribatte, lui le sussurra una frase all'orecchio, lei scoppia a ridere, lui anche; bevono e continuano a parlare.

Nell'occasione precedente Emily ha esitato, la mano sulla maniglia della portiera, poi è ripartita senza neanche provare.

– Quanto le devo? – chiede al tassista. Paga, scende. Ha i capelli raccolti, il trucco tenue, il sorriso di chi in quel momento non vorrebbe essere in nessun altro posto se non lí. In mano ha una bottiglia di Pinot nero della Napa Valley.

S'incammina verso l'edificio attirando gli sguardi, i passi graziosi ma decisi.

Non ha un piano preciso, improvvisa.

Bussa alla finestra: Thomas e la ragazza interrompono i loro discorsi e si girano. Si dicono qualcosa; Emily immagina che lei stia domandando «La conosci?»

Thomas apre la finestra.

– Ciao, – dice. È cordiale, come lo è stato nell'altra vita.

– Ciao, – dice lei, – ho portato questa, – e alza la bottiglia di vino.

Lui strizza le palpebre incuriosito, poi si allontana e pochi secondi dopo compare in cima ai quattro scalini esterni, in mezzo agli amici che ormai hanno perso interesse per Emily: un'invitata alla festa, una come loro.

Il ragazzo la raggiunge in strada, mentre dal portone sbuca la bionda. Thomas è in maniche corte, i jeans flosci sopra un paio di Vans. Prende la bottiglia e la fissa.

– Grazie. Ma, scusa, aiutami a ricordare… dove ci siamo incontrati?

– Da nessuna parte, – risponde lei, aumentandone la curiosità.

Si presentano.

C'è un attimo di silenzio, interrotto dalla voce della bionda. – Thomas!

Lui sembra sul punto di girarsi, poi rimane con gli occhi su Emily; un filo invisibile pare unirli.

C'è un attimo d'imbarazzo, però stavolta è Emily a comandare il gioco. È salita di nuovo sulla trave, e sa che non scivolerà piú, perciò si muove in assoluta tranquillità.

– Abbiamo in comune una parola, – dice la ginnasta.

Thomas non capisce, tuttavia ha l'espressione di uno che non rinuncerebbe a quel momento per niente al mondo.

– Una parola?

– «Relativizzare», – scandisce Emily con enfasi.

– «Relativizzare»… Mi piace! – Thomas sembra rilassarsi.

– Lo so, – ribatte Emily.

Poco piú in là la bionda fissa il calice di vino: è vuoto, la scusa che aspettava per rientrare in casa senza imbarazzo.

Emily e Thomas continuano a chiacchierare con la leggerezza del primo incontro, finché dal portone sbuca la testa di un labrador. L'animale si fa largo tra gli invitati sulle scale e raggiunge Thomas, che lo accarezza.

Emily ha un sussulto.

– Hai paura dei cani? – le chiede il ragazzo.

– N-no, no… – risponde Emily. Non può spiegargli che quel cane lei lo ha visto nel filmato del suo futuro, quello che l'uomo senza nome le ha mostrato in un drive-in abbandonato.

– Si chiama Dolly, – dice Thomas. Il labrador l'annusa, lei si china e lo abbraccia con tutta la tenerezza di cui è capace.

È un momento che aspettava da tanto: abbandonarsi a un qualcosa di bello che dovrà accadere senza preoccuparsi dell'oggi.

Piange e ride, indistintamente. Se si specchiasse adesso vedrebbe strisce di trucco sulle guance. Prima o poi dovrà alzarsi, e Thomas se ne accorgerà.

Era lui nel video, era lui che la chiamava da lontano su quella spiaggia, anche se non riusciva a distinguerlo. Oggi lo sa. «Today».

Oggi sa che per lei c'è un nuovo inizio.

– Ehi, Dolly, lasciala stare, – grida una voce.

A parlare è stato un ragazzo che indossa una camicia a quadri; un paio di bretelle rosse gli tiene su dei jeans *skinny*; ai piedi ha delle Converse verdi.

– Ehi, Zach, – fa Thomas, – Dolly si è innamorata di Emily.

Lei solleva lo sguardo e svela il trucco sbavato.

– Che strano, non fa cosí con tutti. Devi averla proprio conquistata, – commenta Zach, mentre Emily, con voce incerta, si rivolge a Thomas: – Pen... pensavo fosse tua.

– No, è di Zach.

Emily adesso capisce perché c'erano gli OneRepublic invece degli Oasis. Cambiano i dettagli e per quanto tu possa sapere del tuo futuro, sono troppe le variabili di cui tenere conto. La vita è imprevedibile, neanche vivendola due volte puoi essere sicuro di come andrà a finire. Non basta unire le gocce di pioggia secondo un disegno prestabilito, ce ne sarà sempre una che sfugge al tuo controllo. Ma a Emily in questo momento va bene cosí, avanti, un passo alla volta.

Che poi è la frase che Mason ha ripetuto spesso ad Aretha dopo la morte di Olivia: «Un passo alla volta». Era la parola d'ordine non appena la sua compagna gli raccontava di un minimo progresso: dormire piú di tre ore, non prendere il sonnifero, preparare la colazione, smettere di fissare il lampione fuori dalla finestra. Aretha non ha mai creduto alla teoria dei passi. Tutto il percorso che sentiva di aver fatto era solo un'illusione. Non sperava in una vita dopo la morte, pensava che spegnendo il pensiero avrebbe spento le sofferenze. Invece si è ritrovata piú vispa di prima, nonostante la pallottola in testa.

Chissà com'era ridotta la mia faccia, si chiede. Forse a far nascere l'interrogativo è stata la sua immagine riflessa nello specchietto retrovisore dell'auto di servizio, girato verso di lei: da quando è tornata ha una luce diversa negli occhi, ma soprattutto una tranquillità che non credeva di poter riacquistare. Ha visitato una sorta di aldilà dove, in qualche modo, ha ritrovato sua figlia. Sorride e si passa un dito sulle labbra per pulirsi uno sbaffo di cioccolata.

– Perché ridi? – le domanda Mason, guidando e terminando di mangiare la sua ciambella alla crema. Sul cruscotto c'è una scatola di Donuts ormai vuota.

– Pensavo a un vecchio film, – risponde Aretha, e aggiusta lo specchietto perché restituisca la giusta visuale.

– Quale?

– *La vita è meravigliosa.*

Mason ci pensa su. – Non era quello dell'angelo che...

– Quello, – conferma Aretha.

– Non mi pare facesse ridere, – dice Mason, rallentando a un semaforo rosso.

– A me sí, – replica lei, sorniona.

L'altro cambia discorso. – Ieri sera cos'hai fatto?

– Nulla, sono andata a letto presto, – risponde Aretha.

Mason non le ha chiesto piú niente delle corse a perdifiato di qualche notte prima sotto la pioggia, di quella ragazza bellissima e del bambino cicciottello. Le ha fatto capire che un giorno dovrà dargli spiegazioni; ma niente pressioni.

Scatta il verde, l'auto accelera. Mason guarda fuori dal finestrino e con finta nonchalance si rivolge alla collega. – Una sera potremmo mangiare una bistecca insieme.

Sembra una frase buttata lí, ma in realtà è premeditata. Lei lo percepisce; il compagno di pattuglia dissimula l'imbarazzo. Mason, il poliziotto con la piú alta percentuale di successi fra le colleghe, in difficoltà nell'invitare a cena la sua socia storica, pensa Aretha sogghignando.

– Ma non ti vantavi che fossi l'unica donna con cui non ci avevi provato?

Mason la guarda senza capire: non sa che lei era in quel pub con loro e l'ha ascoltato parlare in un futuro alternativo che non si avvererà mai. Gli eventi sono cambiati, e cosí le conseguenze delle azioni individuali.

Aretha ride e Mason le va dietro, sciogliendo la tensione.

New York è splendida: l'aria è tersa, non si odono le solite sirene spacca timpani e i raggi del sole disegnano gli spazi tra i grattacieli.

La volante procede a bassa velocità costeggiando una grande scuola con un campo da basket all'aperto dove è in corso una partita fra studentesse.

Aretha si gira a guardare. – Accosta un momento, per favore.

Mason rallenta e si ferma. – Sei sicura? – chiede lui in tono premuroso.

Aretha annuisce, scende dall'auto. Entra nel campo e va a sedersi su una piccola gradinata dove alcuni ragazzi assistono alla sfida insieme ai parenti delle atlete. È un allenamento, ma c'è una buona dose di agonismo.

La poliziotta sposta lo sguardo da una squadra all'altra, da una giovane all'altra. Sono diverse per altezza, capelli, colore della pelle, ma ognuna di loro dà il massimo: sembrano essere lí per dimostrare a chi le sta guardando e soprattutto a sé stesse che possono farcela. Anche Olivia era cosí, voleva rendere orgogliosa sua madre e prima ancora acquistare fiducia nelle proprie capacità. Aretha era fiera di lei, glielo ripeteva in continuazione. Chissà se anche questi genitori fanno sentire speciali i propri figli.

Il pallone, deviato, rimbalza fuori dal rettangolo di gioco e finisce tra le mani di Aretha.

Una ragazza nera, mingherlina, le si avvicina e le fa un cenno. Lei la fissa per un istante interminabile, esita, poi le restituisce la palla. L'altra la ringrazia con un sorriso e riprende la partita.

Aretha si alza e si allontana. Nel vedere Mason che aspetta paziente appoggiato alla portiera pensa che quella sera una bistecca è proprio ciò di cui ha bisogno.

Sul Manhattan Bridge c'è un uomo, ha circa settant'anni. È vestito con un paio di calzoni di velluto, un maglione e un trench con il quale cerca di arginare il freddo. Ha la barba di qualche giorno, gli occhi bagnati e gonfi come chi ha pianto troppo nelle ultime ore. O negli ultimi giorni. O negli ultimi anni.

Ha sempre creduto che sarebbe morto senza clamore, nel suo letto, ma ora la vita ha cominciato a pesargli.

Che senso ha?, si è detto una volta. E quel pensiero è bastato a far attecchire il germe.

Tira su con il naso, guarda giú e un po' di terrore gli pervade il corpo. Inizia a tremare.

Finché sente un rumore alla propria sinistra.

La sua mente crea subito l'immagine di un gabbiano, cosí quando si gira per un pelo non cade di sotto prima del previsto: poco distante da lui c'è un uomo, vestito in modo elegante e con un cappello da baseball.

I due si guardano in silenzio. L'anziano è confuso, il nuovo arrivato sembra a proprio agio.

– È alto, eh? – dice Napoleon.

Il vecchio è sconcertato: possibile che qualcuno abbia avuto la stessa idea e abbia scelto lo stesso luogo, lo stesso giorno, alla stessa ora?

– Non sempre si muore sul colpo. Dipende dall'impatto, – continua Napoleon.

L'altro guarda in basso e tace.

– Se arrivi di taglio rischi di sopravvivere. Invece se arrivi di piatto sei spacciato, – aggiunge il motivatore, come se stesse discorrendo del tempo.

– E tu chi sei? – domanda l'aspirante suicida, che ora si tiene stretto alla putrella d'acciaio.

Chi sono?, pensa Napoleon.

Vorrebbe raccontare tante cose, a quell'uomo. Vorrebbe raccontargli di suo nonno, che lo teneva per mano sulla riva del lago ghiacciato; vorrebbe raccontargli della sera in cui ha parlato per la prima volta a un pubblico pagante e ha capito quale fosse la sua strada; vorrebbe raccontargli le storie di tutte le persone che è riuscito a salvare quando era ancora vivo; e vorrebbe raccontargli di Greta, del loro amore, della loro unione che poteva essere eccezionale e invece non lo è stata.

Vorrebbe dirgli quanta paura ha avuto ogni volta che saltava fuori l'argomento figli, e cosa è successo quando ha saputo che un figlio l'avrebbe avuto davvero.

Vorrebbe dire, a quell'uomo, che saltando da un ponte non si risolvono i problemi, al massimo si passano a qualcun altro, qualcuno a cui magari non spettavano.

Vorrebbe dirgli che conosce bene quel posto, e conosce bene la sensazione che sta provando.

Vorrebbe parlargli di tutto questo e di centinaia di altre cose, pure dei giorni in cui, grazie a nuovi amici e a uno strano tipo senza nome, ha quasi cambiato idea sulla morte e sulla vita, sul crescere suo figlio e amare sua moglie, sul fare bene il suo lavoro e morire invecchiando.

Vorrebbe dirgli che una volta tornato su quel ponte non se l'è sentita di ricominciare, ma che nei sette secondi dopo il salto si è pentito di tutto quello che ha lasciato.

Vorrebbe dirgli che è ancora alle prime armi, perciò la sua agenda di pelle è nuova di pacca. Che nonostante il passato da motivatore questo lavoro è diverso e difficile, e deve fare esperienza per diventare il numero uno e per fare dei cerchi di fumo perfetti.

Vorrebbe dirgli tutto questo, ma sa che non c'è tempo.
Allora risponde semplicemente cosí: – Dammi i prossimi sette giorni e lo scoprirai.

Poi fa un passo nel vuoto, si mette davanti a quell'uomo senza speranze, allunga una mano verso di lui e sorride.

Ringraziamenti.

A Paolo, Francesco, Raffaella e Chiara perché ci hanno creduto.
A Rolando, Paolo e Isabella perché questa storia è anche loro.
A Igor perché l'ha capita.
A Federica perché c'è sempre stata.